关河五十州 著

大授衔

1955年授衔内幕与中共战神铁血战史

中国出版集团 现代出版社

图书在版编目(CIP)数据

大授衔 / 关河五十州著. —北京：现代出版社，2018.5
ISBN 978-7-5143-6891-8

Ⅰ. ①大…　Ⅱ. ①关…　Ⅲ. ①纪实文学－中国－当代
Ⅳ. ①I25

中国版本图书馆CIP数据核字（2018）第031651号

大授衔

作　　者	关河五十州
责任编辑	张　霆　邸中兴
出版发行	现代出版社
通信地址	北京市安定门外安华里504号
邮政编码	100011
电　　话	010-64267325　64245264（传真）
网　　址	www.1980xd.com
电子邮箱	xiandai@cnpitc.com.cn
印　　刷	三河市宏盛印务有限公司
开　　本	710 × 1000　1/16
字　　数	244千
印　　张	20.75
版　　次	2018年5月第1版　2019年1月第2次印刷
书　　号	ISBN 978-7-5143-6891-8
定　　价	49.80元

目录

第三章　多在“神奇”上下功夫 // 103

不算上党、平汉两战，刘伯承在解放战争中取得了“九连胜”，其胜率之高、战术之奇、变化之多令人咋舌。要知道这还是在解放战争初期，国民党军还未到后来那种风一吹就倒的地步，士气和战斗力尚维持在一定水平，要想打赢一场胜仗不是那么容易的一件事，更不用说九战九捷了。

徐向前是黄埔第一期毕业生。几乎所有的黄埔一期生，都和蒋介石单独见过面，谈过话。徐向前性格内向，平时沉默寡言，不擅夸夸其谈。蒋介石给他的评语是："资质平平，不会有出息。"

蒋介石自有他的选材标准。他那时不会想到，徐向前这个在他看来"资质平平"的学生其实潜藏着出众的军事才能，更不会预料到，在后来的国共之争中，徐向前会把他所相中的黄埔弟子都给打得满地找牙。

毛泽东认为叶剑英在关键时刻立了大功，他曾摸着自己的脑袋，风趣地说："如果没有他（指叶剑英），就没有这个了。他救了党，救了红军，救了我们这些人。"新中国成立后，在北戴河召开的一次会议上，毛泽东当面对叶剑英说："我送你一句话，诸葛一生唯谨慎，吕端大事不糊涂。"

陈赓在国共营垒都是很有影响力的传奇式人物。他二十岁不到就在黄埔军校第一期毕业，当徐向前都还默默无闻的时候，已经位列“黄埔三杰”，而且还在战场上救过“蒋校长”（蒋介石）的命；大革命时期，担任中央特科情报科科长，著名地下情报员钱壮飞就是受他派遣打入中统内部，由此挽救了中央；领兵打仗，他所率领的三八六旅在抗战中屡战屡胜，日军气恼之下，竟组成专门部队寻踪追击，先头装甲车上贴有“专打三八六旅”的标语！

第一章

这是战争的结果

1955 年 11 月 26 日，南京军事学院空军系主任沈启贤突然收到了两封特殊请柬。一封来自于南京军区，邀请他参加一个重要典礼，另外一封来自于老首长陈毅，以个人名义请他吃饭，而后者其实也与典礼直接相关。

南京军区的请柬背面贴有注意事项的字条，同时为了使参加典礼的人了解整个典礼情况，还随请柬附送了一本特别印发的典礼须知，对典礼的日程排列、具体程序，还有着装上所必须注意的细节，都一一加以说明。

工作如此细致，足见上级和组织者的重视程度，也可以看出典礼本身有多么隆重和气派。请柬上的大红金字显示，这是中华人民共和国成立以来所举办的第一次授衔典礼。

沈启贤是首批入朝参战的志愿军高级将领，参与指挥过击败美国王牌军骑一师等著名战役，并因此得到了彭德怀的表扬。而后刘伯承创办南京军事学院，他才被抽调回国。由朝鲜调回国内，由陆军改行空军，由野战部队进入军事院校，由炮火纷飞的战场转到欣欣向荣的城市，这一切对沈启贤来说，不过才两三年时间，此时此刻收到请柬，更像是接收到了一个承前启后、继往开来的信号。

沈启贤感到非常激动和兴奋，他仔细看了看典礼举行的时间和地点：1955 年 11 月 29 日，上午 8 点，南京人民大会堂。

灯塔引路

中国有军衔的历史其实很早，从清末开始就有了，随后经过北洋，至20世纪30年代的大革命，已历“三代”。

在大革命初期，全国都处于混战状态，地方派系各自为政，军衔体系可以用杂乱无章来形容。不仅没有统一的军衔制度，而且授予军衔的机构不止一家，国民政府可以授予，军事委员会可以授予，总司令部可以授予，甚至连各个地方部队的上级或军政长官都可以授予。

割据西北的马步芳有个还在小学读书的儿子，他不知怎么异想天开，给他这个才十二岁的儿子也弄了个上校的军衔。更为荒唐的是，文件上报到南京中央军政部后，军政部竟然给予正式任命，发给了委任状。

你娃都能当上校，我们大人当个将军还不够格吗？于是乎，在一段时间内，大家都闭着眼睛乱报军衔，衔高职低的情况成了普遍现象。当年的军衔以“上将”封顶，一些手下不过万把人或最多几万人的地方军头，纷纷堂而皇之地自封或上报为上将。

面对这种上将满天飞的混乱状况，时任军事委员会委员长的蒋介石颇感无奈，他在一次会议上说：“国民党军队同列强相比，战斗力特弱而将官特多，上将都数不清了。”

相对于地方，国民革命军（也就是蒋介石所说的国民党军队）还要稍微规范一些。那时共产党尚未建立起自己的武装，但是已经有二十多名共产党员在国民革命军任职，而且均被授予少将以上军衔。

军衔最高的是朱德、刘伯承，他们都是军级官佐，所授军衔为“中将加上将衔”。所谓“中将加上将衔”，是沿用晚清和北洋政府的一种加衔制度，就是说本来已经符合晋升上将的条件，可是名额有限，暂时升不了，只好先委屈一下，等到上将的缺额空出来之后，再择优正式晋升为上将。这一期间允许佩戴上将军衔，享受上将待遇，相当于比中级高一级，可以视为“准上将”。

1916年秋，朱德在四川泸州，任滇军团长

国共分裂前，共产党还没有充分意识到枪杆子的重要性，对抓军权不够重视，国民革命军里的党员军事干部很少，大部分都是政治干部。两个“准上将”，刘伯承实际未就职，朱德授衔时是军党代表兼代理政治部主任，不是军事主官。

从中将到少将，除了叶挺是有实际军权的师长，被授予中将外，其余几乎为清一色的政治干部。比如周恩来、李富春、林伯渠、刘伯坚等人，当时职务都已达到军级，被授中将，但他们不是党代表就是政治部主任。

到大革命后期，由于误以为政治工作可以完全代替军事工作，没有抓紧抓牢枪杆子，共产党被“鸟尽弓藏”，轰轰烈烈的大革命也以失败告终。在这种情况下，共产党终于考虑要拉起自己的武装，这就先后有了南昌起义、秋收起义、广州起义，建立了工农革命军以及后来正式定名的红军。自此，国民革命军中的大多数共产党员以及部分进步军官也都放弃原有的职位和军衔，彻底投身到红色阵营。

红军在创建和发展的初期阶段，主张扫清旧军队的一切不良制度和习气，军衔和相应产生的待遇也被包括在里面。井冈山时期，干部和战士都吃一样的饭菜，穿一样的衣服，甚至没收一个地主的鸡蛋，一开始都得由士兵委员会来进行平分。朱德为此还写了一副对联："白军中，将校尉薪饷各有不同；红军里，官兵伕待遇完全平等。"

1937 年，抗战全面爆发，国共实现第二次合作。红军被改编为八路军（后改为第十八集团军）和新四军，纳入国民革命军序列，八路军、新四军的中高级指挥员都被授予了军衔。

此时经过蒋介石的整顿，早期军衔混乱的状况已得到一定改观，评定军衔变得相对透明规范了一些。以八路军为例，在国民革命军中为师级编制，于是师级干部就是中将，旅级干部是少将，旅级以下、团级以上是上校。

对于这些军衔，指挥员们不是嫌高嫌低的问题，而是在感情上普遍难以接受。内战十年，国共已经结下了血海深仇，很多战友甚至亲戚朋友倒在了对方枪口之下，现在还没来得及为他们报仇，就要和曾经的敌人佩戴一样的军衔，乃至"同殿称臣""同流合污"，怎么对得起牺牲的同志？

还有一个认识就是觉得过去红军之所以有战斗力，能够做到在艰难困苦中都不溃散，官兵平等、同甘共苦乃是持家的法宝。正如毛泽东所说，"红军的物质生活如此菲薄，战斗如此频繁，仍能维持不敝，除党的作用外，就是靠实行军队内的民主主义"。

王直那时在新四军第二支队任连指导员，他被授予上尉军衔。在此期间，最让他感到头痛和抵触的，就是佩戴国民党军帽徽和军衔。第二支队司令员张鼎丞知道他思想不通，就单独找他谈了一次。大意是如今民族矛盾上升，建立统一战线乃大局的需要，而且部队改编是独立自主的改编，并不意味着理想信念的改变。军官佩戴军衔也一样，仅仅是便于指挥作战，官兵仍旧同甘共苦，没有任何贵贱之分。

一席话顿时让王直茅塞顿开，用他的话来说，是起到了“灯塔引路”的作用。他不但心甘情愿地戴上了军帽徽和军衔，而且还做起了其他战友的工作。

临时抱佛脚

十四年抗战，按照毛泽东必须在统一战线中保持独立性的原则，八路军、新四军高度重视扩充武装力量，武装部队也因而得到迅速发展。各个根据地的所属军区都分成许多军分区，这还不包括尚未纳入正规军范畴的地方游击队，以及正处于收编和改造之中的各类杂色或绿林武装。

部队和干部多了，就有一个组织管理的问题。比如说军区以下各部队的最高指挥员均称为司令员，但各部队的级别有高有低，兵员有多有少，司令员和司令员之间的能力、指挥权限也不一样，一旦合编或协同作战，在战斗中很容易出现扯皮现象。

建立自己的军衔制度，逐渐进入了高层的考虑范围。1939 年 4 月 1 日，八路军总司令朱德、副总司令彭德怀致电中央，询问可否依照国民革命军的编制区分，规定各级干部的等级。他们认为这样既可以保证职责分明，又能起到激励干部的作用，“于我军传统亦无损害”。

一个多月后，经中央批准，八路军总部发布训令，正式提出推行干部等级制，也就是军衔制度。训令发布后，八路军领导机关和部分正规部队曾一度进行过评衔活动，但因为处于艰苦的作战环境之中，部队连集中起来都不易做到，所以评衔活动进展得很不顺利。特别是 1941 年后，抗战进入了最艰苦的阶段，对于部队而言，重要的是如何生存和继续发展下去，授衔自然不可能再继续进行，于是便在 1942 年暂停了军衔制的实施。

1946 年，国共召开政治协商会议，会议决议中有改编国共两党军队的内容，其中就包括在共产党的军队里面实行军衔制。

这时共产党还没想到能够解放全中国，目标只是能够参政。中央指示“我党军事干部应该请示政府加委，取得正式官衔，以便在将来国防部中占有一定地位，由国家一律按级待遇”。

从 1946 年 2 月起，各部队都对实行军衔制做出了安排，而且还出台了规定和细则，可是还尚未来得及落实，国民党军队就发动了对解放区的进攻。随着解放战争打响，军衔制的实施只能再次不了了之。此后直到 1948 年，解放战争即将取得胜利的前夕，中央又酝酿实施实行军衔制，但却因为各种原因而没有结果。

新中国的成立，使军衔制真正具备了实现的可能。新中国成立之初，国内掀起“学习苏联运动”，举国上下都把苏联称作“老大哥”，各行各业都要“向苏联老大哥学习”。学习苏联的军衔制也是其中的一项重要内容，这项工作被交给了筹建中的总干部管理部。

总干部管理部后改称总干部部，简称总干，它与总政、总参、总后并列，是掌管全军干部工作的领导机关。负责筹建总干的是总政治部主任罗荣桓，他也同时兼任总干的部长。在为总干配备人员时，罗荣桓有一个很明确的指导思想，就是要抽调各个方面的干部，不仅领导干部如此，一般工作人员也是这样，前者由军委指名抽调，后者只提出具体的选调条件，由各大军区按条件选调。这种“五湖四海”的组建办法，便于总干迅速熟悉和掌握各部队不同的历史、现实状况，对于而后的评衔起到了非常积极的作用。

1950年7月，罗荣桓在中央军委会议上表示，总干将进行建立军衔制的准备工作。当年9月，总干正式成立，朱德出席总干干部会议，在讲话中提道：“部队三等九级的等级制必须建立，尽量争取在明年的服装上把阶级标明出来。”

1950年年底，在总干向中央提交的报告中，已把给军队评定军衔列为来年的首要任务，但随着朝鲜战争不断升级和扩大，中央军委必须把研究重点移向抗美援朝，同时还要提防蒋介石反攻大陆，所以从1951年起，相应推进工作就不得不暂时搁置起来。

各方面再次呼吁重视军衔制，不再是单纯因为要学习苏军，而是朝鲜战场上已出现了这种客观需要。

抗美援朝把解放战争后期的大兵团作战推到了一个更高阶段。参战部队的建制非常多，官兵来自于各个不同的野战军，原先的许多具体制度都不一样。在这种装备复杂、运动快速的条件下，光用军长、师长这样的职务序列进行调度，显得很不方便。如果能够实行军衔制，用一个相对统一的等级体系来表明上下级关系，官兵之间、各级军官之间、各军种兵种之间，均有明显的肩章符号予以识别，无疑可以提高指挥效率。

不单是打仗，就是谈判也离不开军衔。1951年7月10日，在处于三八

中朝谈判代表，左二为邓华

线的开城，中美双方举行朝鲜战争的首次停战谈判。美方首席谈判代表为美国远东海军司令乔埃中将，中方首席谈判代表为志愿军副司令员邓华。就军队职务而言，两人差不多，问题是人家有军衔，我们没有军衔，也就是有人说的“有军无将”，邓华后来在大授衔时虽被授予上将，但当时他和其他中方代表一样，肩上都空空荡荡。

既然是谈判，不说在身份上压过对手一头，至少也要平起平坐。为了不在气势上落于下风，代表团只好临时给代表们安上一个“军衔”，称之为某某将军或某某上校，邓华就被笼统地介绍为邓华将军。

临时抱佛脚的办法可一可二，但总不能一直这样干。经过这件事，大家都意识到，在新中国成立以后，军队同外国（也包括苏联及东欧社会主义国家）的来往会一天天多起来，没有军衔实在太不方便。

比占着茅坑不拉屎好

1951年国庆节的晚上，志愿军司令员彭德怀在指挥志愿军迎击美军

“秋季攻势”的间隙，给毛泽东发去了一封电报，建议国内应考虑七项战备工作，其中就提到了实行军衔制。他也考虑到，因为“长期无官阶制度”，一时评定军衔可能比较困难，为此建议可以采取过渡办法，先“规定职务识别”。

其实从个人角度来说，彭德怀对军衔这种区别身份的标识是很厌烦的。作为从井冈山走出来的老军人，他经历过那种官兵完全一致，分个鸡蛋还要士兵们共同商量的历史过程，因而总担心设立军衔之后，会影响上下级之间政治平等的关系，妨碍军人和老百姓的交流。

在同干部闲谈时，彭德怀曾多次说：“我这个人并不需要这个‘牌牌’，我也够不上什么元帅。如果要评的话，也很难说评个什么‘将’是合适的。”

即使后来实施了军衔制，真的被授予了元帅的彭德怀对此仍不适应，平时能不穿元帅服就尽量不穿，只有碰到举行一些外事活动和重要典礼，才不得不按照军队条令规定穿上去，而每遇到这种情况，他也总是表现得很不开心。20 世纪 50 年代，在与外宾谈话时他还说：“我不喜欢人家叫我元帅，这是战争的结果，是学人家的。我不喜欢肩上这两块‘牌牌’，将来会没有的。”

站在一个普通军人的立场，彭德怀的顾虑与当年新四军的王直几乎没有什么差别。可他并不是一个普通军人，也不是一般干部，他要站在调度三军的高度，针对实际情况解决实际问题。这也就是为什么早在抗战期间，他就会和朱德等人共同酝酿实施军衔制，他知道“这是战争的结果”，是大局和方向，必须搞。

收到彭德怀的电报后，毛泽东非常重视。因为此时不但在异国作战的志愿军亟须设立军衔，就是国内在军队管理上也开始有了引入军衔制

彭德怀和毛泽东

的必要。

新中国成立后，有一些干部或者年龄大了，或者文化水平不够，实际干不了什么事，但是又未复员或转为文职干部。如果设立军衔，就可以既照顾老干部的资历、功绩，保证其待遇，同时激励新人，给他们以发展的机会。

邓小平打比方说："一个很老的不能做什么工作的团长，是个上校阶级，他可以拿上校薪水，不做事，他也会没有意见，这样比占着茅坑不拉屎好。"

1952 年 4 月，彭德怀回国治病，毛泽东决定留他在北京主持军委日常工作，并让军委与总干一道负责军衔制的推进。

为了给实行军衔制度奠定初步基础，总干全面部署了干部评级工作，也就是彭德怀所说的"规定职务识别"。当年评级工作基本结束，由此正式建立了全军干部的等级制度，干部评级也成为授予军衔的基本依据。

1952 年 11 月 12 日，毛泽东亲自主持召开中央政治局会议，决定军队要在 1954 年 1 月准备实行征兵制度、薪金制度、军衔制度（后来增加了颁发勋章奖章制度，合称四大制度）。

在夺取全国政权后，解放军已是名副其实的国家常备军，如果不是抗美援朝，包括军衔制在内的这些制度早就该实行了，因此第二天，当彭德怀在军委例会上传达政治局会议的决定时，大家听后都很兴奋。

准备实行的制度不是一个，是三个（实际是四个），同时每一个的工作量又都非常大，涉及问题很多。彭德怀经过慎重考虑，认为军队最迫切需要的还不是军衔制，而是与其相配套的薪金制。

20 世纪 50 年代初，全国刚刚解放时，解放军在城市里的社会地位是很低的，即便军官也是如此，其中一个很重要的原因就是——穷！

在实行薪金制之前，军队实行的一直是供给制，一个营长的伙食加上津贴，还不及一个汽车司机的工资。这在农村尚无所谓，进入城市就不一样了，时间一长，导致军官逛商店都只敢问价而不敢买，售货员见了都不太爱搭理。那些年轻的军官本来长得高大帅气，然而一些时髦女生在街上遇到他们，居然常常掩鼻就跑。

因为囊中羞涩且伙食标准不高，官兵平时吃的东西里面很难看到有肉、鱼、蛋类。试想一下，部队作战训练的体能消耗那么大，具备较高营养价值的食品比例又这么少，他们的身体健康乃至作战训练怎么可能不受影响？

新中国成立初期的解放军军官还面临着一个老大难问题。大部分基层军官都早已过了结婚年龄，但几乎个个都是“穷和尚”，很难找到媳妇：找农村的，组织既不批准，以个人的经济条件也养不起；找城里的，城里人根本就瞧不起他们这些“令人讨厌的穷兵”。

彭德怀素以爱兵著称，对基层情况非常清楚。他发现如再不实行薪金制，基层军官的生活就难以维持，“现在团、营、连干部很困难，非解决不可”。为此，他决定先解决薪金问题，再搞军衔评定。

军衔制与薪金制是有联系的，在此期间，罗荣桓及其总干率先投入了军衔制的方案策划之中。

重头戏

军衔等级设置是军衔制的核心内容，各国军衔制有区别，首先就在于等级设置不同。1952 年 11 月，经过与苏联顾问卡苏林反复酝酿，总干提交了第一套军衔等级设置方案。该方案基本上是苏联军衔制的翻版，所不同的只是在将级军衔中增加了“准上将”。

由于解放军的师级干部较多，总干又设想在少将和上校之间增加一个“准将”，用于授予副师长等干部。卡苏林不同意。他不同意是因为苏军的副师长通常不是少将，而是上校，解放军的副师长若被授予准将，在级别上就高过了他们的副师长，在两军交往中对苏军不利。

那时苏联是中国的学习样板和标准，苏联顾问的意见在高层间举足轻重，于是第一套方案就只能作废。

苏军元帅朱可夫

1953 年，总干在第一套方案的基础上重新设计了一套方案，新方案除吸收苏方意见，并兼顾解放军的具体情况外，还参考了朝鲜的军衔制。在新方案中，“上将”被改称为“大将”，“准上将”被改称为“上将”。少将和上校之间仍然设置了一个军衔，但已不是“准将”，而是校官里的“大校”，这里的“大校”就是从朝鲜人民军那里学来的。尉官也做了较大调整，除“少尉”予以保留外，“上尉”“一级中尉”“二级中尉”都被分别改称为“大尉”“上尉”“中尉”。

在经历两次方案修改后，最终确定下来的军衔设置为六等十九级所谓六等是“帅、将、校、尉、军士、兵”，其中减掉了“兵种元帅”“准尉”，最高等的“帅”被分为大元帅和元帅两级。

制订军衔方案的同时，中央军委在薪金制、征兵制的条例制定上也已经初步理出了头绪，于是军衔制的正式实施便被再次提上了议事日程。

1953 年 12 月 7 日至 1954 年 1 月 26 日，全国军事系统高级干部会议在北京召开。会议从开幕到闭幕长达五十一天，出席会议的高级干部有一百多人，开幕当天，位于中南海居仁堂大厅的会议现场座无虚席。如此规模的全军会议，新中国成立以来还是第一次，正如陈毅在发言中所说：“这样大的会议，在延安也没有召开过，等于全军的党代表会议。”

在这次后来被人们称为“高干会”的会议上，明确提出要在解放军中实施军衔制、干部薪金制和义务兵役制三大制度。会后，全军评定军衔的工作遂得以正式启动。

在各项管理工作中，人事向来是最难的，更不用说评定军衔这样牵连着全军乃至全国人心的重头戏了。毛泽东亲自点将，指派彭德怀和罗荣桓为军衔评定的主要负责人。

彭罗二人，一个严厉冷峻，打仗时犹如雷公霹雳，一个慈眉善目，是军内公认的“好婆婆”，给人的印象一个是火一个是水，但他们都有着赫赫功绩和不徇私情、公道正派的好名声，且均主掌党政军核心部门，由他们挂帅评定工作，能够起到非常明显的服众效果。

对于评衔，军委主要是进行宏观把控，具体承办和组织实施被交给了总干。1954 年 10 月，经罗荣桓提名，宋任穷被调到总干任第一副部长，协助罗荣桓处理日常事务。

宋任穷那时还担任着中共中央副秘书长、组织部副部长等好几个职务。他向时任中共中央秘书长的邓小平请示，主要精力应放在哪里。邓小平明确告诉他，要把精力集中到总干，别的地方可以少去。各方对于评衔工作的重视和配合，由此可见一斑。

军队处于大转变阶段，总干面临的任务十分繁重，工作可谓千头万绪，但宋任穷到总干后印象最深和耗费精力最多的仍然是授衔和颁发勋章、奖章。1955 年 2 月 8 日，由毛泽东下令颁布“军官服役条例”，宣布要在年内将现役军官的授衔工作进行完毕。为了完成任务，宋任穷把一年里的大部分时间都投入其中，他住的地方离罗荣桓的住处较近，经常晚上还去向罗荣桓汇报和请示。

我这个大元帅就不要了

在授衔的最初提名方案中，毛泽东是大元帅，周恩来、刘少奇、邓小平是元帅，李先念、谭震林、邓子恢、张鼎丞等人也都在大将的授勋名单之列。他们中大部分人都已经转业到地方做党政工作，但是就历史功勋和在部队的任职情况来说，均符合“军官服役条例”的相关要求。

可是毛泽东看到这一方案后，却坚持他不要大元帅军衔，也不要勋章。

新中国成立之初，毛泽东的威望已经非常之高。辞帅一事立即在党内外引起巨大反响，人大常委会还专门对此进行了讨论，包括不少民主人士在内的常委会委员都纷纷发言，认为毛泽东等领导人是解放军的缔造者和创造者，指挥过许多重大战役，为军队的建设和发展做出了重大贡献，授衔授勋乃是情理中的事，尤其毛泽东功劳最大，完全应该授予大元帅，授三个一级勋章。

主持常委会的刘少奇知道毛泽东的态度很坚决，就在会上表示自己也不能做结论。一位民主人士说："人大做出决定，他（指毛泽东）有什么办法！"刘少奇回答："人大可以做决定，但他是国家主席，还需要他下命令才行啊，他不下命令又怎么办？"

针对大家的意见，刘少奇和人大秘书长彭真集中做了一个解释说明：将来在特殊情况下，譬如发生了大规模战争，毛泽东仍可出任大元帅，统领全军作战。

最后，见众人仍极力主张通过人大让毛泽东接受大元帅衔，刘少奇只好微笑着说："你们不是经常见毛主席吗？你们见面后当面去说服他，争取他的同意，这次会议不做决定。"

很多人都能见到毛泽东，但是熟知毛泽东脾气的人都知道，一旦他打定了主意，就极少动摇和改变。刘少奇表了这个态之后，不知道究竟有多少人私底下去跟毛泽东说了这事，但可以肯定的是，都没有起到什么效果。

一天，宋任穷随彭德怀、罗荣桓去向毛泽东等中央领导人汇报授衔授勋工作，其间彭、罗汇报了他们刚刚提出的方案，这一方案与初步提名方案仍基本一致。

毛泽东听完汇报后说："你们搞评衔，是很大的工作，也是很不好搞的工作。我这个大元帅就不要了，让我穿上大元帅的制服，多不舒服啊！

到群众中去讲话、活动，多不方便啊！”

可以看出，毛泽东之所以要辞帅，有很大一部分原因是为了便于评衔工作能够更好地开展，给彭、罗和总干减轻压力。

毛泽东还说：“依我看哪，现在在地方工作的都不评军衔为好。”接着，他看了看在场的刘少奇：“你在部队搞过，你也是元帅。”

刘少奇领会了毛泽东的意思，当即表示：“不要评了。”

毛泽东又问周恩来、邓小平：“你们的元帅军衔，还要不要评啊？”周邓都摆摆手说：“不要评了，不要评了。”

李先念、谭震林、邓子恢、张鼎丞这几位被列入大将名单的人也都在场，他们过去长期在军队担任领导人，但是现在都已转业到了地方。毛泽东转身问他们：“你们几位的大将军衔还要不要评啊？”几个人都说：“不要评了，不要评了。”

如此一来，不仅毛泽东辞帅成了铁定不改的事实，其他已经转业的领导人也大多不再授予军衔。这使全军干部受到很大的教育，同时也解决了评衔过程中出现的许多矛盾。

毛泽东与周恩来、博古在延安

作为一代军事大家，毛泽东曾经最早提出“枪杆子里面出政权”的著名论断，更亲自指挥过四渡赤水等战争史上的惊世之作，可是令人惊异的是，终其一生，他都不喜欢佩带枪支。

人们第一次也是唯一一次看到毛泽东佩枪，还是在井冈山朱毛会师的时候。那时朱德任军长，毛泽东任党代表兼第十一师师长。“毛师长”挎上一把匣子枪，显得异常兴奋，他诙谐地说：“挎上匣子枪，师长见军长。”

不过很快，毛泽东便把枪交给了警卫员，从此大家再也没见他身上带过枪，但这丝毫都不妨碍他继续运筹帷幄、决胜千里。

一个人胸中有丘壑，有兵法韬略，有千军万马，又何必在乎带不带刀枪？同样地，毛泽东虽然没有披上那一身大元帅服，可是他在党政军的地位和威望却不降反升，因为人们从中所能领略到的，正是这位历史巨人超人一等的胸襟和大局观！

鸿门宴

由于毛泽东等人谢授军衔，总干对原方案做出了修改：不设大元帅衔，设元帅十名，大将十名。

新中国成立之初，毛泽东是中央军委主席，军委委员共有朱德等十一人，这里面除邓小平已确定不授军衔外，其余十人都进入了元帅提名名单，朱德更被列为十大元帅的榜首。

众所周知，南昌起义是中共建军的开始，朱德又在南昌起义中扮演着不可或缺的角色。说起来，他与南昌的渊源主要来自于朱培德，两人曾同在云南讲武堂就读，是同班同学。还在国共合作的时候，组织内部分配工作，朱德主动提出，朱培德在国民革命军第三军当军长，如果他去第三军条件比较有利，于是组织上就把他分到了第三军。

南昌是第三军的总部。朱德一到南昌，朱培德待之如上宾，政治问题向他请教，军事教育也向他请教，后来还让他担任了南昌市公安局长和第三军军官教育团团长。

朱德在生活上非常简朴自律，即便担任公安局长这样的“肥缺”，依然如故。他的居室里没有任何与官职相称的家具，仅有一个简陋的床铺、一张旧桌子、几张木凳子，简单得就像一个旅客。平时他只穿一套粗布军装，裹一副绑腿，脚下穿一双旧皮鞋，有时还穿草鞋，上班总是夹个皮包走路，很少坐黄包车，因为开会或工作忙，常常吃不上饭，便随便买个烧饼填下肚子充个饥。

在国共合作前朱德就已经是拥有实权的中将。很多人想象不到他是这种样子，初次见面都很惊奇，有“时人未识将军面，朴素浑如田家翁”之叹。

凭借自己的踏实和勤勉，短时间内，朱德就在南昌建立了工作基础，尤其他所控制的教育团实际已成为南昌革命活动的基地和堡垒，这些都为而后的南昌起义创造了有利条件。

其实在那个年代，像朱德这样的共产党员和政治干部并非特例，几乎大家都是如此。朱培德起初能对朱德那么欢迎和重用，除了同学关系、朱德原先的名声资历外，共产党干部有干劲、能吃苦，可以用来帮助他巩固军队，提高军队的士气和战斗力，也是吸引他的一个重要方面。

可是政治就是政治，这对老同学的友好关系并没有能够维持太久。在国民党宣布分共后，朱培德紧跟着与共产党划清界限，下令“礼送共产党员出境”，虽然他与朱德的私下感情不错，但也只是在“礼送出境”的基础上加了个“欢送”，就算是把朱德给打发了。

1927年拍摄的南昌城内一角

朱德再回南昌，已经到了南昌起义即将发动的关键时刻。他利用自己在南昌的老关系，不仅把教育团和公安局的一些官兵拉进了起义队伍，而且还在起义前大摆“鸿门宴”，以设法拖住第三军的部分军官。

眼看起义的时间慢慢临近，情况却突然发生了变化。第三军以滇军为主，贺龙部有一个云南籍的副营长事前与第三军官兵搭上了老乡关系，接到起义命令后便跑出来告密。正在“鸿门宴”上吃饭的两个敌团长一听这个消息，立刻离席告辞。

朱德对此突发情况缺乏心理准备，临时不好阻拦，就急忙赶到起义军指挥部，将叛徒告密的事通知了贺龙。恰好贺龙也已接到内部报告，指挥部经过商议，决定提前两个小时发动起义。

敌团长李世龙未赴“鸿门宴”，朱德担心他探听到什么风吹草动，从贺龙处一出来，就到李世龙家中观察动静。这时，另一个敌团团副蒋文光在街上看到贺龙、叶挺的部队频繁调动，情形与以往不同，也赶紧跑来找李世龙，意思是要李加以注意，或者干脆将部队带出南昌城。

朱德见到蒋文光即知来意，不等他开口，就上前一把拉住他说："文光，我们到街上走走。"

在此前后，还在"鸿门宴"席上的军官被全部扣押，虽然有两个敌团长临时离席，但因为起义提前发动，他们也已经来不及准备。至于李世龙，则还没等被蒋文光点醒，就被朱德巧妙地搪塞过去了。

朱德拉着蒋文光出门不到两个小时，街上到处响起了枪声。起义正式开始后，南昌敌军各部猝不及防，有的因主官被扣押甚至导致无人指挥，被起义军一击即溃。清晨六点，南昌城内和近郊的敌军被全部肃清，起义获得了初步胜利。

最黑暗的日子

朱德所率领的起义部队主要来自于他所动员的教育团和公安局，五百人都不到，充其量只能算是一个营，同时这些官兵或者是未经战斗的学兵，或者警察和保卫队员，实战经验和能力不足。在起义中，他们并未直接参战，其任务仅仅是负责监视敌军和担任预备队，所以朱德虽然在南昌起义中发挥了很大作用，但并非起义军的核心领导成员。

起义军的领导机构为前敌委员会（前委），周恩来是前委书记兼参谋团主任，也是起义军实际的总司令。周恩来以下，贺龙为起义军代总指挥，叶挺为前敌总指挥，两人所率的部队均为起义军主力，日常决策也以周、贺、叶三人为主。

朱德真正成为主心骨，是在起义面临失败结局的时候。那时起义军剩下的两千多人已与前委失去了联系，一切只能由朱德临时负责，所有希望也都寄托在他一人身上了。

从外部来说，这支部队的处境极端险恶，集结于周围的敌人有五个多师，约四万人，仅数量就是他们的二十倍。就内部而言，两千多人刚从各方面会合起来，在突然遭到失败打击的情况下，无论组织还是思想都比较混乱。在商量下一步行动方案时，少数人觉得主力既然都散掉了，剩下的这点力量也难以保存，不如散伙算了。

尽管明知困难重重，但朱德仍坚决反对解散，他下决心一定要为这支陷入困境的部队找到出路。

要保存队伍，就要找到一块既隐蔽又有群众基础的立足点。经过讨论和分析，朱德发现湘粤赣边界地区的敌军兵力较为薄弱，是个三不管的地带，而且那里农民运动搞得早，支援北伐最为得力，于是便决定直奔湘南。

红军时期的朱德

根据情报，敌人已从南、西、北三面向起义军靠拢，起义军孤立无援，所存弹药也不多，当然不能硬碰硬。部队行军时，便选择了从东北方向穿插并尽可能避敌行进的方式，尽管如此，他们的行动还是被敌人发觉了，敌人立刻派一个师紧随其后。

经过激战，起义军受到很大伤亡和散失，只得又向西北方向撤退。当到达闽赣边境的一个隘口时，部队突然被当地民团堵住了去路。千钧一发之际，朱德手拿驳壳枪，亲自带着几个警卫员，从长满灌木的悬崖峭壁攀登而上，出其不意地在敌人侧后发动进攻，终于抢占隘口，保证部队顺利进入了赣南山区。

在赣南山区，起义军虽摆脱了敌人重兵的尾追，但仍经常受到民团和土匪的袭击，为了减少被袭击的危险，他们不得不白天在山谷的小道上穿行，晚上在山林中宿营，处境艰苦异常。

部队进入了“最黑暗的日子”，官兵们的情绪“低到零度”，几乎每个人都在考虑着同样的问题：作为一支孤军，一无供给，二无援兵，而且到处都是敌人，应当怎么办？

许多人看不到前途和希望，都相继离队走了，里面既有士兵，也有连长营长，甚至还包括师长团长。一时间，部队的军官层几乎成了空架子，只剩下陈毅、王尔琢等几个人。

留下来的士兵绝大多数都是原贺叶所部，没几个是朱德从南昌带出来的，朱德很难过，对他们说：“这个队伍没有长官了，我又不是你们的长官，怎么办呢？”

这时陈毅、王尔琢带头表示拥护朱德来带领队伍，士兵们也都回答说愿意服从他的指挥。朱德慨然接过重担，他饱含激情地对官兵们说：“大家知道，大革命是失败了，我们的起义军也失败了，但是我们还要革命的。同志们，要革命的跟我走，不革命的可以回家，不勉强！”

陈毅后来回忆，因为朱德在南昌起义时的地位并不重要，所以他刚刚率队北上时，其实没有人听他的话，大家只不过尊重他是个老同志罢了，直到这个时候，他才真正成为这支部队的领袖。陈毅同时也断定，当时如果不是朱德出来勇挑重担，“这个部队肯定地说，是会垮定的”。

部队继续行军。一路上，朱德始终与部属们同甘共苦，大家常常看到他肩上背着中途离队者扔下的步枪，有时还搀扶着病号。

见朱德平易近人，十分和气，且脚穿草鞋，斗篷不离身，沿途的一些百姓还以为他是普通战士，直到发现有两个背着冲锋枪的警卫员跟在后面，才知道他是个干部。

当起义军到达赣粤边境的大庾地区时，已是冬天，要吃没吃，要穿没穿，部队走得只剩下了一个团的样子。眼看着又要支撑不住了，朱德说：“队伍散是不能散，我现在提出一个办法，我有个朋友，叫范石生，我们去找他，找个落脚点。”

范石生是朱德在云南讲武堂的老同学、好朋友，两人过去还是拜把兄弟。朱德让人给范石生带话，说我们这个队伍走投无路了，编到你这里来行不行，由你发饷。范石生很够朋友，就接受了，这使起义军得以度过了那年最难熬的一个冬天。

第二年，蒋介石查到朱德在范石生那里，便要范石生缴朱德的枪。范石生接到这个命令后，马上把消息告诉朱德，并且对朱德说：“我们是好兄弟，好来好去，现在你们被发现了，各人自由行动，你们走吧。”

告别范石生，朱德本打算去海陆丰与广州起义的余部会合，但行至半途就发现了国民党军的大部队，他当即率部折回湘南，而后发动了酝酿已久的湘南起义。

聪明仗

湘南起义的消息传出，当时控制着广东的李济深坐不住了，他给已归附他的许克祥下达密令，要许克祥“即日进剿，不得有误”。

许克祥是“马日事变”的始作俑者，共产党的死敌。他投靠李济深后，部队得到扩充，已经有六个团。得知朱德的工农革命军总共只有一个团，许克祥很轻蔑地说：“老子用六个团同朱德的一个团去较量，吃掉他绰绰有余！”他立刻带着部队兼程北上，气势汹汹地朝湘南杀来。

湘南起义之前，朱德所部对外打的旗号还是“国民革命军”，起义之后即正式改名为“工农革命军”。与此相应，如果说之前考验部队的主要是险恶环境，那么之后又添上了作战能力这一项。当然，朱德指挥作战的水准也同样面临着检验。

朱德打仗行不行？多数人都持肯定态度，唯有林彪不以为然，他认为朱德打的是乱仗，没有章法。

林彪的这种看法显然非常偏颇。事实上，朱德打的不但不是乱仗，而且还是极有章法的聪明仗。

朱德毕业于云南讲武学堂，该校与黄埔军校、保定军校齐名，尤其在朱德就读时，云南讲武堂的要求非常严格，教学也很规范，各科全部采用日本士官学校的军事教材，教官多数都是日本士官学校的中国留学生。

云南讲武堂旧照

在朱德那一期学生中，以他和朱培德的学习成绩为最优。每当遇到外国领事来讲武堂参观，校方总是指令他俩出来对学生进行指挥，时称“模范二朱”。因为学业出色，朱德先被选入特别班，接着又提前毕业，被分配到名将蔡锷麾下。

朱德在军校时就加入了同盟会，从辛亥革命到护国讨袁，他参加了多次起义和战斗，其间整整十年的军人生涯，大部分时间都是在枪林弹雨的伴随下度过的。

扎实的基本功以及不断的实践，让朱德在战争中迅速成长起来。有一段时间，朱德奉命率部驻守滇南边疆。当地炎热多雨，万山重叠，当地土匪常常利用这一复杂环境对驻军进行袭扰。驻军要剿匪，但军队刚刚集中起来，土匪便这里一伙，那里一伙地分散开来，使得军队频频扑空。

经过对土匪活动规律的分析，再结合书本和军校中得到的知识，朱德悟出了一种特别有价值的战略思想，他称之为“流动群集作战”。

你不是会分散吗？我也分散，不集中打，分散打。

你会根据情况变化，有时化整为零，有时化零为整。那我也来个声东击西，忽北忽南，打得赢就打，打不赢就走。

通过使用“流动群集作战”，朱德以其人之道还治其人之身，在边境剿匪战中打得土匪魂飞魄散，之后他运用于其他战场，同样屡建奇功。

早期军人指挥作战一般都只会硬打，朱德是硬打加上巧打，非常灵活，因此胜率也高。他自己回顾说，从辛亥革命起，他在川滇同北洋军打了十年仗，总是能够以少胜多。

所谓“流动群集作战”，其实就是游击战争的思想，只是当时没有这么定名罢了。当时的正规军校和军事教材对这种战法还非常排斥，认为是旁门左道。朱德在莫斯科“东方劳动者共产主义大学”（又名斯大林大学，简称东大）学军事时，教官测验他，问他回国后怎样打仗，朱德回答：“战法是‘打得赢就打，打不赢就走’，‘必要时拖队伍上山’。”教官一听就变了脸，当场将他好一顿批评。

等到南昌起义失败，几乎山穷水尽，朱德就把游击战的打法拿出来用，包括以后上了井冈山，他都是游击战的首倡者和实践者。抗战末期，延安编写红军军史座谈会，朱德对游击战的来源再次做了说明：“在这一点上，我起了一点带头作用。”

新战法

朱德在军事上绝对是个有心人。他在莫斯科东大学习时其实也取到了真经，这就是其时已流行于欧洲，特别是苏联和德国的新式军事学说。

按照新军事学说，部队作战时应进行梯次配备，也就是你不能把部队一窝蜂地全派上去，而应以连为单位，疏开队形，呈“品”字形和梯形部署。这样不仅可以保证足够的攻击力和后劲，而且能减少损失，就算一发炮弹打过来，各部队的伤亡也不会太大。

如果是面对面直接战斗，无论北洋军还是国民党军，习惯的阵形都是一字散兵形。使用一字散兵形，最怕的就是敌方火力猛烈，几挺重机枪往前沿阵地一架，部队马上就会被打散架。新军事学说将一字散兵形改为弧形散兵群，以便最大限度避免遭到敌军集中火力的攻击。

早期的红军

还有射击方法。旧军队不重视射击技术和命中率，冯玉祥率部在河南剿匪，一仗足足消耗了二十万发子弹，查点土匪的尸首，却连两百人都不到。新军事学说则要求接近射击，敌军不到一百米内不得扣动板机。

游击战是战略，梯次配备是战术，弧形散兵群和接近射击是具体的战斗方法。从军事学的角度来说，它们都意味着重大变革，是当时了不起的一件大事，若运用纯熟，完全能够做到以少胜多。

新的东西要接受起来总是非常不易。利用隐蔽于范石生部的那段时间，朱德亲自对部队进行训练，其中光是梯次配备和弧形散兵群两项，部队就学习了将近半个月时间才得以掌握。

南昌起义后，起义军主要采取的还是北伐以来的通行打法，说白了就是死打硬拼，同敌人拼消耗。许克祥不但兵力数量是工农革命军的数倍，而且武器装备精良，后方补给充足，假使朱德仍然像原来那样打的话，可以肯定部队必败无疑。

新战法学了一直没派上大用处，正好拿这个许克祥试试刀，朱德首先避其锋芒，主动撤退，将部队隐蔽在深山中进行休整。许克祥遍寻工农革命军不着，得到的报告总是“共军去向不明”“朱德无影无踪”。

经过一段时间的休整，工农革命军体质增强，士气高涨，而许克祥部却在连连扑空之后，变得锐气大减。与此同时，许克祥采用的又是那种老套过时的布阵法，他把部队摆成一线，首尾难以相顾，正好便于各个击破。

判断作战条件已经成熟，朱德遂率精兵直捣许部主力。许克祥浑然不觉，有人向他报告，说朱德的部队相距已不到五里，他还加以训斥：“你这是造谣惑众，扰乱军心！”

等到发现工农革命军真的扑上来时，许克祥已来不及把他的部队集中到一起，只得仓皇应战。朱德所率的部队虽然人数不多，却是挑选出来的精锐，而且经过新战法的严格训练，作战时的情形是：他们所摆出的弧形散兵群，严密周到，很难被敌人火力打乱；接近射击消灭敌人，既准又狠，敌人根本不敢靠近。

打了没多长时间，许部先乱了，随后工农革命军端着刺刀发起冲锋，敌人还没有散开，他们已经逼到对方面前。许部根本没有打白刃战的准备，枪上连刺刀都没有，士兵们对近战拼刺刀从心里感到惧怕，哪里还有对抗的勇气和能力，结果马上就被冲垮了。

一场仗打下来，许克祥身边只剩下七八个人，他慌忙换上便装，跳上一只小船溜之乎也。当朱德亲自率部追到渡口时，岸上还扔着一套许克祥的军装。

这是工农革命军出师以来的第一个大捷，也是朱德吸取南昌起义失利教训，采用新战法并取得成功的初步尝试。他们以少胜多，在此战中俘虏敌人一千余人，其中一部分被用于补充兵员。许克祥北上所带来的大量武器弹药和军用物资也被缴获，部队不仅得到了机关枪，还得到了迫击炮和大炮，朱德高兴地说："许克祥帮助我们起了家！"

在湘南的日子里，朱德率部打了不少胜仗，他所传授的新战法逐渐成为工农革命军的惯常打法。大家上了战场，想都不用想，本能地就知道如何将游击战和运动战结合起来，如何躲避敌人火力，如何近战歼敌。

那时林彪、粟裕等人都还在工农革命军里当小干部，他们是新战法的首批受益者。可以这样说，他们是朱德当年一手训练和磨砺出来的将才，甚至他们日后得以扬名的战术，其实也是对新战法的一种继承、发展和创新。

戏点到谁谁就唱

在井冈山参加革命的曾志第一次见到朱德，是在一次群众大会上。大会在城隍庙举行，台下人山人海，朱德就在台上作报告。只见他围着一条绿围巾，穿着一件黄颜色的齐脚大衣，整个人看上去非常威武、精神。曾志的第一感觉是：这人真威严啊！

到了晚上，曾志的丈夫带她去见朱德。曾志开始还有些紧张害怕，没想到朱德非常和蔼可亲，说话也和声细气，“像慈母一般”，与其白天的形象简直判若两人。

这可以被看成是朱德性格的两面。首先，作为高层指挥员，他有着足以震慑三军、克敌制胜的威严和勇武。在南昌起义军南征的过程中，朱德所带的部队兵员最少，战斗力也不突出，但几乎每次作战都充当先锋角色。后来他自己的部队基本打没了，奉命去指挥其他部队，照旧冲杀在前，毫不怯阵。

战场之上，朱德具备着良好的心理素质。有一次指挥部遭到敌人的几路攻击，朱德身边只有一个连，情况很紧张，他连骑的骡子都弄丢了，但还是很沉着，毫无惊慌之色。

还有一次，也是敌人追着打。朱德跟最后一个后撤的排一起走，敌我双方在山谷里并进，相距只有几百米，敌人的子弹不停地飞过来，在耳边“唰唰唰”地响。朱德一边跑一边观察，然后说：“不要紧，只要来个班掩护一下就行。”

果真，部队稍作掩护，大家就很安全地离开了危险地带，等于从敌人眼皮子底下钻了出去。

与毛泽东运筹帷幄但个人从不直接持枪作战不同，朱德经常身先士卒，带头冲锋陷阵。南征之时，部队被敌人压住，形势非常危急，眼见敌人越冲越近，大家都劝督阵的朱德赶紧从阵地转移。朱德说怕什么，来了就打嘛，说完他从一名牺牲战士的身边捡起一支步枪，推上子弹就朝敌人射击。看到朱德如此不顾生死，干部战士为之精神一振，立即群起反击，从而稳住了部队的阵脚。

军人归根结底都要拿行动说话。朱德能够在军中建立和积累起那么高的威望，连毛泽东都对他尊重有加，既离不开困难时期的坚韧不拔和与官兵的同舟共济，同时也依赖于他作战中的身先士卒、连战连捷。

1940 年 1 月，太行山王家峪八路军总部，朱德所主持的前方文艺座谈会

朱德有能力有本事，但他有长者之风，从不居功自傲，而且对下属没有一点架子，平时都是有说有笑，如同亲人一般。很多部下从未见他发过脾气，骂过人，他们都有如同曾志一样的感觉，把朱德“当父母亲看待”。

那么，是不是朱德一次都没动过怒，发过火呢？倒也不是。

抗战时期，因为三四四旅代理旅长空缺，时任八路军总司令的朱德从资格、能力等方面考虑，认为由六八七团团长田守尧担任这个职务比较合适，于是就找田守尧谈了话，让他等候总部任命。

谁知当朱德将电报打到延安总部时，正在延安的八路军副总司令彭德怀和毛泽东都不同意这项任命，回电要另派他人前来任职。三四四旅政委黄克诚得知这一情况后，对朱德说这件事情恐怕不大好办了，若处理不当，可能影响田守尧的情绪和今后的工作。他建议朱德再拍一份电报，把详细情况报告总部，说明事先已同田守尧本人谈过话，任命不太好改变。

朱德听了觉得没有这个必要，说：“这有什么关系？戏点到谁谁就唱，共产党员嘛！”

后来总部果然调了他人来任职，田守尧就有点不高兴了，旅部为原旅长送行举行聚餐会，他也不参加。见田守尧真的闹起了情绪，朱德提议旅部召开一个党委会，进行批评和自我批评，帮田守尧疏通思想。

朱德也出席了党委会。可是会议开始之后，谁都不开口说话，大家闷在那里不吭气。沉默了好长时间，身为政委的黄克诚为了打破尴尬，只好带头发言，对田守尧进行批评，但为了照顾部队的关系和今后的工作，他批评得比较婉转，既不深刻也不尖锐。

朱德光火了。在黄克诚结束发言后，他站起来一个一个地指着包括黄克诚在内的与会人员，说：“你们这是什么鸟党委会？不敢进行批评和自我批评，算什么共产党员！”

朱德对田守尧进行了不留情面的严厉批评。最后他做了总结：“戏点到谁谁就唱，没点到你就不能出台。共产党员嘛！我们都要听党中央的，不能闹情绪。”

这次党委会给在场的所有人都留下了深刻印象。大家才知道一向和善的朱老总也有动怒的时候，而且一发起火来同样是雷霆万钧。

不是一件容易的小事

“戏点到谁谁就唱，没点到你就不能出台”，朱德对自己就是这种要求。南征时，他指挥的部队不仅担任先锋，而且承担的总是征发粮食民夫等苦活累活。其间兄弟部队和机构不断向他们要运输夫，最后所剩不多的官兵也基本都补充了兄弟部队。

面对这种情况，朱德不是不发愁，但他从无半句牢骚和怨言。自己的部队没了，他就去接受新的任务，依旧是任劳任怨，埋头苦干，有多少力尽多少力。

第五次反“围剿”失败后，红一方面军（也称中央红军）被迫长征。经历了长达八个月艰苦卓绝的转战，部队终于到达川西北的懋功，与红四方面军胜利会师。

用一位指挥员的话来说，他们刚到懋功时，就像是“在沙漠旅行的人见到了绿洲”，可是红四方面军领导人张国焘的态度却使大家感到格外震惊和寒心，因为其派头“就好比大富翁见到穷亲戚一样”。

从长征中走过来的中央红军衣衫褴褛，缺枪少弹，相比之下，红四方面军显得粮弹充足，兵强马足。这使得张国焘很看不起中央红军，他的这种傲慢一开始就表现得很明显。举行会师大会时，他骑着马，身后还跟着骑兵卫队，神气活现，“像演员在舞台上亮相”。

要知道当时在中央红军，毛泽东、朱德各自都只有一匹马和一个警卫员。朱德更是除非检查部队，否则都把马让给别人骑。

看到张国焘，毛泽东、朱德赶紧上前迎接，张国焘却停住脚步等他们走过来，连半路相迎都不肯。在对部队讲话时，朱德盛赞张国焘多年的革命历史，轮到张国焘介绍朱德，只轻描淡写地说了一句：“他跟我们一起斗争了八年（指从南昌起义至两军会师）。”

朱德在南昌起义时就认识张国焘。会师之后，他找张国焘谈了一个通宵，言辞非常恳切，为的就是希望搞好团结。可是张国焘对中央红军

右一为张国焘，右三为毛泽东

乃至中央机关依旧毫不尊重，甚至产生了与中央分庭抗礼和争夺权力的念头。

中央机关的张闻天、博古等人书生气太重，与张国焘斗法其实占不到什么上风，毛泽东是有策略的，但张国焘对他又非常疑忌，只有朱德是一个例外，其地位和分量既重，待人又诚恳大度，这使张国焘感到，“中共中央和一方面军，其中也不乏深明大义的人，如朱德的态度就是好例子”。

张国焘靠“肃反”起家，是个不折不扣的权斗高手。他要向中央夺权，既倚仗于手中所拥有的武力，同时还想“尝试一下用较温和的办法”。这样朱德就成了张国焘暂时可以接受和想加以利用的一个人，中央和朱德本人也借助于这一条件，继续对张国焘进行团结和争取。

中央计划北上，为此决定将一、四方面军混合组成左、右两路军。张国焘及其红四方面军主力为左路军，朱德和刘伯承随其行动。

要与中央及其多年患难与共的毛泽东、周恩来等人分别，转而和张国焘共事，朱德一开始就知道这“不是一件容易的小事”，但后来情况的严峻程度还是大大超出了预想。

右路军北上后，一再来电催促左路军向其靠拢。双方只隔着一条河，张国焘却借口河流涨水，拒绝让左路军北上。朱德派人测了一下河水深浅，发现最深的地方也不过马肚子，队伍完全可以通过。他立即向张国焘说明情况，然而张国焘依旧按兵不动。

张国焘的实际打算是拒绝中央命令，要挟全军按照他的想法南下。为了这件事，朱德与张国焘之间第一次发生了激烈争执，张国焘和他的秘书长同朱德争吵，态度很恶劣。总部的参谋们都是原四方面军的参谋，他们虽然一时搞不清楚谁对谁错，但也觉得张国焘这样对待红军总司令是不对的。

张国焘自恃手握兵权，连中央都不被他放在眼里，又哪里会在乎朱德的意见。左路军不进，对于右路军中的四方面军，毛泽东和中央机关又指挥不动，无奈之下，他们只得率右路军中的红一方面军主力单独北上。

张国焘闻报，立即在阿坝召开会议，攻击中央北上是“逃跑主义”。参加会议的人也纷纷跟着起哄，要朱德当众在“同毛泽东向北逃跑的错误划清界限”，“反对北上，拥护南下”。

朱德坐在那里一言不发。张国焘见状便亲自出马：“总司令，你可以讲讲嘛，你对这个问题的认识怎样？是南下，是北上？”

朱德这才说：“北上决议，我在政治局会议上是举过手的，我不能出尔反尔，南下是没有出路的。”

朱德的话令会议气氛更加紧张。有人竟然冲着朱德喊起来：“既然你拥护北上，那你现在就走，快走！”

不沉的“航空母舰”

朱德应该很清楚，如果他继续留下来，不但处境困窘尴尬，而且还将面临生命危险。可是他要这么一走的话，编在左路军的原红一方面军官兵不可能全都跟着走，走不了的人将更加困难。同时，他是红军总司令，一、四方面军都是他的将士，即便在认定南下没有出路的情况下，也不可能丢下这些将士不管。

退一步说，就算真的要去追赶中央，也没法知道这是不是张国焘在存心进行试探。想当年，张某在鄂豫皖的“肃反”中可是杀人如麻，凡是他想杀要杀的红军将领早就被他杀得一个不剩了。张国焘原先留着朱德，不过是想用“较温和的办法”来达到个人目的，现在还留着，则是要借其红军总司令的名头。可是如果让他知道你还心向中央，要去追赶中央，谁能保证他不动杀机？

面对有人让他赶快离队的叫嚣，朱德的回答很有智慧：“我是中央派到这里工作的，既然你们坚持南下，我只好跟你们去。”

就算是这样，朱德仍不断遭到蛮横攻击和谩骂，刘伯承实在看不下去，忍不住挺身而出：“现在不是开党的会议吗？你们怎么能这样对待朱总司令！”

刘伯承用这种引火烧身的办法，把一部分人的攻击目标转移到自己身上，才总算给朱德缓解了一些压力。

毛泽东和朱德

阿坝会议之后，张国焘开了各种大会小会。这些会议除大肆攻击中央，鼓吹“只有南下才是真正的进攻路线”外，就是围攻朱德，甚至谩骂他是“老糊涂”“老右倾”“老顽固”，等于把会议开成了对朱德的批斗会。

朱德很沉着，不管你怎么斗，

怎么骂，他总是一言不发，像一艘不沉的“航空母舰”。等对方斗完骂完，他才不慌不忙地跟这些人讲道理。张国焘及其追随者慑于朱德的威望，同时也认为他还有利用价值，所以除了斗一顿，骂一顿外，也不敢真对他采取极端手段。

张国焘很快就正式发布了南下命令，之后召开高级干部会议，公然宣布另立以他为首的“临时中央”。在张国焘的煽动下，与会的一些干部你一言，我一语，“责备和埋怨中央的气氛，达到了高潮”。张国焘得意扬扬之余，便又要朱德表态。

“大敌当前，要讲团结嘛！天下红军是一家。”朱德语重心长地说，“大家都知道，我们这个‘朱毛’，在一起好多年，全国全世界都闻名，要我这个‘朱’去反‘毛’，我可做不到哇！”

他苦口婆心地规劝那些头脑发热的与会者：“不论发生多大的事，都是红军内部的问题。大家要冷静，要找出解决办法来，可不能叫蒋介石看我们的热闹！”

仅靠朱德等少数人，自然没有办法阻止张国焘成立所谓的“临时中央”，不过朱德还是话里有话地给了张国焘一个警示：“事已至此，同志们不会承认原有的中央了，但希望留下将来转圜的余地。”

张国焘成立“临时中央”后，一直没有公开对外宣布，同时也没有进一步设立机构，或选举新的中央委员，或对中央的现有成员进行“制裁”。这一方面是因为他还要做些表面功夫，此地无银三百两地进行表白，以显示自己并不是“存心分裂”和争夺个人权力。另一方面，朱德给予的警示也确实让他有所畏忌，使他在尚未能够稳操胜券的情况下，不敢把事情做得太绝。

朱德在他的戎马生涯中，曾遇到过许多困难和坎坷，但使他心情最为沉重和矛盾的，莫过于四方面军分裂。有一段时间，一些四方面军的干部跑来闹事，不但将他的坐骑抢走，还连着两天不给他和身边的工作人员饭吃。躲在幕后的张国焘则以保护为名，将朱德和刘伯承像俘虏一样软禁起来，实际上是要从心理上施加压力，以迫使他们屈从于自己的意志。

刘伯承根据经验判断，对朱德说："现在情况很严重了，看样子，他们有可能要逮捕人。"

朱德沉思了一阵说："个人是无所谓的，可是任事情这样演变下去，对整个革命不利呀！"

顾全大局，继续忍耐，成了朱德用以说服自己坚持下去的座右铭。见朱德和刘伯承没有激烈的表示，也没有公开发表任何直接针对他本人的言论，张国焘认为初步目的达到了，不久就把两人放了出来。

张国焘此人心狠手辣，只要发现一方面军的指战员对他流露出不满情绪，便会毫不犹豫地加以杀害。红军总部侦察科长胡底在到中央苏区前，与李克农、钱壮飞并称为"龙潭三杰"，是一位不可多得的地下情报员，可就因为说了一句"张国焘是军阀，是法西斯"，就被张国焘秘密毒死了。

朱德对此感到既痛心又忧虑。他反复嘱咐一些对张国焘不满的干部战士，说你们不要闹，不要性急，不要做无谓的牺牲，"胡底同志就是过于性急，张国焘就把他陷害死了"。

除了对张国焘不满外，有的干部战士还提出要单独北上找中央，有的甚至说如果张国焘拦着，就跟他干。朱德竭力劝阻，要他们顾全大局，同时多看四方面军的优点，彼此搞好团结，"少说话，多做工作"。他这样做既保护了这些指战员，也让张国焘无话可说。

临大节而不辱

尽管朱德千叮咛万嘱咐，但仍然有人沉不住气，被张国焘抓住了把柄。这时候他就不再顾及自己的安危，用尽一切办法让张国焘“刀下留人”。

红军总部作战局局长曹里怀原为红五军团参谋长，他从机要科得知中央红军已到达陕北吴起镇，便悄悄地把这一消息告诉了两个盼望北上的干部战士。

张国焘发现了，马上把曹里怀关押起来，随后召开紧急会议，以曹泄露军事机密为由，提出要严加惩处。朱德一看曹里怀可能要被处死，立刻站出来对张国焘说：“曹里怀就讲了那么几句，你安他反革命够不上。他这小鬼我知道，井冈山时期就跟我们在一起，你有什么理由乱杀人呢？”

朱德在给红军指战员讲话

张国焘当众没法反驳，这才放过了曹里怀。

原在红三军团的彭绍辉给朱德写了封信，讲他不赞成南下。信半途落到了张国焘手里，张国焘派人把彭绍辉找去谈话。彭绍辉刚进门，就有人不由分说地上前打了他一个耳光：“为什么反对南下？为什么反张主席？”

彭绍辉被一把驳壳枪顶在胸

口，危在旦夕。朱德见状，赶紧把枪夺下来，说：“打人是不对的，这是党内斗争，应该允许同志讲话。”又说：“这样谈话怎么行呢？”他一边说一边让彭绍辉“回去吧”，就这样把彭绍辉从枪口下救了出来。

又有一次，张国焘派人抓了红五军团二十多个掉队人员，说他们是有组织的反革命武装。五军团保卫局长欧阳毅出来证明这些人都是零星掉队人员，不是一个战斗单位的，当然更不可能是有组织的反革命武装。

张国焘的人便说欧阳毅是“假革命”“反革命”，掏出手枪对准了他。朱德闻讯急忙赶来制止，救了欧阳毅一命，被抓的那二十多人也都得以回到了五军团。

事实上，如果不是朱德出面保护，很多一方面军的干部战士都可能遭遇不测。对于四方面军的干部战士，朱德同样能够做到坦诚相待。接触久了，他身上的那种人格力量令大家都为之折服，即便原来一些不明事情真相，曾当面辱骂过他的人，也逐渐改变态度，对他十分尊重。这也是朱德特别受人尊敬的地方，他被称为“红军之父”确实名至实归。

张国焘率部南下后一直打不开局面，部队从八万人锐减至四万人。看到屡屡碰壁，没有出路，不仅四方面军的干部战士对南下开始感到失望，就连张国焘自己都渐渐消极起来。恰在此时，共产国际方面传来消息，表示支持中共中央，且认为“中央红军的万里长征是胜利了”。

“老机会主义者，没有一定的原则，没有一定的方向。办起事来忽左忽右，前脚迈出一步，后脚跟说不定就打哆嗦。”这是徐向前对张国焘的一个基本评价。南下遭遇重大挫折，共产国际又态度明确，让张国焘前后两只脚都打起了“哆嗦”，这才想到要用朱德进行“转圜”。

随着在军中的处境出现明显改善，朱德认识到“事情向好的方向转了”。在他和刘伯承等人的说服下，张国焘被迫同意北上与中央红军会师，并取消了“临时中央”。

后来当朱德回顾这一段经历时，非常感慨地说：“你看，如果我在初时不忍耐，就不能取得以后在四方面军工作的地位，如果没有工作的地位，那么就不能说服四方面军干部了。”

从南下至重新北上，朱德随四方面军三过草地，比毛泽东等人都多走了一万多里，其中的艰险曲折真是一言难尽。好在朱德身强体健，路上从来没有病倒过。更重要的是，他的心态始终保持得非常好，尤其在通过自己的说服，促使四方面军得以北上后更是如此。

朱德自言，长征路上再怎么艰辛，“还是觉得很爽快，不感觉如何愁闷”，“从来就没有认为什么事没有办法，相当地有点乐观主义”。

就连长征中被认为是吃人陷阱的草地，在朱德眼中都是“很好玩的”。在他的回忆中，草地甚至还带有诗意的味道：草地上有红的花，黄的花，很好看，几十里地都是；草又是青青的，河流在草地上弯弯曲曲的，斜斜的一条带子一样往极远处拐了去……

会师时，朱德十分激动，与红一师师长陈赓说着说着话就禁不住热泪盈眶。他还特意与九十里外的红二师政委萧华通了电话，电话足足打了有半个钟头，“真不知有多少话要说”。

毛泽东称赞朱德在四方面军“斗得有理、有节，临大节而不辱”，“度量大如海，意志坚如钢”。很多人认为，后面那一句话十个字，恰恰也是对朱德整个革命生涯的最好概括。

第二章

谁敢横刀立马

土地革命战争时期有三个最著名的起义，即南昌起义、秋收起义和广州起义。十大元帅的提名者大多参加过“三大起义”，只有一个人是例外，而且他上井冈山的时间也比较晚，尚在林彪之后。不过此人的起点却不低，他原在湘军主力部队中任团长，后来在湖南平江发动起义，成立了红五军，并率部登上了井冈山。

这个人就是彭德怀。他骁勇善战，井冈山时期，只要提到他的名字，敌人便胆战心惊。当时国民党的报纸把他和朱德、毛泽东、黄公略并列，称之为“朱毛彭黄”。在白区工作的地下党通过阅读报纸，经常可以看到有关彭德怀的一些报道，所以也知道他是一个很会打仗的人。

彭德怀文化水平不是太高，也没有上过什么著名军校，是从士兵一步一步提拔上来的军官。古人说“宰相必起于州部，猛将必发于卒伍”，彭德怀可以被看成是后者的一个典型例证。

有人当面向彭德怀请教，问如何才能学会打仗。彭德怀没有细讲，只是说军事工作没有什么神秘的，同其他工作一样，主要是靠在实践中学习，打来打去，实践多了，本领也就练出来了。

彭德怀不讳言他也打过败仗，但他说谁都不是生下来就会带兵打仗，一开始总难免要打一些败仗，关键还是要实践。只有从实践中练出本领，打败仗的概率才会慢慢减少，胜仗也才会越来越多。话虽不多，然而确系经验之谈。

“方子”

彭德怀不但曾打过败仗，还上过别人的当。井冈山曾有两个“山大王”，一个是袁文才，一个是王佐，红军上山后，他们接受了共产党的领导，对红军有过很多帮助。

袁、王在井冈山有地方武装和群众基础，那时是革命低潮时期，可以说不靠这两个人，红军根本没有办法在井冈山坚持和生存下去。毛泽东很清楚这一点，他在井冈山上时非常重视做袁、王的工作，千方百计想把两人真正吸收到队伍中来。

彭德怀率红五军上井冈山后，湘粤赣三省敌人“会剿”井冈山。经过商议，便决定由毛泽东、朱德率红四军主力打出去，向赣南进军，彭德怀率红五军留守井冈山。有一天，赣西南特委的人来找彭德怀，反映袁、王的问题，说他们是土匪头子，旧习未改，靠不住，要“反水”（也就是叛变），必须予以解决。

彭德怀吃了一惊，忙问：“问题有这么严重吗？”特委的人说怎么没有，如不及时解决，边界特委和整个井冈山根据地都会面临危险，而且他们还强调特委对此做了决定。

听了他们的话，彭德怀未做进一步的了解，就同意了特委的意见，派红五军第四纵队协助特委展开行动。解决袁、王时，袁、王打的仍旧是红旗，部队戴的是红袖套，根本没有防备主力红军会打他们。为了进行区别，参与行动的红五军和赣西南武装就戴白袖套，结果，袁文才被当场打死在自己房子里，王佐逃跑时跌入河中淹死了。

毛泽东知道后对这次行动进行了严厉批评，认为无论如何都不应该将袁、王杀掉。事后查明，袁、王不听指挥，有时闹点独立性是有的，但绝对没有“反水”。赣西南特委的人是因为与袁、王有矛盾，在自身武装力量不够的情况下，便单方面给彭德怀提供假信息，用“借刀杀人”之计除掉了袁、王。

在袁、王活着的时候，红军在井冈山的山上山下都可以搞根据地，就是山上一时守不住，过段日子还是可以再回来。等到袁、王被杀，他们的余部真的叛变了，井冈山就彻底由红区变成了白区，红军也永远失去了这块红色革命的风水宝地。

在杀袁、王这件事上，彭德怀虽然并未主谋，但他没有把情况搞清楚，对此是有责任的。彭德怀本人也追悔莫及，承认犯了偏听偏信的错误。

古人说，兼听则明，偏听则暗，要真正懂得这个至理名言，有时竟然要付出血的代价！为什么处理袁、王事件时，没能多了解一下情况，多听听其他方面的意见呢？彭德怀经过认真反思，认为跟自己的性格弱点有关，太容易急躁。

为了治疗急躁病，防止以后不再犯同样的错误，彭德怀给自己开了一个很独特的“方子”。按照这个“方子”，彭德怀以后但凡遇到重要的问题，只要不是特别紧急的，在写出处理意见后，就不立即拿出来，而是先放到抽屉里，搁它一个晚上。第二天等到头脑特别清醒的时候，再把处理意见拿出来看几遍，审慎地思考一番，觉得确实比较妥当了，才把意见拿出去。

试了几年后，效果不错，就一直常用不辍。彭德怀属于勇战派的将领，作战风格大刀阔斧，他在早期指挥作战时确有一些躁进冒失的地方，但越

彭德怀，时任红三军团军团长

到后来越趋精细。若为彭德怀的名将成长之路理出一条线来，也许还真得给“方子”记上一功。

其实这个“方子”并非彭德怀的发明，他是从毛泽东那里学来的，彭德怀的聪明之处在于，他能够“吃一堑，长一智”，及时补救，而且找到方法后便持之不懈地坚持下来。

一方面是越来越冷静沉着，另一方面，勇猛果敢始终是彭德怀身上的不变标签，很多别人望而生畏的苦仗恶仗硬仗，他都能够毫不犹豫地一肩挑起。

陕北有一个吴起镇，土地革命战争时期，这里属于陕北革命根据地的一部分。有一天，镇上老百姓赶着羊往山上走，突然看到从山上下来很多军队，一队接一队，整整走了一天都还没有走完。

这些军人个个头戴红五角星帽，上边插有木条和黄蒿，身穿灰色烂衣服，脚穿破麻鞋，小腿扎有绑带。起初老百姓不知道是什么军队，说话也听不懂，后来军队宿营，在墙上、石崖上书写标语，镇上有识字的人看了标语，才知道是中央红军。

这是长征末期，张国焘搞分裂，中央红军单独北上后发生的事。尽管长征已临近结束，但部队仍处于艰难困苦之中，一路上都过着风餐露宿、饥一顿饱一顿的日子。就在到达吴起镇的前三天，他们仍在和围追堵截的敌人打仗，大家白天黑夜地轮流上战场。

抵达吴起镇的前一天晚上，部队在一个村子里露宿。时值深秋，天气很冷，但干部战士都穿着单衣，一个个冻得直哆嗦。不少人还因为水土不服拉肚子，部队只得在村子周围挖了许多便坑，第二天早晨离开时再全部深埋，清理干净。

两条腿打四条腿

吴起镇成为中央红军在陕北的第一个落脚点。此时部队离开中央苏区已经有一年多了，在陕北第一次看到“乡苏维埃政府”的牌子，每个人都既激动又高兴，感觉历尽千辛万苦，终于回到了自己的“家”。战士都饿慌了，向镇上老百姓买来粮食后，抓起生米、生面就吃，干玉米棒烧得半生不熟，也照样拿在手里嚼。

中央红军在到达吴起镇前，曾遇到过一个险要狭窄的路段，部队通过之后，便将其炸毁了。没想到敌人骑兵为了追击，又连夜将路重新予以修通。红军早上到吴起镇，中午时分敌骑兵就从后面追赶而来，与红军的后卫部队打了起来。

中央红军到陕北时，陕北正在搞“肃反”。陕北红军的领导人刘志丹及部队营以上干部都被抓了，根据地人心惶惶，就算能跟陕北党组织和红军联系上，暂时也不可能指望陕北红军抽调力量御敌。这时周恩来还在生病，毛泽东紧急召开干部会研究对策，重点就是讨论打还是不打。

干部们的意见很不一致，有一部分人不主张打。他们认为经过长途行军转战，部队已疲惫至极，当地情况又不熟悉，要打的话没有取胜把握，不如等到把敌人引进苏区，了解情况之后再打。还有个别人存在着明显的惧战心理，说："叫我们两条腿打四条腿，怕是开玩笑。"

毛泽东考虑之后，说一定要在这里打，绝不能把敌人带进苏区去。命令传达到部队，干部战士也都能理解，因为"到了家了，要打个胜仗作为礼物，送给陕北的人民"。

显然这不是一个好打的仗。彭德怀接过了指挥重任，他下令将大路予以破坏，然后在吴起镇附近山沟两侧设置埋伏圈。

毛泽东对此战极其关注，第二天清晨五点，他亲自上山，在一棵树下召集以彭德怀为首的干部开会，反复说明打好这一仗的重大意义，要求一定要打胜。

干部会结束后，毛泽东对警卫员们说："现在休息休息，枪声响得激烈时不要叫我，到打冷枪的时候再叫我。"说着，就在树下休息，没多一会儿，战斗就打响了。

追到吴起镇的一共有两支敌骑兵，一支是有"马家军"之称的马鸿宾所属骑兵团，另一支是东北军的骑兵师。"马家军"打仗比较刁滑，他们提前发现红军设伏，所以撤得快，损失也不算大。被彭德怀整个"包饺子"的是东北军，他们一共有四个团，先头团第一个陷入伏击圈。

对阵地的选择，很能看出一个战将的素质、能力和经验。被彭德怀设置为伏击阵地的山上像剃得光光的和尚头一样，几乎没有一棵树木、一巴掌草地，视野非常开阔，便于发挥火力优势。彭德怀把迫击炮和机枪集中起来进行射击，一时间，炮声若响雷，枪声似爆豆，敌人所处的山梁上被打得尘土飞扬。

1935 年的陕北吴起镇

骑兵的马虽快，但被覆盖于如此密集的火力之下，就是千里马也够呛。毛泽东的警卫员们在山上看得很清楚，敌人的骑兵不断从马背上翻滚下来，有的人连人带马都从山坡滚到山下。许多战马或失去指挥，或因受惊吓而失去方向，它们在大山中间到处乱跑乱窜，怪声嘶叫着。

红军疲劳不假，可是人多，满山的干部战士可以轮换上阵地作战。敌人的先头骑兵团没有坚持多久，就被全部消灭掉了。

接着，惊马又转回头向后面三个团冲去。骑兵不是步兵，最怕的就是自家的马冲了自家人，那三个团尚未摆好阵势，便被败骑冲散，等于不打自垮。

听见枪声渐稀，毛泽东的警卫员忙去树下叫醒他，并争着告诉他："我们两条腿的，竟把四条腿的追得满山乱跑！"毛泽东听后也高兴地笑了起来。

在吴起镇战役中，敌骑兵共被消灭一个团，击溃三个团。战斗结束后，老百姓没有来得及背回家的庄稼被惊马踩得一片狼藉，山上山下到处都是死马和马鞍子，一堆堆黄灿灿的子弹壳随处可见。

这是中央红军在长征中的"切尾巴"战役，此战获胜，意味着蒋介石"追剿"计划的破产。至此，中央红军的长征宣告结束，疲惫不堪的指战员们将能在陕北根据地得到充分休整。

毛泽东欣喜之下，诗赠彭德怀："山高路险沟深，骑兵任你纵横。谁敢横枪勒马，唯我彭大将军。"彭德怀很谦虚，收到这首诗后把末句改为"唯我英勇红军"，然后退还给了毛泽东。

新中国成立后，毛泽东的这首诗正式发表，为"山高路远坑深，大军纵横驰奔。谁敢横刀立马，唯我彭大将军。"彭德怀横刀立马的勇武形象和气势跃然纸上。

我看可以开始行动了

从 1939 年至 1940 年，抗战进入了相持阶段。日军大量增兵华北，一边"扫荡"，一边推行"囚笼政策"。所谓"囚笼政策"，实际是一种交通封锁的战法，即以"铁路为柱，公路为网，据点为锁"，不断对抗日根据地进行封锁和切割。

八路军总部有一张华北地形图，上面标识的新旧铁路线、公路线交织连贯，已经形成了一张巨网。此情此景，令时任八路军副总司令的彭德怀感到非常焦虑，他也由此产生了主动发起交通破袭战的设想。

1940 年 4 月中旬，八路军总司令朱德奉命前往洛阳，然后秘密返回延安。作战科参谋潘开文负责护送朱德通过白晋路，启程前，彭德怀特地交给他一封信，并要他将信丢弃在日军的封锁线内。

信是写给国民党军庞炳勋的，上面透露八路军和国民党军将在华北发生严重摩擦，但信的内容全是假的，因为朱德到洛阳，为的就是与国民党方面谈判停止国共摩擦问题。

彭德怀抛出这封假信，不过是为了明修栈道，暗度陈仓，给他酝酿中的破袭战做铺垫而已。此举也确实起到了作用，事后日军参谋本部懊丧地总结说，八路军“扬言要与中央军一战”，实质却是要“转移、引诱、欺骗”他们的注意力，以便为大规模地集结兵力提供方便。

4月末，彭德怀让各兵团就破袭战谈看法。由于正太路位于“囚笼”的中心位置，将晋察冀和太行区隔离开来，被日军称为“钢铁动脉”，所以大家都提出应集中力量对正太路进行破袭。

4月份以后，八路军总部的作战室内挂上了一幅正太铁路地形图。彭德怀将地形图和敌情资料对照起来研究，终于发现日军的“囚笼政策”存在着一个它自身无法克服的弱点和破绽。

通过普遍筑碉堡，日军看似已将势力范围深入了抗日根据地，但各个碉堡都需要有人把守，在兵力分散的情况下反而形成了“敌后的敌后”。“敌后的敌后”的特点是交通线空虚、守备薄弱，这对八路军来说是一个有利的战机。

彭德怀对八路军进行检阅，举手敬礼者即为彭德怀

大破袭的轮廓逐渐成形，需要的只是继续准备和动员。

转眼进入7月中旬，随着“囚笼政策”愈演愈烈，华北抗日根据地大片地沦为游击区，根据地内仅剩下两座县城，一座是太行区的平顺，一座是晋西北的偏关。原来只需一面交纳粮税的群众变成两面负担，即既要负担抗日政府，又要负担伪政权，不但使他们的生活压力越来越大，而且八路军在给养筹措方面也因此变得困难起来。

在国际上，英法两国屈服于日本，相继关闭滇越铁路和滇缅公路，中国的西南国际交通线被截断。当月，八路军总部曾收到一份秘密情报，情报显示日军正在准备“八月进攻西安”，也就是西北国际交通线同样存在着被截断的危险。

从4月起，华北田野里的青色高粱变得又高又密，它们像帐幕一样，俗称“青纱帐”，是打游击战最好的掩护。“青纱帐”茂密旺盛，也就意味着游击战争的黄金季节到了。外部压力倍增，内部战机已至，朱德对八路军副参谋长左权说：“大家老盼着打，我看可以开始行动了。”

没过几天，彭德怀即在总部主持召开军事会议，将破袭战方案正式确定下来。按照方案，八路军将重点破袭正太路，使用兵力不少于二十二个团。

7月22日，总部向各兵团发送密电，传达破袭战预备命令。这一标明“十万火急”的绝密电报同时发到延安，呈报中央军委。

在敌后碉堡密布的情况下，组织这样统一的有计划的大规模破袭战，可不是一件容易的事。战前彭德怀的指示非常详细具体，他下令对每一个攻击目标进行侦察，需要特殊破坏技术的水塔、隧道、桥梁，还必须派出便衣组并配以技术人员，以计算药量和作业。

为了完成这些要求，从总部到各师旅团，参谋人员全都加入到了侦察员的行列，就连一些旅级干部都化了装，在铁路沿线侦察地形。

战前的保密工作也做得非常好，从彭德怀特意抛出的那封假信开始，华北日军就一味相信八路军还在与国民党军摩擦，而浑然不觉预定的出击目标其实就是他们。

不过为了防止被敌人发觉，保障各地能够同时进行突袭，彭德怀仍决定提前发动战役。这使得中央军委在收到预备命令的情况下，尚未做出正式批复，军事行动就已经开始了。

百团大战

1940 年 8 月 22 日，八路军各兵团利用“青纱帐”做掩护，在沿途群众的密切配合下，于黄昏时开到了日军的眼皮子底下。

随后便是等待出击的命令。那天的夜晚特别宁静，但这种宁静反而使人有些焦躁不安，从总部到前沿各部队，大家都能感觉到一种紧张的气氛。

晚上八点，天空中突然出现无数闪光的红星，它们在夜色中“划出了短暂而美丽的弧线”。这是一颗颗红色信号弹，宁静瞬间便被打破。

各路突击部队迅速扑向敌车站和据点，雷鸣般的爆炸声连续不断，震撼着正太路百余公里的地域。一夜之间，以正太路为主，华北的许多主要交通线都被淹没在破袭战的火网之中。

华北日军虽然早就以八路军为重点“讨伐对象”，但他们一直以为八路军只会打游击战或者伏击战，力量还远没有强大到可以主动出击的程度。彭德怀发动的这场破袭战可谓令他们“大开眼界”，各据点的敌人对此毫无防备，在八路军的猛烈攻击下，有的在睡梦中便一命呜呼，有的只能赤着身子抱枪迎战。

“敌后的敌后”的弱点是兵力分散、守备薄弱。在破袭战中，彭德怀巧妙而又大胆地利用了这一点，他采用同时发动、分散出击的战法，使敌人顷刻之间便陷于首尾不能相顾的境地，交通、通信也全部陷入瘫痪。

在遭到破袭的当晚，日军从华北方面军司令部到军、师、旅、联队，或者是电话不通，或者是无线、有线完全不通，他们根本弄不清各方面发生的情况，有的直到两三天后才得以判明形势。日军不得不承认，八路军取得了“奇袭的成功”。

虽然作战方案中规定出动二十二个团即可，但最后报到八路军总部的大团小团达到了一百多个，于是彭德怀便将这次破袭战正式定名为百团大战。

百团大战的第一阶段取得了巨大成功。正太路被破毁了三分之二以上，以致一条完整的铁路变成了“破烂不堪的荒地”。日军在报告中说：“石太线（即正太路）被破坏之广泛及其规模之大，远非其他地方可比。”

这一阶段的另一个重大胜利，是对井陉煤矿进行了大的破坏。井陉煤矿所采的煤是炼铁用的黏结煤，为东北鞍山炼铁厂不可或缺的原料，直接关系到日本的军工生产。井陉共有三座煤矿，其中最重要的是新矿，新矿在百团大战中遭到的破坏也最大，日本人预计“至少半年不能出煤”。

井陉煤矿，八路军炸毁新矿烟囱

在日军有关百团大战的作战记录中，如此记载：“此次袭击，完全出乎我军所料，其损害之大，修复需时之多，费用之巨可以想见。”

第一阶段结束后，中央发出指示，提出在华北扩大百团大战的规模，同时要求山东及华中部队仿照百团大战的例子，“组织一次至几次有计划的大规模的对敌进攻行动”。

在很大程度上，百团大战中“号称”的百团是为了起到宣传作用，里面好多是小团乃至地方武装，他们并不具备很强的作战能力。主力团经过第一期破袭战，也需要休整和补充，无力扩大作战，山东及华中方面则不具备发动大战役的条件，所以中央的指示未能得到完全落实，但仅就指示本身而言，实际上是对百团大战应否发动予以了确认，可以看成是没有批复的批复。

进入百团大战第二阶段，彭德怀传令各部，在继续破袭敌方交通的同时，重点用于攻占交通线两侧以及深入根据地内的日军据点。

命令下达时，日军正调集兵力，向八路军各出击兵团实施反击作战。在他们的概念里，八路军的游击战与大兵团的运动战不同，一般都不会主动出击。彭德怀在短时间内连续发起两次大范围的突袭，而且进攻方向和侧重点还不一样，这完全出乎他们的观察和意料之外。

就在日军顾此失彼之际，八路军乘虚而进，总共拔除据点达两千余个，其中一二九师在破击战役中还攻克了榆社县城。

1940年秋季是重庆大轰炸变得疯狂的开始，在日机的频繁轰炸下，重庆被炸毁的民居和伤亡居民不计其数。大后方弥漫着一股极度悲观的气氛，百团大战的消息传出，对后方民众是一个极大的鼓舞。重庆一家报纸在社论中说：“我们每天看到如雪片飞来的条条捷报，真是兴奋感动得流泪。”

直到百团大战结束，毛泽东仍致电彭德怀，要求不要将百团大战已经结束的事对外宣布，因为“蒋介石正发动反共新高潮，我们尚须利用百团大战的声势去反对他”。这是继第一阶段发出指示后，毛泽东和中央再次对百团大战做出肯定，也表明八路军在此战中不仅取得了军事上的重大胜利，而且获得了政治上的成功。

把你当小毛驴那样牵着走

解放战争期间，彭德怀临危受命，出任西北野战军（当时称西北野战兵团）司令员兼政委，直接指挥西北战场。

说临危受命，是因为胡宗南的十几万兵力正向陕甘宁边区发动大规模进攻，就在彭德怀就职当天，防御部队的第一线阵地已被突破，西北战场进入了极端困难的时刻。

西北野战军不过两万多人，加上地方兵团，也只有三万多，兵力上处于绝对劣势。当时就有人说，队伍只两万多人，是不是太少了呢？彭德怀在延安的会议上发言：不是人少的问题，问题在于我能不能代表这两万多人的勇敢，做他们的表率！

1947 年 3 月 19 日，胡宗南占领延安。彭德怀在撤离延安时，即将野战军主力集结于延安东北的青化砭一带，另以一个营在延安西北佯作主力撤退之势，引诱敌人前往安塞。

胡宗南果然中计，他让主力部队由延安向安塞进发，同时为保障主力的侧翼安全，命令三十一旅向青化砭前进。彭德怀在判明敌情后，决定用伏击战歼灭侧翼的三十一旅，伏击阵地选择在咸榆公路两侧。

咸榆公路沿大川而上，穿过青化砭。公路两侧是连绵起伏的山地，便于隐蔽部队出击，是打伏击的理想战场。观看地形后，指战员们都佩服彭德怀的这个布阵，认为敌人只要钻进这个口袋，便只有覆灭一途。

部队埋伏了一天，敌人没来。陕北高原的山地那时尚未完全解冻，趴在上面一整天，滋味可不好受。众人议论纷纷，有的认为情报不可靠，有的怀疑是走漏了消息，还有的说："敌人准来？哪有那么准，敌人听你指挥啦？！"

彭德怀给众人分析：胡宗南堂堂国民党陆军上将，主力出发后，怎么可能不在侧翼派兵保护？如果这一点军事常识都没有，他怎么可能当到陆军上将？

胡宗南部武器精良，有大炮、坦克、汽车，又急于捕捉西北野战军主力，必须沿公路急赶快进。咸榆公路是陕北唯一的一条公路，彭德怀推断，三十一旅不是会不会来，而是一定要来！

彭德怀的分析和推断十分准确。第二天，三十一旅便如约而至，他们在行军时使用了空中侦察和地面火力搜索，但都没有发现伏击部队。伏击阵地所在的山地都是光秃秃的，并不容易隐蔽，由此可见彭德怀阵地布置的巧妙以及决心之坚定。

彭德怀在青化砭指挥作战，左二为彭德怀

在敌军行军纵队完全进入伏击圈内后，

西北野战军按照彭德怀的预定部署，拦头断尾，猛烈夹击。敌军首尾不能相顾，兵力尚未完全展开就已无法指挥，顷刻之间乱成一团。

经一个多小时的激战，三十一旅直属队和一个主力团被歼灭。整个战斗打得干脆利索，被新华社称为“模范战例”。

青化砭战斗后，胡宗南变得异常谨慎。他的部队不走大道平川，专走小道山梁；不在房屋设营，多在山头露宿；行军时不单独一路前进，而是数路并列，在纵横三四十里的范围内，以多个旅布成方阵，缩小间隔，互相策应。

胡宗南的这种战术被彭德怀称为“小米碾子式的战法”，西北野战军伏击和歼敌的机会因此大大减少。

敌变我亦变，彭德怀采取的对策是，以小部队进行袭扰，主力选择有利于机动的地点隐蔽，耐心等待敌人弱点暴露和兵力分散。他对自己的新战术做了一个很形象的概括：你大部队滚筒式一跃再跃，我就让你在滚动中推磨转圈，把你当小毛驴那样牵着走。

彭德怀以小部队同敌人周旋，导致胡宗南的数万军队在陕北忙活十余天而徒劳无功。当然，在这十多天里，中央和西北野战军也过得不易。陕甘宁边区只有一百五十万人口，土地贫瘠，物资供应和兵员补充都异常困难。为此，毛泽东部署刘邓大军千里跃进大别山，以求牵制胡宗南部队，分担陕北方面所要承担的压力。

胡宗南并不好对付，刘邓大军南下后，仍没有能够让他撤兵。毛泽东再调陈赓，陈赓率部在晋南展开强大攻势，迫使晋南之敌频频告急。胡宗南不敢再北进转圈，这才令主力南下蟠龙、青化砭集结和进行补给。

1947 年 4 月 11 日，西安地下党向中央军委传来绝密情报，告知留守瓦窑堡的敌一三五旅可能要调防。彭德怀接到传来的情报后，判断一三五旅将南下与其主力靠拢。

这是一个歼敌的良机，彭德怀决心“虎口夺食”，在该旅同其主力会合前以伏击战予以歼灭，伏击地点设于羊马河。

老鹰抓小鸡

与青化砭战斗不同，羊马河之战是两面作战，战前大家普遍担心野战军兵力有限，弄不好会遭到敌人的夹击。彭德怀也认为这场仗要想打赢，关键在于能不能把北上的敌军主力拖住，不使其增援直至与南下之敌会合。

第一纵队被彭德怀赋予特殊使命，用以佯装野战军主力。按照彭德怀的要求，他们采取运动防御的打法，成功地以两个旅拖住了敌人八个旅。

4 月 14 日，离开瓦窑堡的敌一三五旅受到野战军小部队的引诱，全部进入羊马河以北高地，被预先埋伏在那里的伏击部队团团包围。

西北野战军不但兵员少，而且武器装备也很差，枪炮较少。从青化砭到羊马河，彭德怀采取的都是“杀鸡用牛刀”的办法，即在一定范围内，集中优势兵力来压倒对方。他部署于羊马河的伏击部队有四个旅，以四打一，又占据着有利地形，岂有不胜之理?

至下午四点，敌一三五旅全军覆灭。青化砭战斗虽然大获全胜，但还没有能够将敌人一个旅全部打掉，羊马河之战首开西北战场上歼敌一个整旅的先例。

在羊马河围歼战打响时，敌军主力已进至瓦窑堡西南山地。据有的当事人回忆，南北之敌相距不及十里，但就是无法会合，敌人只能眼睁睁地看着他们南下的友军消失于战场之上。

毛泽东接到报告十分高兴，当即向各战略区发出通报，说羊马河之战的胜利说明，仅用陕甘宁边区的现有兵力，不借任何外援，即可解决胡宗南的军队。

毛泽东还将彭德怀“牵着走”的战术进行总结归纳，提出了“蘑菇战”的概念，并且指出，在西北战场上，“此办法是最后战胜敌人必经之路”。

解放战争中，解放军拥有强大的地下情报网，对国民党军的动向侦悉得非常清楚。反过来，国民党军却缺乏可靠的情报来源，尤其胡宗南部进入边区后，人地两生，更难搞到西北野战军的情报，其统帅部只能根据空中侦察来主观推断解放军的行踪。

1947 年 4 月下旬，国民党军的飞机通过侦察发现，绥德、米脂以东的黄河各渡口集中了一批船只，而且解放军多路小部队正向绥德方向前进。国民党统帅部由此断定，解放军主力正向绥德附近集结，准备东渡黄河，遂命胡宗南北进绥德。

胡部主力开始出动的当天，彭德怀就迅速查明了其去向，决定围歼蟠龙留守之敌。

蟠龙是位于延安东北的一个小镇，乃胡部的前方补给基地，基地里储存着大量军事物资，每次胡部北上寻找西北野战军主力决战，回来后都要到蟠龙进行补给。彭德怀取蟠龙之心久矣，这次终于找到了机会。为了更好地调虎离山，他投胡宗南之所好，抽出小股部队，装成野战军主力向北撤退。这些小部队边打边撤，沿途还故意丢弃一些部队的臂章、符号、破旧鞋袜和衣物，以诱敌加快北进。

当胡军主力排成纵横几十里的方阵，尾随着“西北野战军主力”向北疾进时，彭德怀已率部包围了蟠龙。

这是西北战场上的第一次攻坚作战。蟠龙既是补给基地，胡宗南自然不敢忽视，他先前利用蟠龙周围高地，修筑了许多大小地堡，形成了交叉火力网。被他留下防守的敌人虽然仅有一个团多一点，但装备好，火力强，能够把地堡群的火力优势充分发挥出来。

对西北野战军而言，如果说青化砭、羊马河是吃了两块肥肉，打蟠龙就是啃骨头。他们缺乏攻坚火炮，只能靠土木作业和爆破来摧毁地堡，部队打了一个晚上，连环绕地堡群的外壕都没能过去。

彭德怀果断下令停止攻击。在主力部队进行间隙休整时，他对战术进行了调整：直接冲锋无法接近，就用对壕作业逼近；敌人火力强，就将攻击部队编组，进行轮番佯攻，以消耗敌人火力。

战术调整很快就收到了立竿见影的效果。彭德怀预计敌军主力将会回援，但最快也要三四天，因此他将攻击可用时间设定为四天。战斗是5月2日晚打响的，5月4日，野战军攻下蟠龙，守敌被全歼，实际耗时不到两天半。

胡部的情报搜集和机动能力也被高估了，其主力于5月9日才从绥德赶到蟠龙，换句话说，即便野战军超出四天的攻击时间，也不用

解放军向蟠龙镇敌阵地发起攻击

怕敌军主力回援。

蟠龙一战，西北野战军缴获大量军用物资，其中有面粉一万余袋，子弹一百余万发，这大大缓解了各部物资匮乏、弹药奇缺的困难。

在中央撤离延安的一个半月内，彭德怀率部三战三捷，稳住了陕北战局。西北野战军虽然成立时间不长，但将士们对彭德怀的指挥水平已高度信赖，都说跟着彭总作战，是“老鹰抓小鸡，一次一个旅、两个旅，一个个地把敌人收拾干净”。

就连对手也不得不对彭德怀表示佩服，胡宗南的得力干将刘勘曾说：“彭德怀有实战经验，指挥相当谨慎，又非常灵活。”

大难不死

胡乔木有诗云：“顺水好行船，终向下游去。若要觅英雄，先到艰难处。”抗美援朝一战，原本毛泽东和中央想让粟裕或林彪挂帅，但粟裕身患重病，林彪说他身体不好，每晚只能睡两三个小时，于是彭德怀又再一次接过了重担。

当初彭德怀挂帅西北野战军，是敌人已经打到了陕甘宁边区，这次他从应召进京，到正式确定出兵方案，留给他的时间也仅有十天。

西北野战军大部分是原晋绥军区的部队，源出于贺龙的一二〇师，彭德怀过去没有直接指挥过，就连野司班子都是在四五天内才匆匆组建起来。抗美援朝也一样，部队以林彪的第四野战军为主力，志司班子是从四野那里原样移过来的。

两次临危受命，彭德怀都等于是个白手起家的“空降司令”，他没有什么熟悉的老部下、老部队，能够依赖的只有自己的一身本事和无所畏惧的拼劲。

1950 年 10 月，彭德怀启程到达东北，与第 13 兵团班子见面。第 13 兵团副司令员洪学智对他说：“彭总，有您挂帅，我们就胜利在握了。”不料彭德怀瞪了他一眼：“你别奉承我，我是命中注定要和苦地方打交道。”

众人一听，都愣住了。彭德怀接着说：“我这个人是命苦啊，从参加革命那会就在苦地方。长征的苦不用说了，抗日战争在太行山，解放战争在大西北，这次又要去朝鲜，到的都是苦地方。这不是命苦吗？”

说完哈哈大笑。大家这才知道他是在开玩笑，也都禁不住跟着笑了起来。

虽然是玩笑，但也说明彭德怀对朝鲜战场上的困难有着充分的估计。让他没想到的是，后来他和志愿军所遇到的困难乃至危险仍然超乎其想象。

当彭德怀前往朝鲜境内时，“联合国军”和南朝鲜军正大举北进，朝鲜人民军已呈崩溃之势。彭德怀乘一辆吉普车先行渡过鸭绿江，随后跟进的只有一辆电台车，可是电台不知在什么时候也让难民给冲散了。

上不通中央，下不联部队，随身只有一个参谋、一个司机和两个警卫员，彭德怀带兵打仗几十年，还从来也没有遇到过这样被动的局面，把他急得在屋里团团乱转：“老夫成了一个光杆司令了！”

后来得知，当时敌人的先头部队已绕到了他们后面，倘若被其发现，便只有束手就擒的份儿。不过也正因为人少目标小，彭德怀才得以逃过了一劫。

彭德怀在朝鲜战场上通过电话进行指挥

常言道，大难不死，必有后福。志愿军原计划以两个军、两个师首批过江，其余部队在江北待命。彭德怀在过江前特地巡视了鸭绿江大桥，他察觉到江桥一旦被炸，志愿军的过江速度将受限制，于是命令部队全部集结江南待命。

“我们的敌人不是宋襄公，它不会愚蠢到等待我们摆好阵势。它的速度很快，我们也必须抢时间。”为了抢时间，彭德怀临时做出了改变。这一改变也使得志愿军从一开始就在兵力上处于优势，为而后的排兵布阵和作战创造了极为重要的条件。

在恢复通信联络，初步掌握住过江部队后，就要给对手颜色看了。解放战争年代，解放军最成功的战法是大踏步前进和大踏步后退，但这一战法在朝鲜战场上已不适用。志愿军所要对付的敌人尤其是“联合国军”，其武器装备之精良超过国民党军太多，除此之外，志愿军又是第一次出国作战，面临着情况不明、人生地不熟、语言不通等诸多困难，哪里容得你“大踏步”？

志愿军司令部原定的方略是在防御中消灭敌人。可是彭德怀到朝鲜一看也不行，因为敌人的进展比预计要快得多，就在部队渡江的那天晚上，敌人已占领平壤，并迅速越过了志愿军的预定防线。

怎么办？彭德怀决定抓住敌人“大踏步前进”乃至分散冒进的弱点，

集中兵力，在运动中歼敌。

按照总部命令，志愿军各部分别把矛头指向所选定的目标。一个回合下来，冲在前面的南朝鲜军成营成团地被歼灭，一度不可一世的敌人挨了当头一棒。

交　锋

南朝鲜军频频落败和呼救的声音，迫使“联合国军”总司令麦克阿瑟决定调整部署，用美军代替败下阵来的南朝鲜军。这种“以虎代狼”的策略并没有吓倒彭德怀，因为他敏锐地发现，敌人虽然调整了部署，但仍处于分散状态。

分散孤立的恶虎，并不比成群结队的野狼更难以对付。彭德怀下达命令，对美军各个击破，中美两军由此开始了现代历史上的第一次交锋。

1950 年 11 月 1 日，志愿军各部奉令对当面之敌发起围攻，其中三十九军因认为云山之敌可能撤退，更是提前发动了总攻。后来由陆军改行空军，又被调回国内创建空军系的沈启贤，那时就在三十九军任参谋长。

云山是一个仅有千户人家的小城，周围群山连绵。沈启贤和军长吴信泉等人指挥战士们越过山沟、堑壕，冒着密集的炮火向前冲去。在攻城的各个战斗单位中，有一个先锋连堪称胆大包天、心细如发，这个连从敌间隙直插云山，一举突入城内。驻于城内的敌人除南朝鲜军一个团外，主力为美军骑一师第八团（简称骑八团）。当志愿军先锋连到达公路大桥时，守桥的美军竟把该连当成了南朝鲜军，不仅给他们让路，还跟他们握手。

志愿军战士冒着密集的炮火向山下的敌人发起冲锋

先锋连将计就计，他们大摇大摆地通过大桥，到了美军营指挥所。连长一声令下，打得美军措手不及，晕头转向，连美军营长也被手榴弹炸成了致命伤。

美军骑一师是一支彻头彻尾的机械化部队，而且号称建军以来从没有打过败仗，但如此神速的猛扑和果敢的拼杀，他们还是第一次碰到。一片混乱之中，骑八团的官兵就像患了“撤退症”一样，全都争先恐后地涌上公路往后逃跑。

尽管这支美军机械化部队撤退的速度极其迅速，可还是被志愿军截断了退路，整个骑八团只有三分之一多一点的人得以突围。

包围圈内，塞满了被击毁的车辆。美军的重炮和重型坦克仍在向四周开火，然而步兵却在一片慌乱中四散奔跑，许多士兵藏在汽车底下，一动不动，完全被打蒙了！

战斗中曾发生过这样一件事，有个志愿军战士爬上坦克对付美军坦克兵。离坦克不远的地方明明趴着五个美国兵，但他们居然一枪不放，也不跑，就那样干瞪着眼看坦克上进行搏斗。

等战士打完坦克回来解决他们时，五个美国兵才想到要逃，可是已经来不及了。

在云山战役中，志愿军首开以劣势装备歼灭美军的纪录。除三十九军将骑八团歼灭大半外，其余部队还消灭了英军一个榴弹炮营、美军一个加强连以及在前线的大部分南朝鲜军。

序战获胜，彭德怀并没有乘胜追击。这一方面是由于志愿军的粮弹已所剩无几，需要稍作休整和补充，另一方面是他看到敌人虽然打了败仗，但主力尚未被击破，还占据着有利阵地，志愿军要想扩大战果颇为不易。

新的战机在哪里？需要认真观察，更需要缜密思考。根据情报，敌人将大部兵力都集中在第一线，这说明志愿军的实力尚未完全暴露，敌人很可能还要发起进攻。

彭德怀下令志愿军主力后撤三十里至五十里，让敌人放胆深入，以便使其战线拉得更长。与此同时，他还采取了一系列其他措施：逐步减少节节抗击的时间，显示志愿军军力不支；在撤退的道路上丢弃一些缴获的破旧器材和枪支，诱使敌人以为志愿军已溃不成军。

麦克阿瑟是“二战”名将，在朝鲜战场的仁川登陆更把其声望推上了顶峰，这让他整个人变得飘飘然不可一世，即便序战落败，仍对志愿军不以为然。彭德怀的这些措施进一步扩大了他的错觉和盲目自信，他认为志愿军前一阶段只是“象征性进攻”，现在则因“兵力不足，装备低劣”，要“怯战败走”了。

1950 年 11 月 24 日，麦克阿瑟发动了所谓“圣诞节前返乡”的全线总攻，挥师二十万由东西两线同时直扑中朝边境。

长驱直入的“联合国军”根本不知道，在他们进军路线两侧的崇山峻岭间，隐蔽着无数经过严密伪装的志愿军。第二天黄昏，随着彭德怀一声号令，预伏部队同时向冒进之敌实施了出其不意的迂回包围和猛击。这就是抗美援朝中的第二次战役。

发现上了当，麦克阿瑟急忙下令全线撤退，然而此时“联合国军”南逃的“闸门”已被拉下。志愿军第三十八军一个远距离长途迂回，将数万美军、南朝鲜军及一部分土耳其部队全都包围了起来。

一击必中

11 月 30 日，麦克阿瑟急令美英军各一部由南向北增援，同时集中几百架飞机和各种大炮，对志愿军进行狂轰滥炸。陷于包围圈的南逃之敌也以坦克为前导，用波涛式的集团冲锋方式寻求突围。

三十八军两面作战，既要防敌增援，又要阻敌突围。他们所扼守的龙源里、松骨峰成为关键所在，第二次战役中最为惊心动魄的血战主要就集中于这两个要点。

龙源里诞生了一个全军闻名的一级战斗英雄，他带着一个排粉碎了敌人成营兵力的三次进攻，堵死了敌人的退路。松骨峰的一个连几乎全部牺牲，战后该连阵地上的枪支都完全砸烂了，机枪零件扔得到处都是。

最终，被围之敌除一部侥幸逃脱外，其余被全部歼灭。彭德怀闻讯非常激动，他亲笔写下嘉奖三十八军的命令，并在命令结尾处添上了“中国人民志愿军万岁！三十八军万岁！”

第二次战役真正把“联合国军”给打疼了，仅美军就损失了两万多人。志愿军乘胜收复包括平壤在内的三八线以北广大地区，“联合国军”被迫退到三八线以南进行防御。朝鲜战局由此得到根本性扭转，其战果大大超出了中朝两国政府的预计。

志愿军出国前，毛泽东曾经设想在平壤至元山的公路以北构筑阵地坚守，半年以后再谈攻击问题。未承想，志愿军刚刚出国两个多月，部队就打到了三八线。他在政协会议上高兴地说：“这次战争，我们本来存在三个问题：能不能打，能不能守，有没有东西吃。能不能打，这个问题两三个月就解决了。”

第二次战役的胜利更出乎美国朝野的意料。美联社、合众社痛心疾首，称这是美军历史上“最丢脸的失败”“最黑暗的年月”。麦克阿瑟名誉扫地，被国会戴上了“最坏的笨蛋”“蠢猪式的司令官”等令他极为难堪的帽子。

第二次战役结束后，彭德怀根据志愿军面临的实际情况和困难，本来想多休整一段时间，但毛泽东出于对国际形势的考虑，要求提前作战，而且还要突破三八线。

彭德怀视察前沿阵地

接到中央的指示，本来已不抽烟的彭德怀又抽起烟来。他业余生活没有什么特别的嗜好，唯一的爱好就是饭后下盘象棋，结果这个爱好也取消了。幕僚们知道他在考虑作战方案，都尽可能不去干扰他。

到第四天，彭德怀突然把饭碗一放，主动提出要“杀”一盘。大家都很高兴，纷纷围上来观战。志愿军副司令员韩先楚是个急性子，看彭德怀下棋时不慌不忙，便催他下快一点。

彭德怀笑道：“这叫稳进方针。”说完把棋盘一掀，谈起了对新的战役的统盘筹划，原来他考虑的就是“稳进方针”，即专打南朝鲜军，缩小目标，能吃就吃，适时收兵。

1950 年 12 月 31 日，彭德怀发起第三次战役。此次战役也被称为新年攻势，之所以要选在元旦到来之际发动战役，就是因为知道西方国家对阳历年比较重视，有过新年元旦的惯例，此时攻击可以保证战役的突然性，打它一个冷不防。

敌军完全没有想到志愿军会在此时展开新的进攻。一夜之间，志愿军便得以强渡临津江，突破了这一麦克阿瑟要求必须固守的“三八防线”，“联合国军”狼狈而逃，溃不成军。

虽然彭德怀在这次战役中预先设定了专打南朝鲜军的策略，却也把美军给吓得不轻。根据一本南朝鲜战史的记载，当时美军士兵扔掉了重炮、机关枪等几乎所有嫌重的武器，连肯携带步枪的人都寥寥无几。士兵们争先恐后地爬上卡车南逃，车上挤得甚至都不能再容纳下一个小孩儿。

从第一次战役时就开始出现的“撤退症”已演变成为“后退狂”。朝战战史中这样写道：心惊胆战的美军士兵心里都只剩下了一个念头，把那可怕的敌人甩掉几英里，拼命跑哇！

1951 年 1 月 5 日，志愿军和朝鲜人民军共同进占汉城，抗美援朝达到了胜利的巅峰。金日成发布命令，在平壤与汉城两地以二百四十门大炮鸣放二十四响，以示庆祝。

抗美援朝的三次战役，三战三捷，步步推进，标志着彭德怀在军事造诣上已完全进入了一个顶尖战将的成熟阶段。他在决策时头脑超常冷静，既不犹豫动摇，同时又能三思九虑，慎重决断，从而能够做到不动则已，一击必中。

在开国元帅名录上，毛泽东亲点彭德怀居于第二位，排名仅次于朱德。

强攻不如智取

列于元帅第三位的是林彪。不管林彪后来变成了一个什么样的人，截至大授衔时，论指挥能力和战绩，他确实是有资格进入元帅名单的。十元帅之中，也仅有他和朱德、彭德怀既是军委委员，又是政治局委员。

林彪曾在延安的中央党校工作过一段时间，他当时提出要写湘南起义的历史。湘南起义中的两次重要战斗均由林彪独立指挥，虽然相比于后来他所经历的那些战役，这两次战斗在规模和影响力上都很有限，可它们对林彪个人的意义不容低估，也正是通过这两次战斗，林彪才先后得到了朱德、毛泽东的重视和认可。

湘南起义最终没有写成，但党校负责这方面的人都知道了，林彪要写湘南起义，其实是想写他自己。

湘南起义是朱德、陈毅在率部上井冈山之前发动的一次大起义，起义爆发后，起义军陆续占领了湘南的郴州、耒阳等地。此时统治湖南的是李宗仁的新桂系，他们不久便出兵“进剿”湘南。耒阳地处湘南红色区域的北大门，首当其冲遭到敌人的攻击。朱德、陈毅见敌人来势凶猛，为保存实力，便指挥部队撤出了耒阳城。

林彪那时在起义军当连长，他的连撤出后驻扎在了离耒阳城三十多里的敖山庙。敌人得知这一情况，派了一支五百人的加强营前去进行偷袭。

偷袭行动恰好被打入敌人内部的情报员获悉，他马上通过秘密渠道通知耒阳县委，耒阳县委又火速派人送信报告了部队。得到情报，林彪决定进行伏击。敖山庙的东北角有一条小河，河上有一座石桥，敌人要从大路进庙，必走此桥。过了桥以后，周围全是山地，起义军埋伏在山上，居高临下，完全可以保证关门打狗，有去无回。

为了让敌人乖乖进入伏击圈，林彪想了一个办法。耒阳县委先前给起义军筹了一批粮物，正堆放在庙里，他派人将其中的猪肉统统搬到庙门口堆着，以引诱敌人“入袋”。

夜半时分，敌人来偷袭了。他们过桥后没有发现起义军，却见庙前堆着许多刮得雪白的猪肉，便以为起义军已经逃走，而且逃走时连粮物都没顾得上携带。当下官兵们便一拥而上，嚷嚷着要在庙里煮肉吃。

就在敌人乱糟糟地抢运猪肉的时候，林彪鸣枪发令，伏兵齐出。敌人猝不及防，乱作一团，经过一个多小时的战斗，除被击毙者外，敌兵大部分都不战而降。

敖山庙伏击战获胜，令起义军和耒阳农军士气大振，耒阳县委决定重新夺回耒阳。耒阳县委指挥的是农军，他们知道自身力量不足，于是派人到敖山庙，请林彪予以配合。在请示朱德、陈毅后，林彪遂同意出兵耒阳。

林彪认为强攻不如智取，攻城前，他和耒阳县委的负责人商量，先派了一部分农军乔装成农民混入城中。第二天，部队和农军主力从正面向县城发起攻击，事先潜入城内的农军则用稻草、木柴燃起冲天大火，在敌人背后实施心理战。城内敌人一看是内外夹攻的阵势，不敢恋战，很快便弃城而去。

在这两次战斗中，林彪都展现出了一定的军事才能。战争年代军官的提升特别快，朱德、陈毅立即将他由连长升为营长，当年林彪还只有二十岁。

1928 年，朱毛在井冈山会师，毛泽东在朱德、陈毅的陪同下前去视察部队。视察时，他看到一个像娃娃一样的军人正在给部队讲话："毛委员曾说过，我们这支队伍，虽不是世界上最强大的队伍，但不管是这个军

1936 年，毛泽东与参加井冈山斗争的干部合影。后排右三为毛泽东，前排右一为林彪

阀，还是那个土匪，只要有枪，就有地盘，就有一块天下。我们红军也有枪，也能坐天下。”

毛泽东伫足而听，不由得对这个娃娃军人产生了兴趣。问过朱德、陈毅，他才知道此人就是指挥部队在敖山庙、耒阳城打了胜仗的林彪。

林彪是黄埔四期生。在毛泽东领导秋收起义和刚上井冈山那阵，军事指挥员大部分都是黄埔生，因为他们毕竟掌握着军事知识，比其他人更懂得打仗。可是这些黄埔生有的不听约束，很难管理，有的受不了艰苦，半途就跑了，还有的甚至想拉队伍投敌。即便留下来的黄埔军官，打仗时也多数只知道按过去的一套来办，不会灵活变通，弄得仗老是打不赢。

这种情况导致大家一度都对黄埔生有了些看法，认为靠不住。毛泽东本是一个文人，但因为指挥层缺乏人才，也只能亲自出马指挥部队，边打边摸索。

像林彪这样肯在起义军的基层干部，而且还能够动脑筋打灵活仗的黄埔生，当时委实不多。同时，林彪关于红色割据的一番道理，虽然只是引述，但也足见其已能够独立思考问题。毛泽东认为若能好好培养一下，是一个有前途的军事人才，此后便对林彪格外关注。

土地革命战争时期，中央红军有两大军团长，分别是彭德怀和林彪。林彪的资历比彭德怀要浅得多，能够脱颖而出，固然是由于他能力出众，打仗让人服气，同时与毛泽东的培养和拔擢也是分不开的。

用兵之道

红军长征到陕北后，徐海东的红十五军团编入中央红军。红十五军团兵员较少，毛泽东亲自打电报到红一军团，让军团长林彪拨点兵给徐海东。林彪不肯拨！

毛泽东很生气，他开了一个干部会，在会上说红一军团的本位主义太严重，之后便把林彪调到红军大学当了校长。

毛泽东只是为了收收林彪的性子，并不是真的要闲置他，随着抗战爆发，便又任命他为一一五师师长，让他率部奔赴抗日前线。

林彪曾告诫部下，在熟读地图的基础上，一定要亲自勘察地形，通过勘察过程，再对地图进行核正。这确实是他的经验之谈，到达华北前线后，他就立即到平型关去看了地形。

平型关是内长城的一个关口，坐落于群山之间，乃日军必经之地。那一带山势不高，但是山连山，峰接峰，利于部队隐蔽。这使林彪判定：“日军大队人马正向平型关方向运动，可以利用这里的险要地形打一仗。”

一回到师部，林彪就将在平型关侧翼山地打一个大仗的部署定了下来，并当即电告八路军总部。

1937 年 9 月 24 日，林彪再次组织营以上干部到平型关进行现场勘察。当晚天降大雨，他向部队下达命令：“今夜十二点出发，天明前进入伏击阵地。”同时强调：“暴露与否，是胜败关键。”

天明鸡叫时，在师部值班的孙毅轻轻来到林彪和副师长聂荣臻所住的房间，推门一看，发现林彪的铺位空着，被子已经叠了起来。接着朝里一看，煤油灯还亮着，林彪正戴着健脑器坐在桌前看地图。

林彪在抗战初期就患有头痛症，一痛起来，头就直晃，这也是长年艰苦的军旅生涯所致。健脑器乃是一个铝做的帽子一样的东西，戴在头上可以帮助散热止痛。

孙毅走上前，小声说："师长，你走得这么早？"林彪打了一个哈欠，看了地图一眼说："要熟悉地图，了解地形地物，才能指挥好。"

这一点其实也是林彪曾论述过的用兵之道：要把战场的地形情况和敌我双方的兵力部署都装到脑子里去，做到一闭上眼睛，面前就有一幅鲜明的作战图影，以便离开地图也能指挥作战。

林彪将师指挥所设在平型关东南方向的一个小山顶上，站在山顶上，用望远镜可以清楚地看到沟底的公路。

9 月 25 日，上午 7 点，伏击阵地右前方出现了一个慢慢向前移动的

林彪指挥平型关战役，左一为林彪

小红点，小红点后黑压压的，能听到轰隆隆的马达声。随着小红点越来越近，即便用肉眼也能看清楚敌人的样子了，只见队伍里有许多汽车和辎马大车，上面满载着军用物资。后来证实这是日军板垣师团的辎重和后卫部队。

伏击部队的报告同时汇集到师指挥所。在确认日军已经全部进入伏击圈后，林彪喊道："发信号弹！"

"砰、砰、砰"，三颗红色信号弹升上天空。平型关枪炮声大作，手榴弹像雨点一般地飞进沟道。日军人挤人、车撞车，指挥系统一下子就被打乱了。

林彪下令将日军切成几段，分段"吃"，部队依令实施冲锋，向日军发起了白刃肉搏战。经过武士道训练的日本兵非常凶悍能战，在失去指挥，且被分隔开来的情况下，仍然利用汽车和沟坎作掩护进行顽抗。八路军前仆后继，战斗打得异常激烈。

上午 8 点，聂荣臻亲自到前沿督阵，林彪继续留在附近山沟里隐蔽指挥。在隐蔽部里，只剩下林彪和孙毅两个人，林彪守着电话，随时询问部队情况。孙毅面对面坐着，为了缓解紧张情绪，不时还和林彪聊点别的闲话。

中午时分，伏击圈内的日军被全部歼灭，其增援部队遭到林彪事先派出去的独立团和骑兵团的阻击，不但未能援救被围日军，就连自身也遭到不小伤亡。

战后孙毅下到沟底了解情况，看到日军人仰马翻，尸体狼藉。十里长沟，到处都是燃烧的汽车、遗弃的武器、写有"武运长久"的日本军旗及各种罐头食品。

此为平型关大捷，是八路军出师华北前线打的第一仗。当天晚上，林彪很是兴奋，激动得连觉都睡不好，一直和聂荣臻、孙毅聊着天，到天亮前才迷糊了一会儿。他唯一感到遗憾的是："我原来还想多抓些俘虏，结果一个也没有抓到。"

最为困难的时期

作为军事统帅，毛泽东具有超越常人的战略眼光。抗战一胜利，他就做出论断：即使我们把现有的一切根据地都丢了，但只要我们有了东北，中国革命就有了巩固的基础。

在讨论派谁去东北进行指挥时，大家不约而同地想到了林彪。不单是东北，那一阵，几个军区都点了林彪的名。他先是被任命为山东军区司令员，走到半路，中央让他改去热河，担任热辽军区司令员，而且"越快越好"。可是尚未到热河就任，第三份电报又来了：去东北！

此时打进东北的苏军尚未退出，而在苏联政府与蒋介石所签条约中，又不允许八路军在东北活动，所以中央从各地调到东北的部队只能以东北人民自治军的名义进行活动，林彪被任命为自治军总司令。

中央和东北局当时的想法是"御敌于国门之外"，也就是不让国民党军进入东北。可是实际难以做到，因为国民党军虽在关内，有的还远在大西南，但美国人可以帮着用飞机军舰进行运输，借助于交通工具，国民党军先头部队很快就到达了山海关前。

自治军没有什么交通工具，全靠两条腿走路，经过长途行军，已经非常疲惫。到了东北一看，既没吃的也没穿的，士气顿时大受影响。有些主力部队原以为在东北可以领到好枪好炮，出发时便将枪弹尽量留在了老根据地，结果来到东北才发现，仓库里的新枪并不多，而且早就被新发展的部队拿走了，他们因此一下子就陷入了缺枪少弹的窘境。

这种情况下，自治军根本打不了大仗。1945 年 11 月 16 日，国民党军攻占山海关。之后林彪虽指挥部队节节抵抗，但仍无法阻止敌人的前进。当他在前线就近指挥时，连给他开敞篷车的司机都逃跑了，林彪没办法，只好裹上一件以前从日军那里缴获来的黄呢子大衣，骑马而行。

眼看形势危急，林彪两次建议东北局和自治军总部从沈阳转移，部队也绝大部分离开城市，到中小城市和农村建立根据地。可是中央依旧希望控制中长铁路及大城市，东北局迟迟不同意撤军，说要以保卫马德里的精神与敌人在沈阳城内展开巷战，为此还给每个干部都配发了手枪、步枪和手榴弹。

最后林彪火了，说："谁想占沈阳谁占，我可要把部队撤走了。"就在他离开沈阳的当天，苏军便将中长路沿线及城市全部移交给了国民党政府。

1945 年 11 月下旬，国民党军占领锦州，12 月底再入锦州。根据林彪的再三建议，毛泽东致电东北局，指示把大城市让给国民党，部队丢掉汽车，脱掉皮鞋，到农村去建立根据地。

尽管在事实面前，中央已经认识到建立根据地和作长期打算的必要性，但仍希望尽可能多保住一些城市，以迫使国民党承认中共在东北的地位。只是部队打大仗的条件实在不成熟，林彪率部保卫抚顺、本溪、安东（今丹东）、辽阳，结果是保一个丢一个。

到这个时候，中共如果还想和国民党平分东北，唯有将国民党军阻止

四平保卫战，东北民主联军的战士在修筑工事

在四平、本溪，这就有了四平保卫战。

对于四平要不要守，守到什么程度，林彪和毛泽东是有分歧的，林彪并不觉得有死守四平的必要，但为服从大局，仍将部队主力（已由东北人民自治军改称东北民主联军）部署到四平进行防守。

四平保卫战打响后，在短短几天之内，毛泽东连续给林彪和前线发来十几份指示电，要求务必死守四平，挫敌锐气，以争取战局好转。

部队在四平守了一个月，坚持不住了。林彪认为再不撤退就可能被敌人包饺子，于是断然下令撤兵，同时去电中央报告战场情况。

第二天上午，毛泽东复电，同意如果实在守不住四平，可以主动撤退，但当林彪收到这封电报时，四平其实早已成了空城一座。

东北民主联军撤出四平后，长春一线无险可守，林彪又决定撤出长春。这是东北战局最为困难的时期，当林彪率部从长春撤退时，他身边的作战科长带着实力统计表投了敌，部队所处的困境也因此被敌人所掌握。

国民党军乘机兜后猛追，东北民主联军被追得混乱不堪，已经到了不知所措的地步。战场上的情况是，部队一个劲儿地撤，敌人在屁股后面一个劲儿地追，像拖了根尾巴一样，甩都甩不脱。有的部队在几乎丧失战斗力的同时，连跑都跑不过敌人，很快就落到了敌人后面。

好在国民党军打惯了正规战，不知道要不顾一切地一口气追下去，而是追上一阵，架起炮轰一轰，然后再追。东北民主联军依靠小部队抵挡，这才得以退到了哈尔滨。

毛泽东本来要求坚守长春，相关指示电发出后，东北局复电，说部队前一天晚上就从长春退出，现在都已经到哈尔滨了。

等、忍、狠

东北民主联军即便退到了哈尔滨也相当危险，以部队当时的涣散状态，如果敌人再向关外增加两个军，哈尔滨是守不住的。林彪和东北局都被迫做好了继续放弃哈尔滨的准备，林彪计划向敌侧后与后方运动，一度甚至有到辽南打游击的想法。

幸亏这时山东战场大打起来，国民党军向粟裕指挥的华东野战军发起大举进攻，蒋介石无力再向关外抽调部队。关外国民党军在占领长春后，也顾虑战线太长，暂时停止了追击。

林彪的健康状况本来就不太好，连续的兵败、撤退和始终紧绷的神经，一下子就把他的身体给摧垮了。他人还没到哈尔滨就病了，其间高烧不退，茶饭不思，觉也睡得很少。

林彪有一个小公文皮箱，打起仗来的时候就由秘书负责拎着。皮箱没上锁，秘书曾看过里面装的东西，发现全是毛泽东著作的单本小册子，有

《矛盾论》《实践论》《战争与战略问题》《抗日战争中的战略问题》等。

在每本小册子上，林彪都用红蓝铅笔画了许多杠杠、圈圈，有些地方画了两三重，书里还有一些旁批、眉批，显然不是一次两次画出和写成的。那个时候，林彪很注意学习毛泽东的哲学和军事思想。

或许正因为如此，在熬过一段日子后，林彪终于通过思考和判断，找到了走出困境的线索。他发现，虽然部队在东北相继丢掉了很多城市，但这反而是一件好事，因为敌人占了城市就要守，这么多城市守起来，兵力必然分散，到时就可以予以各个击破。

林彪随后提出了“等、忍、狠”的军事原则，即：军事行动要等待一下，这叫“等”；对于敌人暂时的进攻要忍耐对付，让敌人多占去一些地方，以分散其力量，这叫“忍”；之所以要“等”和“忍”，都是为了在适当时候可以再“狠”起来。

自此，林彪和罗荣桓等人开始沉下心来韬光养晦。国民党军当然不可能听之任之，特别是进入 1946 年 9 月，蒋介石得以从华北腾出手来，进一步向关外增兵，东北局势再趋紧张。

国民党军的作战方案是先南后北，也就是以松花江为界，先巩固南满，再向北推进，逐步控制整个东北。东北民主联军在南满的部队不多，敌人一进攻就很被动，最后根据地打得只剩下了包括临江在内的四个小县。蒋介石还扬言要把他们赶到鸭绿江喝水、长白山吃雪。

处在如此严峻形势之下，南满根据地的多数干部主张撤到北满，部队发了斧子、锯，做了爬犁，辣椒和酒也准备好了，就准备一声令下撤出南满。

林彪此时已被任命为东北局书记、东北民主联军总司令兼政委。他认为南满一撤，将正中敌人的下怀，为此决定派主动请缨的陈云和萧劲光前去主持南满，在长春、吉林以北寻机歼敌。

陈、萧到南满后，在临江连续发起四次保卫战。1947 年 1 月 6 日，林彪乘敌主力围攻南满之际，突然集中东北民主联军的主力部队，冒着零下三四十摄氏度的严寒，越过松花江向长春、吉林一带出击。

林彪在作战上算得很细，而且专心致志，其间对别的事很少过问，甚至身边的警卫员不小心擦枪走火都不为所动。他的用兵水准也令人叹服，在他的指挥下，东北民主联军主力一共三下江南，仗打得一次比一次大，战果一次比一次更丰硕：一下江南歼敌一个营，到三下江南时，歼敌数目已达到了一个师。

这就是有名的“三下江南，四保临江”，之后国民党军再无能力在东北组织大规模攻势。自四平保卫战以来，东北民主联军所处的被动局面得到根本性扭转。

距林彪提出“等、忍、狠”仅仅相隔半年时间，局势就进入了他预想的轨道。东北国民党军绝大部分都被大中城市给绊住了脚，与此同时，林彪指挥的东北野战军不但人数已与其接近，而且全都是机动部队，可以大踏步进退。

林彪在东北战场指挥作战，居中者为林彪

“三下江南，四保临江”一个月后，林彪召开师以上干部军事会议，在会上郑重宣布：现在是“狠”的时候了，东北已经可以集中兵力大打！

当年，林彪连续发起夏季攻势和秋季攻势，攻克城市十余座，在歼灭大量敌军的同时，东北民主联军的数量增至七十三万人。

转眼冬季到来，国民党军以为可以歇一歇，让他们“冬眠”了，不料林彪又接着发起冬季攻势，面对这种几乎一口气都不歇的连续组合拳，国民党军已只有招架之功，没有还手之力。九十天内，四平、吉林等城市相继得到解放。毛泽东给此次冬季攻势的评价是：迭克名城，威震全国。

扁担断了

在决定“等、忍、狠”的第一年，东北民主联军进行了初步整编。第二年，完成剿匪和土改，东北农村成为部队稳固的后方和根据地。

1948 年元旦，东北民主联军改称东北人民解放军，林彪任司令员兼政委。这时部队已发展到一百多万，其中野战军有七十多万人。东北的国民党军虽仍有五十多万，但都被分割在长春、沈阳、锦州三个互不相连的地区，东北战场的主动权被东北野战军所牢牢掌握。

在长春、沈阳、锦州之中，林彪首先选定的目标是长春，毛泽东的意见则是先打南面的锦州，关上东北的大门再说。经过商议，毛泽东最终还是同意了林彪的设想。

林彪起初以为长春好打，孰料打了一个多月都没能打下来，解放军主力也因此被拴在了长春。看到一举全歼长春守敌已无把握，由林彪主持的东北局致电中央，重新提出调主力南下作战。这一提议最早就是毛泽东的主张，他立即回电表示同意。

1948 年 9 月，东北野战军正式发起辽沈战役，除留九个独立师继续对长春进行监视外，其余部队全部南下锦州。

对于此次南下，林彪非常谨慎。他接受参谋长刘亚楼的建议，将留在长春的独立师抽出几个，白天开进，晚上坐火车回原地再开进，用这种大规模佯动的战术，使敌人误以为解放军仍要打长春。

东北野战军近百万兵力调到辽西走廊，声势惊天动地，这一点再怎么瞒也不可能完全瞒得过敌人的耳目。东北野战军掌握着敌人的一部电台，林彪通过这部电台，给对手传递了一个错误信息，那就是东北野战军主力虽到辽西，但只是奉调入关，准备打的不是锦州，而是赤峰和承德。

国民党军的情报和指挥系统可谓是一塌糊涂。锦州守敌对解放军打锦州的意图一无所知，在锦州战前，负责节制锦州的敌军主将、东北“剿总”副司令范汉杰甚至还把夫人接到了锦州。直到城池被围得水泄不通，他才如梦初醒，频频向南京告急。

发现解放军要打锦州，蒋介石急忙抽调兵力，组成东进、西进两大兵团，用以解锦州之围。对于敌人西进兵团，林彪并不担心，认为阻援部队有能力将其牵制住，他最担心的是东进兵团。

东进兵团自锦西和葫芦岛而来。锦西、葫芦岛与锦州相距不过五六十里，又没有险要的地形，如果堵不住敌人，攻锦部队将被沈阳、锦西、葫芦岛三面的敌人夹击，后果不堪设想。

锦州敌人虽多，但都是杂牌部队，缺乏坚强骨干，同时城市房屋及工事既不如长春坚固，周围地形也对攻城有利。林彪估计拿下锦州不难，难的是阻援。

塔山是阻援线上的第一道屏障。此处位于锦州和锦西之间的公路边上，东临渤海，西靠虹螺山，敌人只能从正面进攻，无任何机巧可取。当然，对防守者而言，它也同样存在着天然劣势：无险可守，阵地完全处于敌人陆炮、舰炮射程范围之内。

林彪对防守塔山的四纵司令员吴克华说："拿不下锦州，军委要我的脑袋；守不住塔山，我要你的脑袋！"四纵在塔山恶战六天六夜，蒋介石派亲信督战，军官敢死队波浪似的往上猛冲，但始终都打不开通向锦州的大门。

1948 年 10 月 14 日，林彪下令对锦州发起总攻，仅仅三十多个小时后，锦州即被攻克。林彪问被俘的范汉杰，对锦州之战有什么看法。范汉杰回答：打锦州这一步棋，非雄才大略是下不了这个决心的。锦州好比是一根扁担，一头挑东北，一头挑华北，现在扁担断了！

解放军攻克锦州

还在解放军攻击锦州时，长春守敌已惶惶不可终日，10 月 19 日，他们终于被迫放下武器，东北野战军再下一城。

东北国民党军最精锐的部队为廖耀湘兵团。该兵团原属于由沈阳出发，援救锦州的西进兵团主力，在救锦州无望的情况下，他们本来也有机会逃回关内，但国民党高层指挥系统内部扯皮，耽误了最佳的撤退时机。林彪见状便决定把网撒得更大一些，通过连续作战的方式，将西撤中的廖兵团予以全歼。

林彪打仗总是能够走一步看几步。打下长春的第二天，他就给十纵司令员梁兴初发去电报，要求进至黑山、大虎山一线，顽强死守，不准敌人前进一步。

黑山、大虎山处于辽西走廊北端，乃廖兵团西撤的必经之路，特别是其中的黑山，更为进出营口、沈阳的唯一通道，廖耀湘无论进退，都势必要予以占领。

不出所料，十纵赶到黑山不久，廖兵团就来了。

如坐针毡

廖兵团系中央军嫡系部队，其中的新一军、新六军在国民党军五大主力中分占两席，其战斗力之强不言而喻。兵团所属的五个军大部分都是美式装备，配备着强力火炮。

解放军在黑山的阻击部队除十纵外，只有一个师和一个骑兵团。虽然十纵也掌握着一个刚刚成立的炮兵团，但炮弹很少，作战的主要武器还是步枪和手榴弹。

阻击战讲究的是工事足够多和足够坚固。黑山、大虎山地处山陵和沼泽间，解放军又是匆匆赶到，在那么短的时间内，工事能修成多少，能有多坚固，都是不言自明的事。

在决定由十纵在黑山阻击时，有人担心十纵可能被打烂，无法完成阻击任务，林彪说："十纵顶得住！"他要求阻击部队必须坚守三天，并说三天后就可以将敌人团团围住。

在给十纵下达指示的同时，林彪命令原在廖兵团侧后的六纵堵住敌人东逃沈阳的退路。1948 年 10 月 24 日，他致电六纵司令员黄永胜："你纵必须以强行军的速度，坚决阻截。"

对于围歼廖兵团，林彪所制定的战术是"拦住先头，拖住后尾，夹住中间"。此时锦州战事已经结束，参加攻打锦州的主力部队正兵分三路，秘密东进，这叫"夹住中间"；十纵关上黑山和大虎山这两扇铁门，是"拦住先头"；六纵堵退路，乃"拖住后尾"。

林彪相信十纵能顶得住，在他看来，只要六纵不辱使命，廖耀湘将插翅难逃。可要命的是，给六纵的电令发出去后，却迟迟收不到回音。

辽沈战役，解放军战士在吃干粮

这边联系不上六纵，那边十纵已经和敌人大打出手。黑山阻击战一开始就激烈异常，101 防守高地易手达二十多次，山头被炮弹削掉足足两米，阵地上血流成河，一座黑山被鲜血染成了“红山”。

虽然牺牲惨重，但参加阻击战的干部战士普遍有着一种坚持下去就是胜利的信念，而在很大程度上，这种信念也是对指挥员能力的一种高度信赖：“林总（对林彪的称呼）说三天，敌人准活不了四天。我们一个纵队吃不了他（指廖耀湘兵团），但我们可以咬住他不放。”

10 月 25 日，是阻击战打得最激烈的一天。林彪第二次给十纵司令员梁兴初发电报，表彰十纵英勇顽强，并要求十纵再坚持一天。

剩下来的日子，林彪可以说是度日如年，如坐针毡。他给六纵的电令已下达了一天一夜，那里始终没有一点消息，两天过去后，依然如故。

野司总部不但不知道六纵是否堵住了廖兵团，就连六纵已经进至何处都弄不清楚。林彪一向不露声色，这时也沉不住气了，他一会儿到司令部，一会儿到秘书办公室，不断催问有没有六纵的电报。当得知还是什么都没有时，他终于很罕见地发了火：“要是让廖耀湘跑了，就严肃处理黄永胜！”

这天晚上，林彪估计廖耀湘是跑了。他很生气，可又无可奈何，于是早早就上床睡觉去了，但实际上根本睡不着。

临近午夜时，机要处截获并破译出一份绝密电报，电报是沈阳敌总部发给廖兵团的，上面规定了晚上各军各师的宿营地。正在办公室值班的秘书谭云鹤将电报内容与地图进行对照，证实廖兵团还没有跑，连忙跑去向林彪进行报告。

林彪仍然有些半信半疑，不过在谭云鹤的再三提醒下，他还是口授了几份发给前线的电报，敦促各纵队继续加紧围攻。

10月26日，黄永胜终于发来电报，报告六纵先敌到达规定的阻击地点，正构筑工事与敌激战。接着，与六纵任务相似的五纵也来了电报，确定已堵住敌人东逃的先头部队。

直到此时，林彪才松了口气，连声称赞六纵干得好，并且开始和参谋长刘亚楼有说有笑。

当天早晨，六纵的一个营在运动中插入胡家窝棚，谁也没想到，那竟然是廖耀湘兵团的指挥中心。三营一顿猛打，把廖兵团所属的新一军和新六军军部都给打掉了。

廖耀湘在无奈之下，被迫启用明码呼叫，让部队全部到二道岗子集中。谁知忙中出错，反而暴露了兵团的行踪，林彪立即致电各部，明确要求以二道岗子为中心压缩包围圈。

10月27日，林彪基本没有下命令，各纵队都是各自为战，但在解放军的猛烈打击下，十万敌军早已是溃不成军，官兵成批成批地放下武器，以至于白布、手巾都被当成了投降的白旗。

第二天早晨，廖耀湘兵团全军覆灭，廖耀湘本人也做了俘虏。有人认为，如果这一战放走廖兵团，解放全东北的时间将至少被推迟半年甚至一两年。

消灭廖耀湘兵团，意味着辽沈战役的结局已无多大悬念。辽沈战役是解放战争中三大战役之首战，整个战役共歼灭国民党军四十多万，其中包含相当数量的精锐部队，可谓是创造了中外战争史上的一个奇迹。

自此以后，东北地区凭借雄厚的工农业基础成为解放战争的强大后方，而东北野战军则一跃成为解放军最强大的战略机动力量。

瓮中之鳖

辽沈战役结束时，华北有四十多个师，五十余万军队，这些部队全部归华北“剿总”司令傅作义指挥。

傅作义当时顾虑最大的就是东北野战军入关。不过按照战争的一般规律，两场大会战之间至少需要相隔三个月，而且正值隆冬严寒，军队不宜远征，他据此判断东北野战军主力少则三个月、多至半年才可能再度大举兴兵。到了那个时候，天暖冰融，他的部队又占据着以主待客、以逸待劳的优势，就算是仍要进行一场华北大会战，料想结局也未必会太坏。

辽沈战役结束没几天，淮海战役打响，这使傅部失去了南北两面的依托。尽管如此，由于认为东北野战军暂时不会入关，所以傅作义仍想坐观时局。为此，他将兵力收缩于北平、天津、张家口、塘沽一线，摆出了一字长蛇阵，其间一面和共产党进行谈判，一面和蒋介石信使往还。

很明显，傅作义是脚踩两只船，在根据形势变化决定未来去向：平津能守就守，不能守就西逃绥远，再不得已，就向南逃跑。

毛泽东考虑，如果让傅部五十万人马南逃或西窜，将对解放战争的进程产生不利影响。他给东北野战军总部发来电令，要求部队立即入关，与华北野战军会合，共同实施平津战役。

东北野战军面临着连续作战、未及休整等各种困难，但这些具体困难并没有让他们裹足不前。1948 年 11 月 22 日，在辽沈战役刚刚结束二十

东北野战军入关作战

天后，林彪即率部越过长城，向关内大举进兵。

野司的车队每到一地，只要一住下来，林彪就要看地图。知道他有这样的需要和习惯，秘书下车后脸都不洗，所做的第一件事就是找个合适的地方把地图挂起来，并在上面标明敌我两军的位置。

在林彪的指挥下，八十万东北野战军兵分三路，经过短短十余天的行军作战，便得以跨越长城。入关后，迅速席卷北宁、平绥两铁路干线和平、津、张、塘几百公里战线，将华北五十万敌军分割包围，截成了数段。

东北野战军的兵力之多、出击之快、行动之秘密、战力之强大都完全出乎傅作义的意料之外。短时间内，他的军队就成了瓮中之鳖，蜷缩于北平、天津、塘沽等几个孤立据点内，陷入欲战不得、欲守不能、欲逃无路的被动境地。

敌人在北平有二十多万人，在天津有十三万人，塘沽的守敌最少，只有五万多人。按照中央的战略布局，原本是要先解放塘沽，以便控制海口，截断敌人的海上退路，同时杀鸡给猴看，做出个样子，迫使平津敌军放下武器。

后来野司经过侦察，发现塘沽四周地形开阔，河流、盐田很多，而且冬天不结冰，既不便于构筑工事，也不便于展开兵力。塘沽背面靠海，敌军指挥部不在城内，而在军舰上，就是说即便攻下城池，也难以将守敌一网打尽。

考虑到和傅作义的谈判久拖不决，平津守敌都不肯轻易投降，若解放军首先攻击塘沽，必将拖长解放平津乃至全华北的时间。在林彪等人的建议下，中央军委决定改变原来的意图，先攻取更有把握的天津。

中央命令下达到野司时，已经是 1949 年 1 月初。由于攻克天津后还要紧跟着解放北平，一旦天津战事耗时过长，将不利于北平方面的作战，所以满打满算，野战军在天津的准备时间只能被限定在十天以内。

天津的防御工事是抗战胜利后国民党开始修建的，天津城防司令陈长捷到任后进行了增修。他看到天津周围是易守难攻的水网地带，便利用这一地形特点，环绕全城挖了一道宽十米、深四五米的护城河，护城河内被放进运河河水和海河潮水，使得水深经常可以保持在三米左右。这给城外大兵团多兵种的作战行动造成了很大困难。

在准备阶段，林彪和负责前敌指挥的参谋长刘亚楼重点就是解决水的问题。通过调查研究，部队除切断护城河水源外，还设计制造了多个适合本地区特点的渡河器材。

比如有一种苇子桥，不但轻便结实浮力大，而且不怕枪弹，在敌人火力攻击下亦能来去自如。更令人叫绝的是，苇子桥系用芦苇编成，而天津周边正好多的是芦苇，可以就地取材，当地老百姓一个晚上就送来了五百多捆芦苇。

这种苇子桥遂成为解放军克服护城河障碍的主要器材。其他诸如对梯式的活页桥、翻梯、船桥、云梯等工具，也都是根据当时当地具体的敌工事情况而制造，显示出东北野战军在攻坚战方面的组织和动员能力都已日趋成熟完备。

量身定制

在天津战役的准备过程中，东北野战军司令部向天津守敌发出了放下武器的劝告。陈长捷也曾两次派代表出城谈判，但是他其实并不打算投降，谈判只是为了迟滞解放军的行动和查探虚实。

待攻城准备就绪后，经中央同意，林彪给陈长捷写了一封信，再次劝其起义或放下武器。陈长捷的回信是用毛笔写的，一共两张纸，他在信中明确拒绝起义和放下武器，而且有两句话还写得特别傲娇和气人，说："堂堂国民党人，岂能投降乎！"

傅作义、陈长捷都出身于晋军。历史上晋军以善守著称，民国年间，傅作义率不足万人的无援之师，死守涿州达三个月，进攻涿州的东北军没奈他何，遂得以成名。陈长捷亦得城市防守战之要诀，他实行"大天津堡垒化"，沿护城河岸修筑了近百个大型碉堡，每隔二十米还设一小型碉堡，碉堡间紧密相连，相互策应，利守难攻。

在解放军兵临城下时，天津城内城外已有碉堡一千多个，纵深的地堡群直达核心工事区。据闻，陈长捷曾多次对部下说："像这样的设防阵地，充足的弹药器材，比起傅将军当年仅仅一个师守涿州不知要优越多少倍。”

陈长捷以为，既然傅作义不足万人都能守那么长时间，他拥十三万之众，又建立了这么严密的防御体系，还能守不住天津吗？

可是陈长捷在有意无意中忽略了一点，那就是守涿州与守天津其实是无法相提并论的。虽然林彪的东北野战军也是从关外而来，但其战斗力之强，真不知道把当年张作霖的东北军给甩到什么地方去了。更重要的是，天津的敌情资料早就已经被天津地下党所掌握，这使得东北野战军对每一座敌堡的位置、形状、守备兵力都能做到了如指掌，在制订作战计划、部署兵力时也就显得游刃有余。

在收到陈长捷回信的第二天，林彪便下令对天津发起总攻。天津是一个南北长、东西窄的城市，守敌较强的部队主要在北部和中部，弱的在南部，林彪和刘亚楼根据这一特点，“量身定制”了相应的攻击战术。

首先是集中四个军对东西两个方向进行主攻，另以部分兵力由南向北助攻和佯攻。为了迷惑敌人，总攻前，野司使用重炮对天津北部进行试射，又派直属警卫团从北面进行火力侦察。此外林、刘还利用解放军谈判人员的行动，有意给对方制造攻城指挥部在北面的错觉。

平津战役，解放军攻入天津市区

陈长捷上了当，他错误地判定解放军主攻方向在北面。就在总攻前夜，他将原来部署于市中心的主力部队调至城北，解放军在主攻方向上的阻力和困难大为减少。

其次是先分割后围歼、先吃肉后啃骨头。在解放军跨过护城河，突破第一道防线后，市内敌人一度依靠坚固工事和碉堡进行了顽强抵抗。解放军先头部队的主力选择穿墙越顶，绕行前进，只留下小部队看管。后续部队看到先头部队受阻，同样也不纠缠，而是另行打开道路直插猛进。

在东北战场上，东北野战军曾普遍使用这种分割穿插的战术，到了天津战役，它的威力再次显示出来，陈长捷在天津的整个防御部署被搅了个稀烂。

经过二十九个小时的战斗，天津获得解放。国民党守将大多束手就擒，陈长捷也被活捉。这时的陈长捷半低着头，脸色灰黯，已全无“堂堂国民党人”的神气了。

原驻塘沽的五万敌军一看形势不妙，急忙从海上撤逃。北平完全成了一座孤城，抵抗不成，逃跑无望。

1949 年 1 月 16 日，林彪所在的平津战役指挥部向傅作义发出最后通牒，声明他的出路只有两条，一是放下武器，二是和平改编，否则“我军将以精确战术攻城，勿谓言之不预”。

傅作义看到实在拖不下去了，这才被迫接受和平改编。1 月 30 日，北京城内的敌军全部开到城外，听候改编。北平宣告和平解放。

同一时期，淮海战役结束。平津的解放以及淮海战役的胜利，使华北问题得以迅速解决，东北野战军、华北兵团腾出手来，集中主力向南进军，从而加快了整个国民党军政集团的瓦解和崩溃速度。

中央原来有这样一个基本估计，即从 1947 年 7 月起，有望在五年内推翻国民党的统治。按此计算，林彪指挥的东北野战军将全国胜利的时间提前了三年多。

第三章 多在“神奇”上下功夫

抗战初期，美国军事观察员卡尔逊在华北进行调查访问。因为要等待落在后面的驮运队，他非常偶然地遇见了一名八路军的将军。

卡尔逊听说，这名将军被认为是一位最好的战术家、军中的军史学者，不过当卡尔逊提到这一点时，将军很坦率地告诉他：“在过去的十年间，我没有什么时间进行研究。”

而后，将军特地抽出一个晚上的时间与卡尔逊进行恳谈。他重点讲述了八路军的游击战和伏击战战术，从他的讲述中，卡尔逊知道了八路军如何依托山区险要地带，对日军进行伏击和重创的一些重要细节。

据将军说，日军曾派遣了一个七百人的特遣队进入八路军根据地。他们一直在进行观察，但是始终不动声色，直到日军进入山谷。在山谷的两侧，将军亲自布置了一个营的兵力，用步枪和机枪开了火。

双方打了一整天。日军尽管也用火炮回击，然而收效甚微，因为八路军是分散的，隐蔽得很好，日军即使在战斗过程中都弄不清八路军的具体位置。最后，“敌人丢下九十具尸体退却了，我们呢，无一伤亡”。

将军所谈论的内容引起了卡尔逊的浓厚兴趣。让他感到遗憾的是，将军第二天一早就出发南下，此后两人再也没有能够见面。

一条龙下凡

在来华北之前，卡尔逊曾观摩过淞沪战役、南京保卫战。参战的都是国民党军的正规部队，但是在他看来，这些部队所使用的战术都较为保守落后，还是“一战”时的老一套。

通过和将军的谈话，卡尔逊接触到了一种完全不同的战术打法，他对此留下了深刻印象。太平洋战争爆发后，卡尔逊组建美国海军陆战队突击营，他灵活运用从八路军那里学到的经验，对日军所占领的太平洋岛屿进行袭击并大获成功，他本人也因此成为“二战”中一个传奇式的英雄人物，曾三次获得海军十字勋章。

卡尔逊在华北偶遇的那位将军，就是刘伯承。还在北洋时代，刘伯承即为川中名将，他的从军履历直追朱德，先后参加过护国、护法战争，以骁勇善战而闻名巴蜀。卡尔逊在与其会面时了解到，刘伯承的一只右眼在内战时期被打掉了，这里的“内战”指的就是那个时候。

土地革命时期，刘伯承担任了红军总参谋长，在他的参与指挥下，中央红军取得了第四次反“围剿”的胜利。当时流传一个说法，认为中国最会打仗的参谋长只有“两个半”（也有说“三个半”），被列入其中的刘伯承最为名副其实，但因为他瞎了一只眼睛，所以算“半个”。

原本刘伯承指挥打仗指挥得很好，可是不久共产国际派来了一个叫李德的军事顾问，这家伙自己本事不行，还嫉贤妒能，刘伯承被撤销总参谋长职务，扔到了一边。

直到中央红军开始长征，刘伯承才得以官复原职。1935 年 4 月，重新出山的毛泽东通过虚张声势的佯攻战术，把敌人主力吸引到了贵阳和昆明，然后下令部队采取突然行动，以神速的动作进至金沙江。

二十世纪二三十年代，金沙江边的小镇

不巧的是，那几天连续下雨，有时还大雨滂沱。眼见得金沙江的河水浊浪滚滚，汹涌澎湃，毛泽东也有些忧虑起来，说：“这几天的雨下得不好啊，河水上涨，怕要影响我们渡江哩！”

中央红军后面有总计达七十个团以上的追兵，如果不能尽快渡过金沙江，后果将不堪设想。中央军委立刻进行了紧急部署，决定由刘伯承兼任先遣司令，直接指挥先遣部队抢占渡口。

所有人都知道，抢渡战至关重要，关系中央红军的安危存亡。一向慎重的周恩来甚至考虑了可能出现的最坏情况，即假如在抢占渡口后，后续部队跟不上，渡口又被敌人占领，则两边的部队就会被切断。那样的话，先遣部队只能准备独立作战，打一段时间的游击，以后再设法与主力取得联系。

毛泽东虽然也不无担心，但基于对刘伯承才干的了解，他对抢渡行动成功有一定把握，因此很风趣地说刘伯承是“一条龙下凡”，“肯定能让我们渡过天险长江（金沙江属于长江的上游）”。

为了争取时间，出敌不意，刘伯承命令先遣部队的干部战士去掉帽徽等红军标记，伪装成国民党军，爬山越岭，进行强度急行军。沿途遇到国民党地方武装和民团，他们都一律应付过去，留待后续部队处理。

部队一天急行军一百多里，于傍晚时到达江岸渡口附近。经过侦察，刘伯承得知敌人已奉令准备将沿江所有船只烧掉，但金沙江两岸敌兵空虚，渡口对岸没有国民党的正规军队驻守，只有一个收税的关卡叫厘金局，还有一个保安队，也不过几十条枪。更让人高兴的是，渡口南岸正好停着两只大木船。

刘伯承立即下令先遣部队轻装前进，猛扑江岸。部队利用从南岸找来的那两只木船过江，仅用了一个排的兵力，便兵不血刃地冲进厘金局，缴了保安队的枪，干净利索地抢占了皎平渡渡口。

金沙江江面虽不很宽，然而水深流急，既不能徒涉，又无法架桥，只能乘船过江。区区两只船哪里够用？刘伯承发动群众紧急找寻，结果又在江岸边找到了五只船，其中有四只是破的，但经过修理，仍能使用。

中央红军有数万之众，他们除少数从其他地方渡江外，大部分都乘着这七只船从皎平渡过了江。部队连续不停地进行抢渡，到了晚上就烧柴火和点汽灯照明，金沙江两岸因此灯火通明，宛如白昼。

红军全部渡江后，敌人的大队人马才赶到金沙江南岸，此时渡江船只已被红军全部烧毁，他们只能望江兴叹。

巧渡金沙江被称为红军在长征中所创造的诸多军事奇迹之一。在整个行动中，刘伯承从作战计划的制订，到途中找向导，直至各个微小的细节，都考虑周到，布置周密，这些成了行动得以成功的重要原因和条件，有人称之为“举轻若重”。

迎头一棍

抗战前，刘伯承因为是总参谋长，所以基本没有直接带过兵，及至抗战爆发，他受命担任八路军一二九师师长，才由幕僚长重新转变成为部队长。

好的参谋并不一定会是好的军事主官，刘伯承则是对这两种角色都驾驭得游刃有余。一二九师系以红四方面军为基础，加上红一方面军和陕北红军的一部分改编而成。刘伯承原先大部分时间都在红一方面军，但他当了师长后，无论是对一方面军，还是对四方面军和陕北红军的干部战士，都是一视同仁，在部队内部发生一些争执和不团结的现象时，他也总是首先批评一方面军的干部。

一个人会不会带兵，标准之一是看他是不是善于发现和掌握部下的优点，并根据这些优点进行提拔和任用。四方面军大多是工农干部，文化水平不高，但打起仗来生龙活虎。刘伯承注意到了这一点，他任用的几个纵队司令如陈锡联等人，都是在四方面军里以勇猛善战著称的干部。另外，他也不忘进行培养和提高，一有机会就督促这些干部补文化课。在刘伯承的影响下，陈锡联等曾经的“大老粗”指挥员不仅自身对学习文化知识开始重视起来，而且对知识分子干部都很尊敬。

刘伯承自己读书很多，涉猎颇广。出于政治立场不同，他对曾国藩其人并不认同，但对曾国藩的《家书》评价不错，认为曾说的很多话都并非腐儒之见，其中有些见解，是完全可以借鉴的。

《家书》中收录了不少曾国藩写给弟弟曾国荃的信，在信中他劝弟弟要注意及早选拔“替手”，并且说“办大事者，以多选替手为第一义”。“替手”也就是助手，刘伯承读到这段的时候很受启发，他是参谋长出身，对幕僚在指挥作战的重要作用有着清晰认识。在一二九师，由他亲自组建起来的参谋班子虽然人不多，但非常精干高效。刘伯承平时很信任这些助手，放手让他们进行情报搜集和参与出谋划策，以便在最大限度上避免军事决策时“单打一”的情况。

部下用命，幕僚得力，就已经可以保证统兵作战事半功倍。正如刘伯承给卡尔逊所介绍的，抗战时他曾指挥一二九师打出了一系列漂亮的经典战例。

抗战初期，日军训练有素，装备精良，远非八路军所能及。刘伯承打了个形象的比方，说鬼子就像是大人，八路军还只是小孩子，“对付大人的欺侮，小孩子只有找机会躲在门背后，等他过来，就乘其不备地给他迎头一棍”。

担任一二九师师长时的刘伯承

刘伯承非常清楚，日军“很愿意跟我们硬拼”，日军要硬拼，八路军偏编不能和他们正面硬拼，而是要打其侧背。早在太原会战期间，他就率部到娘子关一线对迂回而进的日军进行侧击，经过实地侦察，决定把给日军的“迎头一棍”放在七亘村。

1937 年 10 月 26 日上午，日军辎重部队进入了七亘村的伏击区，一二九师放过其前卫部队，向其本队发起火力突袭。刘伯承所精心选择的伏击地形对于伏击者来说非常便利，埋伏在陡坡顶上的八路军不用怎么瞄准，只要往从下面射，子弹就一定能打到人堆里去，手榴弹也只需打开保险盖，垂直地往下扔。经两个多小时的战斗，日军除少数逃回外，其余全部被歼。

当天刘伯承得到情报，娘子关右翼的日军正继续对关口进行抄袭。日军要抄袭娘子关，七亘村乃是其进兵的必由之路，舍此别无通道，可是在七亘村遇伏后，他们还会再“吃埋伏”吗？

刘伯承的判断是：会！

日军在正面战场屡战屡胜，骄横得很，虽然第一次伏击战让他们吃了亏，但从他们的视角来看，也不过是些“小的损失”。刘伯承估计，这帮家伙应该会发一股牛劲，再次向预定的目标执拗突进，而毫不理会“小的损失”。

兵法中有“用兵不复”的说法，就是同一种战术不能在同一个地方使用两次。日军指挥官当然不可能不了解，不过也正因如此，他们才不会想到八路军竟然会在同一地点重复设伏。

七亘村伏击战的第二天，日军派兵到七亘村收尸，刘伯承让部队当着敌人的面佯装撤退，以造成七亘村无兵把守的假象。实际上，部队绕了一圈重又返回七亘村，在日军必经之路的南侧山地埋伏起来。

第三天，如刘伯承所预计的那样，日军辎重部队循上次的原路进入了七亘村，结果一进入伏击地域就被截为两段。虽然由于雨天路滑，增援部队没能按时赶到等原因，一二九师未实现全歼敌人的原定目标，但也消灭了百余日军。

在七亘村战斗中，八路军三天之内伏击日军两次，而且还是在同一个位置设伏，军事上叫作“重叠设伏”。伏击战和游击战本是共产党武装的看家本领，但刘伯承指挥的伏击战往往设计更为奇巧，“重叠设伏”就称得上是伏击战的一种大胆创新。

兵者诡道

古代军事学说认为，优秀将领可以分成两个流派，一为勇战派，一为谋战派。如果以此标准来对开国将帅做一个划分的话，彭德怀可以被分在勇将派之列，而林彪、刘伯承、粟裕则都属于谋战派。

在受到刘伯承赞赏的那本曾国藩《家书》里面，曾国藩除了劝弟弟要选好“替手”外，还劝他戒躁，处事一定要沉着、冷静、多思。身为谋将派将领，刘伯承一贯主张以智取胜，在“神奇”上下功夫。

如何才能做到“神奇”？就是要戒骄戒躁，同时多研究多总结多思考。在与卡尔逊谈话时，刘伯承说自己没有时间进行研究，只是一种谦虚的表示。事实上，即使在戎马倥偬之中，他也从未间断对军事理论的研究，每次大的战役结束，都要悉心总结，以求在认识上有所提高。

尤其重要的是，刘伯承指挥作战，无论大战小战，在确定具体战术和具体措施时，都能够像指挥巧渡金沙江战斗一样，做到冷静沉着、“举轻若重”。凡他负责的战斗战役，从开始到结束，每一步都部署得周密细致、扎实稳妥，其间极少出现大的疏漏或失误。

1938 年 3 月中旬，刘伯承计划在神头岭伏击日军。从地图上看，一条公路正好从神头岭下穿过，若是把伏击部队放在岭上，居高临下进行火力突袭，打起来确实很占优势。

一二九师师部所用地图不是通常的国内地图，而是从日军手里缴获的五万分之一军用地图。一般而言，这样的地图都具备较高的精确性，但刘伯承仍决定亲自到现场勘察一下。

带着参谋人员到现场一看，刘伯承不由得长叹一声：“粗枝大叶可要害死人哪！”原来公路并不如地图中所示从岭下穿过，而是就在岭上。

神头岭虽称山岭，更确切一点的说法其实是一座山梁，光秃秃的只有一两百米宽。公路从中间蜿蜒而过，路面只是比两旁的土坎略低一些而已。看到这一情景，大家在庆幸避免布阵失误的同时，也免不了感到有些泄气，因为猛一看，这里的地形似乎很难埋伏大部队。

在现场，一位参谋发表意见说山梁既然这样崎岖狭窄，必然不便于部队展开，看来伏击战是打不成了。其他人也你一言我一语，有的说不能打，有的说可以打。

刘伯承静静地听着，没有立即表态。对于如何发挥好“替手”的作用，他有一个很精辟的见解：既要认真倾听“替手”提出的意见和建议，但对这些意见和建议又不能一概听信，而要择善而从，不善则弃。否则的话，就可能越俎代庖，名为“替手”却当了“舵手”，这对指挥作战是非常不利的。

要不要在神头岭打上一仗，刘伯承自有主张。他沿着山梁转了一圈，对四周的山峰、沟壑和道路都一一进行了仔细察看。

离公路不远，有过去山西晋军修的一些旧工事。工事离公路最近的只有二十米，远的也不过百米。刘伯承看到后眼前一亮，认为它恰好可以用来解决部队的潜伏问题，因为日军天天往来于山梁之上，对旧工事早已司空见惯，只要伏击部队隐蔽得足够严密，就不会暴露。

绕回到原地，刘伯承下定决心："我的意见是原计划不变。"除了已经解决的潜伏问题外，他还引用北周名将宇文宪的名言来进行论证："兵者诡道，去留不定，见机而作，不得遵常。"

刘伯承熟读兵书战策。他以此说明，地形不利是敌我都能看得见的，敌人会因此疏于防范，若己方一反常态，偏偏在不利的地方设伏，便能起到出其不意的效果，而伏击战要的就是出其不意。

神头岭地形狭窄，一旦在岭上打起来，伏击部队确实难以展开，但刘伯承分析，日军的技术兵器将更难展开。他举反证说，假使神头岭这个伏击点的地形开阔平坦，固然便于伏击部队展开，可是不要忘记，日军展开队形也会很方便，结果是由于日军技术占优势，反会陷八路军于被动。

在山区活动的八路军主力

1938年3月16日，一二九师在神头岭成功伏击一〇八师团等部所属的辎重队，辎重队有日军步骑兵一千五百余人，其中仅百余人得以逃脱。神头岭上，到处都是敌尸和骡马，以及成捆成捆的辎重和散落一地的文件。

战后没几天，日军汽车部队的一名伍长随队通过神头岭，看到上面居然有那么多的残骸，不由得大为震惊，叹息：“第一〇八师团这样的损失是从来没有的，潞安到黎城（神头岭所在地域）的道上鲜血这边那边流着。”

或许是场面过于“刺激”，又或许是联想到自己也是一名辎重兵，物伤其类，这名伍长竟然“禁不住流下滚滚热泪”。

在日军军方内部，称神头岭之战所用战术为“支那第一流游击战术”，刘伯承也因此成为了被日军重点研究的游击战专家。

掏敌人的卵子

刘伯承精于用兵，亦善于练兵。抗战中期，山西的决死一纵编入一二九师序列，成为了太岳纵队的一部分。有人说山西兵比较弱，不会打仗。刘伯承听了不同意：“谁说的？会不会打仗，关键在领导。”他的看法是决死一纵的干部战士暂时在战场上表现一般，不过是因为缺乏战斗经验，只要调教得当，再打上几仗就能锻炼出来。

果然，到了上党战役，这部分干部战士表现出了很好的战斗作风，与刘伯承当初的期待完全相符。他们自己也反映：“过了一个圪梁再过一个圪梁，打得非常痛快。”

上党战役发生于抗战胜利之后，当时阎锡山派出相当于五个师的兵力，陆续占领了晋东南的长治地区，为应付这一紧急事态，中央利用美军运输机将尚在延安的刘伯承、邓小平火速空运到了太行。

长治古称上党郡，乃晋冀鲁豫根据地的腹地。晋军侵入上党，用刘伯承的话来说，是“如芒在背，背上有一把刀子，背脊就发凉”，同时他预计华北的国民党中央军不久也会南来，如不抓紧时间迅速歼灭上党之敌，待其中央军南下时，八路军将腹背受敌，陷入更为困难的处境。

实施上党战役的决心就这样定了下来。要打大仗，兵不够，只能临时扩充。根据地的村、区、县各级地方武装全都逐级上升，有的改了个番号就成了正规部队，“几万游击武装还穿着五颜六色的便服就集合起来开上前线去了”。

在短短一个月时间里，刘邓编组出了两万多人的野战军，深入上党的晋军是一万多，数量上已经占有优势。

打仗打的不光是量，还有质，而且质往往更重要。从抗战后期开始，晋冀鲁豫军区的主力部队就全部实行分遣，干部战士长期打游击战，已经变得不太会打运动战了。装备也不行，整个军区仅有六门山炮，仅半数的团有两到四门迫击炮，三到四挺重机枪，新战士多数使用大刀长矛。最缺的是弹药，每个人都只有几发子弹。

从头起步，刘伯承就像一个不厌其烦的老师，对各种战术要领都进行了详尽而具体的说明。一般情况下，很少有高级指挥员将战术要领规定得这么细，但特殊时期此举却很受部队的欢迎，有的前线指挥员高兴地说：“有了这些，战斗前心里就踏实。”

1945 年 9 月 10 日，刘伯承正式发起上党战役。在逐个夺取长治外围各城后，他集结部队主力，从东西南三个方向对上党地区的首府长治城展开攻击。

之所以只攻三面，是因为要放开北关至城东北角，引诱守敌外逃，从而在野战中予以歼灭，这也是刘伯承在攻坚战中最喜欢采用的“围三阙一”之术。

晋军向来善守，守卫长治城的部队是晋军主力，装备齐全，加上阴雨连绵，城墙湿滑，导致城池攻了很长时间都拿不下来。看到守得住，守敌就不急着外逃了，“围三阙一”亦无施展余地。

就在战斗处于僵持状态之际，阎锡山派出三个师增援长治。地下党将这一重要情报送到了野司，刘伯承当机立断，决定以攻城打援的战法，在野战中歼灭援敌。

上党战役，向后方抬运伤员

10 月 2 日，援敌被刘伯承派出的打援主力包围于磨盘垴、老爷岭地区。经过交锋，刘伯承发现内线情报有不准确的地方，就是援敌不止三个师，而是有八个师、两个重炮团，计两万余人。

晋冀鲁豫野战军共有三个野战纵队，陈赓的太岳纵队、陈锡联的太行纵队都已投入打援，能使用的只剩下了围攻长治的冀南纵队。刘伯承决定暂时不啃长治这块骨头，先集中力量吃掉援敌这块肥肉再说，他对冀南纵队下达调令，并在电话中对纵队司令员陈再道说："陈赓在老爷岭，陈锡联在磨盘垴已经按住了敌人的两条大腿，你赶快从中间大道往北插，掏敌人的卵子。"

刘伯承倾全力对援敌发动总攻，为避免敌人作困兽斗，又故意在北面给敌人留了一个缺口。"围三阙一"在长治一时没能起效，此时派上了用处，总攻发起的当晚，敌人向北突围，才发现退路已被截断。刘伯承指挥主力部队从两侧展开平行追击，敌人被打得溃不成军，除两千余人逃脱外，悉被歼灭。

援敌被歼令长治守敌大为动摇，不得不弃城突围。刘伯承除以围城部队跟踪追击外，再令太兵纵队回师兜击，最终逃窜的敌军也被全部歼灭。

上党战役是抗战结束之后国共两党爆发的首次军事冲突。战役进行期间，国共正在进行重庆谈判，战役的胜利提高了中共在谈判中的地位，使其更加有利和主动。通过这一战，晋冀鲁豫野战军的兵员装备也得到补充，战斗力明显提高，开始加速向正规大兵团转变。

动物战术学

上党战役一结束，刘邓随即组织了平汉战役。战前蒋介石派孙连仲的三个军从河南新乡出发，沿平汉路北上，意欲打通平汉线，并进一步对中共控制的华北、东北根据地发动进攻。

由于提前歼灭了上党的晋军，刘伯承得以专心对付这股北上之敌。经过紧张谋划，他选择河两岸的狭窄地带布下了一个“口袋阵”，等敌人北进钻入之后，立马将其包围。

1945 年 10 月 24 日，当得知参战各部已将敌人合围在预定地域时，指挥所里的刘伯承随手摘下眼镜，兴奋地说：“现在态势非常之好，敌人钻进牛角尖了，进也进不得，退也退不得。”

虽然实施了合围，但前线部队出击的成效却不大。原因在于这次敌人的三个军全是改编自西北军的中央军，官兵训练有素，善于依托村落进行防御，而且他们在遭到合围前，兵力、兵器也未受到大的损耗。

刘伯承下令暂缓攻击，一方面通过围困，不断耗散敌人精力，另一方面等待己方后续部队到达，借此争取时间最后消灭敌人的主力。

刘伯承自幼生长在四川农村，熟悉很多动物的特点。身为共产党内第一流的战术专家，每一次战役，他不但能够对诊下药地设计出某种特定的御敌战术，有时还会用动物的一些行为特征来对战术进行概括和描述，可称之为“动物战术学”。

比如对于平汉战役中所用的围困待机的战术，刘伯承的说法是：“要像猫吃老鼠一样，先把它盘软了再吃。”本来可能要讲上半天的战术设计，立即变得通俗易懂，生动有趣，部下们一点就通，一点就透，执行得也快。

至10月28日，各围攻部队奉命采用小规模攻击手段，消灭了一部分敌军，后续部队也先后赶到战场。见时机已经成熟，刘伯承下令部队当晚发起总攻，主要攻击目标为敌第一〇六师。

第一〇六师本来属于较强的部队，但连续几天的消耗，已使其战斗力大为减弱。同时在包围圈中，它又处于西北角突出位置，便于攻击部队就地转用兵力进行分割围歼。

在刘伯承的指挥下，攻击部队先将第一〇六师从敌防御阵势中分离出来，继而进行向心攻击，攻击时把敌人割裂成块，对每一块敌人实施围歼。尽管敌人的抵抗十分顽强，但经过两日激战，第一〇六师终于还是被基本歼灭了。

平汉战役，一名战士在行军时因背负的缴获武器太多而不慎跌倒

一点成功，全线震动。与此同时，新八军军长高树勋在刘邓的策动下宣布就地起义。消息传出，敌人的其余两个军震惊异常，完全失去了继续固守的信心。

刘伯承预料敌人必然向南突围，于是“围三阙一”，故意在南面网开一面，诱敌出逃。敌人果然中计脱离了主阵地，提前埋伏在其退路两侧的部队立刻横扫过去，打得敌人溃不成军。

1945年11月2日，平汉战役结束，国民党军在此役中被歼灭两万三千余人。继上党战役后，晋冀鲁豫野战军再次缴获到大量武器装备，这也是他们第一次在战争中缴获到美械武器。

进入解放战争，晋冀鲁豫野战军的仗越打越多，也越打越大。1946年8月10日，刘伯承发起陇海战役，共歼灭敌正规军两个旅，并首次腰斩陇海路。

陇海战役后，蒋介石被迫改变南线进攻计划，从南线抽调大量兵力投入冀鲁豫战场，对晋冀鲁豫解放区发动大举进攻。在此次进攻中，敌一线兵力即达十万之众，刘伯承手中所掌握的机动兵力只有五万余，装备也不好，而且刚刚打完成陇海战役，干部战士都很疲劳。

看上去劣势明显，但刘伯承经过细致分析，发现敌军在分进合击时，每路至多只有一到两个师，这就给野战军提供了予以各个击破的可能。

刘伯承说话写文章没有书卷气，更无八股味。他熟悉很多四川民间的俚语方言，在讲述军政之道时，常常加以引用。他说过：“五个手指按五个跳蚤，一个也抓不着。”还说：“猴子掰玉茭（玉米），最后只能得到一个。”这些话都被用来说明为什么要集中优势兵力消灭敌人。

在新的战役中，究竟要先按哪个“跳蚤”，或者说先掰哪一根“玉米”？刘伯承选中了整编第三师。

整三师在中原作战中伤亡较大，又是刚刚才从追击中原野战军的途中被调来，部队很疲惫。同时国民党中有杂牌和嫡系的矛盾，整三师是出犯之敌中唯一的中央军嫡系部队，如果它遭到打击，其他部队不会积极增援。

当然，要想吃掉这支兵强弹足、装备优良的敌军，也并非易事，刘伯承经过斟酌，决定采用“狼的战术”。

这个回马枪杀得太好了

四川成都有一条坡路，有一只狼经常悄悄地趴在路旁等待猎物。它的猎物是推车人，每当有推平板车的人将车推到半坡时，狼就会冷不防地蹿上去，照准人的大腿咬去。因为是在坡路上，推车人如果一撒把，平板车就会滑下坡，满车的东西便会摔毁，于是他只好自认倒霉，轻者让狼扯去一块肉，重者还会被吃掉。

这是刘伯承多次给部属讲过的一个民间故事。他说，狼为什么能成功地袭击推车人？就是因为善于捕捉战机和找准人的弱点，然后下口既猛又狠。他一再告诫部属，认真揣摸和学习“狼的战术”，一定会受益匪浅。

整三师就是刘伯承眼中的“推车人”。为了引诱该敌“推车上坡”，晋冀鲁豫野战军主动放弃了一些城镇，大踏步向后撤退，沿途仅以小股部队阻击，以迷惑对方。

整三师以为晋冀鲁豫野战军无力抵挡，一味孤军深入，当他们追至定陶附近的大小杨湖时，已与后面的部队完全分离。见“推车人”开始“上坡”，刘伯承一声令下，各部对整三师发起猛攻。

战斗打了近两天，由于敌人的火力太强，部署严密，双方形成了对峙状态，攻击部队暂时无法形成突破。刘伯承见状迅速调整了作战部署，决定先集中兵力攻打大杨湖村。

驻守大杨湖的是整三师主力五十九团，这个团在整三师里装备最好，战斗力最强，而且还是敌人整个防线的中心和以及其师部的门户。若用

“狼的战术”来形容，五十九团属于大腿上的那块肉，只要扯下来，全歼整三师即胜利在望。

刘伯承在战前作动员讲话

当天深夜，刘伯承下令发起全线总攻击。如同所预计的那样，敌五十九团在抵抗时十分顽强，各种武器所射出的子弹形成了一道道严密火网，阻挡着攻击部队进入大杨湖。战斗非常残酷和艰苦，担任主攻的第六纵队有的连打得只剩下了十余人。

在战前的干部动员会上，刘伯承说：“狼在找准敌人的弱点和捕捉到最佳战机后，下口会既猛又狠，现在也到了我们出猛招、下狠手的时候了。”依照他的指示，六纵不顾伤亡，连续发起攻击，失利一次，再攻一次，战况最紧张的时候，连旅团的机关干部和勤杂人员都投入了战斗。

第二天上午，六纵终于攻进大杨湖，全歼了守敌。敌五十九团代团长吴耀东被俘后感慨地说：“我们够不要命的了，没想到还有比我们更不要命的，我从未见到过这么英勇顽强的部队。”

五十九团覆灭不久，整三师就彻底完了。1946 年 9 月 8 日，定陶战役结束，除整三师全部就歼外，其他两个前来增援的师也被各消灭了一个旅。这是刘伯承率部在内线打的第一仗，他直言，如果这一仗打不好，部队在冀鲁豫平原将难以立足，大家都只能背起包袱灰溜溜地回太行山。结果是旗开得胜，国民党军对解放区的这一轮进攻也只能以失败而告终。

陇海、定陶两战使国民党军对晋冀鲁豫野战军开始重视起来，他们在进攻部署上做了调整，开始以位列国民党五大主力的第五军和整编第十一师打头阵。为钳制敌人的进攻，10 月 3 日，刘伯承发起巨野战役，由于对阵的是国民党中央军的王牌部队，所以这一战的激烈程度大大超过了前两次战役，而战果相对也要小得多，仅打掉了整十一师的一个团。

仗是胜仗，但刘伯承不太满意，认为没有达到预期的效果。他总结说，作战有三种战术，一是“牛抵角”，二是“马踢脚”，三是“狼咬人”。“狼咬人”即定陶战役中采用的“狼的战术”，“马踢脚”是“马的战术”，“牛抵角”是“牛的战术”，同时也是三者之中最不宜采用的战法。

在刘伯承看来，巨野战役之所以打得不理想，就是用了“牛的战术”，使部队与敌人陷入了“牛犄角僵持的笨拙状态”。

巨野战役后，敌人判断晋冀鲁豫野战军久战已疲，便计划继续集结重兵逼迫刘伯承与之连续作战。10 月中旬，王敬久集团、刘汝明集团、孙震集团分别向冀鲁豫地区发动进攻，第五军和整十一师都包含在王敬久集团之中，可见其动用兵力之雄厚。

吸取巨野战役“牛抵角”的教训，刘伯承下令部队大踏步秘密后撤，避开实力相对较强的王敬久集团，盯住较弱的刘汝明集团和孙震集团。10 月 28 日，部队在后撤过程中，突然接到侦察报告，刘汝明集团一部向鄄城伸出。

刘伯承判断这股敌人是企图与整十一师合攻鄄城，他决定使用“马的战术”，集中兵力一口吃掉。

对于牛、马、狼三种战术，刘伯承有一个基本比较：“牛抵角的战术是非常糟糕的，马的战术比牛的战术高明，狼的战术又比马的战术高明。”“狼的战术”最高明，但限于条件，很多时候不一定能用得上，那么退而求其次，就可以考虑“马的战术”了。

“马的战术”是“用后蹄踢”。接到刘伯承的命令，野战军主力立即挥师向南，以绝对优势兵力将伸出鄄城之敌灭了个干干净净。此为鄄城战役，除毙伤俘敌九千余人外，还缴获了包括榴弹炮、山炮在内的大批武器弹药。

战前一些指挥员对后撤不理解，埋怨为什么不能跟敌人明刀明枪地干。经过鄄城大捷，众人无不折服于刘伯承的巧妙指挥，说：“刘司令员真是神机妙算，这个回马枪杀得太好了。”

九连胜

在解放战争初期，国民党军图的是“名”，只要占领了若干城镇，就欢喜得“头颠尾颠”，不知所以。八路军、新四军（当时还不叫解放军）要的是“实”，但凡能够消灭和削弱敌人的有生力量，即为胜利。

截至鄄城战役结束，国民党军以损失六万多人的代价，换来了冀鲁豫的十七座空城，同时要被迫分兵守备，导致其机动力量也相应减少。本来这是个很糟糕的买卖，可是蒋介石站在他那个位置，却觉得是个好买卖，还要坚持做下去。1946 年 11 月初，敌王敬久集团、王仲廉集团分别从鲁西南和豫北出动，对解放区发动进攻。

以前都是对进攻之敌见招拆招，这次刘伯承独辟蹊径，使出了怪招。他用很形象的语言，向前来采访的新华社记者描述了战术的整个构思：“我们不理会那些伸出来的手，我们从他们的手边擦过，穿过他们的小据点，一下子抱住了他们的腰，猛虎掏心……”

“猛虎掏心”瞄准的目标是敌人留守豫北的孙震集团。11 月 15 日，

解放军向敌人发起冲锋

晋冀鲁豫野战军主力对滑县东南的孙震部队实施远距离突袭，是为滑县战役。

按照刘伯承的部署，出发前，攻击部队对人马和装具进行了严密的伪装和整理，马蹄全部用棉花或布包裹起来，然后才静肃疾进。他们昼伏夜行，撇开孙震部队的前卫警戒和第一线据点，从其两部人马的结合部进入了孙震集团的配备纵深，然后突然发动全线攻击。

孙震集团驻扎豫北，以为远离解放区，思想上很麻痹，布势分散，便于分割围歼，同时该集团的战斗力较"二王集团"而言，也要弱得多。经四日战斗，敌两个旅加一个保安纵队被消灭，这时由东西两面赶来救援的"二王"所部距滑县都只有半日行程，却已是鞭长莫及。

虽然连遭挫败，但敌人仍一心一意要寻找晋冀鲁豫野战军主力进行决战。刘伯承则实施敌进我进的策略，率主力二出陇海路，向敌侧后大踏步前进。12 月 20 日，他在巨野、金乡、鱼台地区发起巨金鱼战役，以"攻其所必救，歼其救者"的战术，共歼敌正规军三个半旅，加上地方部队共约一万四千人。见后方着火，"二王集团"不得不从解放区腹地撤出，回援陇海路，晋冀鲁豫解放区遂得以转危为安。

进入 1947 年初，国民党军把攻击重点转向山东战场，王敬久集团计划东调。为拖住乃至抑留该集团，刘邓奉中央之命，在陇海路开辟南北战场，发动了豫皖边战役。

战役开始后，晋冀鲁豫野战军连克陇海路上的多座县城，南京为之震动。蒋介石无奈之下，只得把王敬久集团的第五军等部暂时抽回陇海路，第五军也因此未能及时投入山东战场，在山东作战的华东野战军得以减轻了压力。

王敬久集团调走后，留在豫北的王仲廉集团成为刘伯承的重点打击对象。王仲廉部队不是弱旅，为了集结更多的兵力，也为了培养和提高地方部队的战斗力，刘邓把野战军的四个纵队和地方军区部队混合编为四个战斗集团。

1947 年 3 月 21 日，刘邓发起豫北战役，指挥四个战斗集团向王仲廉集团发起反攻。在近两个月时间里，他们横扫豫北，歼灭了包括第二快速纵队在内的大批敌军主力。第二快速纵队装备精良，配备有日式坦克和美式榴弹炮，但也不过两天时间就被干掉了。

通过豫北战役，晋冀鲁豫野战军收复了大批解放区，部队也就地休整，转入战略进攻的准备阶段。7 月 4 日，刘邓率野战军主力南渡黄河，正式揭开了解放战争战略进攻的序幕。

由于陈赓部已另外组成陈谢兵团，为了与陈谢兵团、留在后方的晋冀鲁豫其他部队区别开来，也为了更好地对外宣传，从这时候起，毛泽东便开始将南渡部队称为“刘邓大军”，这一称谓一直延续到了解放战争结束。

挟南渡黄河之气势，刘伯承随即发起鲁西南战役，他采用“攻敌一点，吸其来援；啃其一边，各个击破”的战术，歼敌四个整编师近六万人，一举收复鲁西南解放区。之前刘邓大军能够重创国民党“五大主力”的机会很少，这次被全歼的整编六十六师就其装备和战斗力而言，已接近于“五大主力”。

不算上党、平汉两战，刘伯承在解放战争中取得了“九连胜”，其胜率之高、战术之奇、变化之多令人咋舌。要知道这还是在解放战争初期，国民党军还未到后来那种风一吹就倒的地步，士气和战斗力尚维持在一定水平，要想打赢一场胜仗不是那么容易的一件事，更不用说九战九捷了。

在战术专家之外，刘伯承遂再得“常胜将军”的美名。党内外都知道有这样一位精通韬略、足智多谋的名将，朱德更是称赞刘伯承“有古名将风”，乃不可多得的军事将才。

第二个草地

1947 年是解放区由战略防御转入战略反攻的一年，战略反攻的矛头直接指向了大别山地区。

大别山位于鄂豫皖三省交界处，曾经是红四方面军的老根据地，当时认为那里有革命基础，部队到了之后容易立足生根。更重要的是，大别山居于南京和武汉之间，前者是国民党的首都，后者是国民党军在长江中游的军事重镇。南下部队一旦占据大别山，就可以东摄南京，西逼武汉，南扼长江，瞰制中原。

自古“卧榻之侧，岂容他人鼾睡”，延安方面预计，到时蒋介石必然会将其进攻山东、陕北的军队调回，用于争夺大别山。根据中央指示，鲁西南战役结束不久，刘邓大军便三出陇海路，向大别山挺进。

要挺进大别山，势必越过黄泛区。黄泛区是一条宽三四十里，遍地积水，浅则至膝、深则至脐的污泥地带。由于此前极少尝到败绩，部队即使在接到向黄泛区进军的命令后，仍然情绪很高。不少人说：“黄河都过了，还在乎这些水沟水坑？只要头上的‘小红头’‘黑寡妇’（分别指国民党军的侦察战斗机和轰炸机）不来下蛋，呼呼啦啦不就蹚过去了吗？”

“这是危险的情绪！”刘伯承听后严肃地说：“它（指黄泛区）决不是一坑黄水，而是一只张着血口的老虎……现在我们要从虎口中冲过去！”

果不其然，部队在越过黄泛区时遭遇了非常大的困难。有的地方明明看着水已干涸，但一脚踩下去，全是烂泥，而且脚会陷在里面，甚至拔不出来。参加过长征的老红军都异口同声地说：“这是第二个草地。”

人都不容易过，炮车就更不用说了。刘伯承边走边观察，发现榴弹炮过于沉重，实在过不去，为了加快行军速度，他只好命令将炮隐藏起来或炸毁。炮手们一面执行命令，一面抱着大炮不忍释手，有的竟至放声痛哭。

刘邓大军南下很久，蒋介石才判明他们是直奔大别山而去，于是急忙调兵前堵后追。1947 年 8 月 24 日下午，刘邓的中路先头部队通过浮桥到达汝河南岸，并抢占了南岸的一个桥头堡。不料敌人马上从东西南三面构成一个马蹄形阵势，把桥头堡给围住了。

南下行军中的刘邓大军

过河部队分成左中右三路，东西两路已先敌越过汝河。留在汝河北岸只有野战军指挥部、中原局机关和一个野战纵队，而紧跟在他们背后有多达三个师的敌人，且双方相距只有五十里的路程，不用一天就可以赶到。

情况万分险恶，如果北岸人马不能在短短几个小时内渡过汝河，将有全军覆灭的危险，刘邓甚至想到了分散打游击或者折回冀鲁豫这样的后果。

除了坚决打过去，没有别的出路。刘伯承向来主张智战巧战，到了这个时候也只有拼力一搏。他提出了“狭路相逢勇者胜”的口号，下令部队全部轻装强渡，同时把所有机密文件予以烧毁，以免强渡不成，落入敌人之手。

接到命令，前锋部队以连为单位，呈四路纵队前进，干部战士一律步枪上刺刀，揭开手榴弹盖，沿途遇见任何敢于顽抗的敌人，立即予以消灭。经过整整一夜的拼杀，至第二天上午，汝河南岸横宽六七里的地区，已看不到任何一点敌人的踪影。

强渡汝河之后，刘邓大军开始抢渡淮河。淮河本来可以徒涉，但当部队到达岸边时，上游却突然涨水。渡口上一共只有十来只小木船，若单靠这些小木船过河，两天要渡完一个旅都很困难。

敌人追兵将至，后卫部队甚至已在离淮河渡口三十里的地方和其前卫交火。刘伯承忧心如焚，他把相关人员一一叫过来询问：有没有试过徒涉？亲自找向导查了没有？找过几个老乡？他们怎么说的？

大家回答：试过了，也问过了，河水真的很深，不能徒涉，而且附近老百姓都说，从来没人敢在这样的季节涉水。

刘伯承还是觉得不甘心，当他和野司人员坐船过河时，就捡了根长过身高的竹竿在船边测量深度。到了河心，他惊喜地发现，许多地方水都不太深，至少能够架桥。

刘伯承让北岸的参谋长李达组织架桥，怕呼喊听不清楚，特地派人送去他亲笔书写的命令：“河水不深，流速甚缓，速告李参谋长可以架桥！”

李达正布置架桥，刘伯承忽然又派人送来新的命令。原来他亲眼看见上游有人牵马过河，意识到徒涉其实也行，于是立即改变架桥的决定，传令部队迅速徒涉。

8 月 27 日，部队徒涉淮河取得成功。淮河是跃进征途中的最后一道险关，一过淮河，他们就进入了大别山区。

对于刘邓大军过关涉水，穿越千里，有如天降神兵一样地来到大别山，许多人感到不可思议。大别山民间为此流传着很多传说，有的说，六月天下着棉花疙瘩那样大的雪，刘邓大军踏着冰通过了汝河、淮河，有的说是部队每人背了一只葫芦浮了过来，还有更玄乎的，说是起了一阵大黄风，就把刘伯承的千军万马满山遍野地吹到了大别山。

虚幻的神话传说背后往往隐藏着现实的影子。千里跃进大别山作为一大战争奇迹，从此成为构成刘邓大军影响力的一个重要标志，不断地被人们提起和讲述。

瘦狗拉硬屎

自 1948 年 9 月下旬起，中央决定发起淮海战役，蒋介石急调黄维兵团东援徐州战场。此时晋冀鲁豫野战军已改称为中原野战军，敌人的相关电报很快就被野司截获并破译，刘伯承当即令第六纵队等部实行尾追，不让黄维兵团顺利东进。

追击过程相当艰苦，据野司阵中日记记载，六纵十七旅连续两天没有睡觉，部队像过草地一样疲劳，有的连掉队人员竟达三分之一。经过半个月的风夜兼程，昼夜行军，中野主力终于抄捷径，赶到黄维前面，于涡河两岸布防，堵住了黄维兵团北上的去路。

为统一指挥中原、华东两大野战军作战，统筹淮海战场的后勤供应，11 月 16 日，中央宣布成立淮海前线总前委，刘伯承、邓小平、陈毅被任命为总前委常委，负责全面指挥淮海战役，但他们的指挥位置仍在中野一边，一切号令也均通过中野司令部发出。

六天以后，徐州战场传来捷报，黄百韬兵团被华野歼灭，淮海战役第一阶段作战胜利结束。同一天，刘、邓、陈在野司驻地召集会议，会上刘伯承表达了在淮海战役第二阶段打黄维的意向，他告诉大家，接下来的仗将很难打，就双方实力对比来说，中野是“瘦狗拉硬屎”。

这个比喻虽然不太好听，但道出的却是实情。在挺进大别山之前，刘伯承、邓小平所率领的晋冀鲁豫野战军总兵力已达到二十八万，居全国各大野战军之冠。由于在大别山遭到削弱以及还要留置一部分兵力在华中，参加淮海战役的中野部队仅十二万人。按道理，解放战争时的纵队应相当于军编制，一个满编军少说点也得有十几二十个团，然而中野的多数纵队都只有六个团，最少的只有五个团，严格地说连一个师都不够格。

在晋冀鲁豫野战军的鼎盛阶段，其武器之优良、火力之猛烈，在各野战军中亦排于前列，鲁西南一役，甚至能将整六十六师这样的国民党精锐部队都打得抬不起头来。可是为了执行跃进大别山的战略任务，像样一些的重武器基本都丢光了，部队的基本武器是轻重机枪、步马枪和手榴弹，而且弹药还不足。这导致中野在实施大兵团作战的能力方面，早已落到了东野、华野之后。

解放军在鄄城战役中缴获的榴弹炮，但这些重武器在淮海战役前大部分都损失掉了

黄维兵团是什么实力？尽管它的兵员数也只有十二万，与中野相当，但装备精良，兵强马壮，战斗力方面与辽沈战役中的廖耀湘兵团相比也不遑多让。该兵团下辖的第十八军即巨野战役时的整十一师，巨野战役虽被列入刘伯承著名的“九战九捷”，却是“九战九捷”中打得最不理想的一仗，很大程度上，也是因为整十一师这块骨头太难啃所致。

对中野而言，堵住黄维兵团已是竭尽全力，要想全歼它，那真是得拿出点“瘦狗拉硬屎”的劲头来了。邓小平在会上接着刘伯承的话，说一定要拼老命干掉黄维兵团，为此哪怕是把中野全部拼光也在所不惜！

“九战九捷”前的平汉战役，也是初遇强敌，当时刘伯承曾布过“口袋阵”。在研究淮海战场的敌我情况后，他确定唯一的办法仍应如此，即先让黄维兵团钻进预设的“口袋”，包围起来再说。

计议已定，刘伯承遂把浍河北岸的南坪集作为扼守要点，令四纵予以坚守。

坚守南坪集是阻击和包围黄维的关键，但不是最终目的，事实上它只是一个饵。在四纵与敌人血战两日，起到吸敌就范的目的后，刘伯承下令部队后撤，放弃南坪集。

中野主动后撤给黄维造成了错觉，他误以为突击取得了成功，便下令作为主力的第十八军经南坪集过河，其余部队陆续跟进。第十八军就这样进入了北岸的袋形阵地，他们正在行进，埋伏于东西两侧的解放军就突然对其进行了猛烈攻击。

发现形势不利，第十八军赶紧缩回浍河南岸。1948 年 11 月 24 日黄昏，刘伯承抓住敌混乱撤退的有利时机，下令各纵队全线出击。黄维这才惊觉中了圈套，然而已经晚了，他的兵团当即被包围压缩于以双堆集为中心，纵横仅十五里的地域范围之内。“口袋阵”大功告成。

刘伯承将围歼黄维兵团的作战划分为三个阶段，依次是阻击作战阶段、紧缩包围和准备反击阶段、阵地歼灭战阶段。黄维兵团被完全包围，标志着第一阶段结束。

11 月 25 日，进入第二阶段，刘陈邓下令部队加紧压缩敌人。最初两天，各攻击部队即便实施了猛烈突击，也没有能够将敌人割裂开来，自身还蒙受了较大伤亡。这使刘伯承意识到敌人的防御能力不可低估，光是硬冲不行，必须另寻良策。

围师不阙

刘伯承打过很多次攻坚战，“围三阙一”是他在攻坚战中经常采用的一招。黄维兵团以密集队形防守，且实行逐村抵抗，很难割裂，“围三阙一”

似乎正好适用。

可是盘点两天来的战况，刘伯承又打消了这一念头。黄维兵团到底是精锐兵团，不是那种一被包围，就慌了神乱了方寸的弱旅。两天来，他们都是进占一村，巩固一村，逐步滚进，如果放开一个缺口，中野并没有扭住的把握，而且敌人一旦多占一村，不但会利用解放军的原有工事组织防御，还增加了从村子里获得粮食的可能。

想来想去，要把“口袋”里的黄维兵团全部消灭掉，只能像平汉战役中那样，采用“猫吃老鼠，盘软了再吃”的战法。于是刘陈邓协商一致，决定对黄维兵团“围师不阙”，也就是围而不攻，等其精力耗散，再慢慢地一步步收拾。

黄维在国民党军中亦非等闲之辈，此人久经沙场，很有作战经验，被蒋介石视为文武双全的“股肱之臣”。他分析当面情况，双方都在进行野战，解放军尚未能够形成纵深的工事体系，此时突围最为有利。于是他采取了一个果断行动，将兵团所辖的四个主力集中起来，以坦克、火炮开路，组织强行突围。

得知兵团要组织突围，一一〇师师长廖运周自告奋勇担任了突围前锋。黄维做梦也想不到，廖运周其实是在大革命时期就潜伏下来的中共地下党员，而且解放战争一开始，他就与中原局取得了联系。到淮海战役爆发时，一一〇师已建立了地下党委，廖运周本人就是党委书记。

一一〇师一出包围圈，就举行了阵地起义。随后解放军封锁缺口，并以预伏火力，向跟进的敌后续突围部队开火，黄维兵团被迫停止前进。不久黄维清醒过来，估计到廖运周有变，又重新组织突围，然而解放军已有充分准备，从哪边突都突不出去。至此，受到双重打击的黄维兵团士气沮

淮海战役，新华社记者在战壕里举办新闻照片展览

丧，一蹶不振，黄维也只好调整部署，固守待援。

刘伯承继续实行“围师不阙”，他命令部队攻占一村即巩固一村，不断对其进行压缩和完成严密封锁。战后，许多敌军俘虏说解放军有三招最使他们害怕：近迫作业、飞雷、阵前喊话。

近迫作业最早是华野在碾庄歼灭黄百韬兵团时所采用的战法，刘邓陈把它引用了过来。通过近迫作业，中野各部在“地平线下前进”，最后构筑成了纵横几十里的战壕，形成了对敌攻防的有利阵地。

飞雷是中野在火力和重武器不足的情况下，根据民间制造爆竹的原理，自行发明出来的一种炸药抛射器。刘伯承对此很重视，淮海战役前夕，他还专门参观了飞雷的试验，要求工兵继续进行提高和完善。

中野在压缩包围圈时，把三招结合起来运用：近迫作业，往往一夜之间，新挖的战壕就逼近了敌阵地；飞雷，发起攻击前，这种像大西瓜一样的东西只要落在敌阵地上，就能够把鹿寨、工事和敌人一起抛上天；阵前喊话，解放军在相隔几十米的交通沟里实施政治攻势，搅得敌军心神难安。

黄维兵团装备强，但所携粮弹毕竟有限，从 11 月 26 日以后，整个兵团便逐渐陷入了援兵无望、粮食也极为困难的绝境，“围师不阙”的效果可以说是立竿见影。

1948 年 11 月 30 日，见黄维处境日艰，随时有被歼灭的危险，蒋介石命令杜聿明放弃徐州，率本集团西撤南下。他计划让杜聿明附中野之背，与东面的李延年、刘汝明兵团协力救出黄维，然后一同会合南逃。

针对变化的敌情，包括刘伯承在内的总前委所采取的策略是，歼灭黄维兵团，围住杜聿明集团，阻住李延年兵团。在指挥部作战室里，刘伯承随手将口杯、砚台、电文纸摆成三堆，形容为淮海战场上的三股敌人，他对参谋们说这叫“吃一个，夹一个，看一个”。

12 月 4 日，杜聿明集团被粟裕完全包围于陈官庄一带，从这一天起，歼灭黄维兵团一役也进入了最后阶段。由于中野兵力和火力都不足，华野派来两个纵队作为总预备队，刘邓陈在发动总攻时，除把这两个纵队全部用上外，还额外调用了华野特种兵纵队助阵。

总攻开始后，解放军攻击部队组织上百门火炮齐射，炮弹和飞雷倾泻在敌阵地上，黄维兵团苦心经营的野战集团工事大部被摧毁，守敌非死即伤。

12 月 15 日，眼见大势已去，黄维下令所有残余部队“四面开弓，全线反扑，觅缝钻隙，冲出重围”，实际上是让大家四散逃命。

当天黄昏，解放军将黄维兵团残余部队一一予以歼灭，黄维及兵团的大部分将领均被生俘。在搜查时，发现一名被俘敌将的日记中这样记载：在我们（指国民党军）所有的高级将领中，其才识无有能超过刘伯承者，其指挥之妙，令人莫测高深，有人谓刘伯承指挥国防部，信然不谬！

在新中国成立后的元帅提名名单上，刘伯承毫无争议地被列于第四位。

好戏开场

抗战时期，冒险前往八路军根据地的西方记者不少，他们中的大多数都不会忘记采访贺龙。很多人在未见到贺龙之前，就听过关于贺龙的传闻，因而就早已经在脑海里勾勒出了贺龙的形象。在他们看来，这是一个存在于现实中的中国古典传奇人物，更准确地说，是一个类似于《水浒传》一百单八将那样的绿林好汉，有人还把贺龙比喻成是中国的罗宾汉或者夏伯阳（苏联国内战争时期的战斗英雄，以机智剽悍著称）。

让记者们感到特别兴奋和激动的是，一旦见到了贺龙本人，真人与他们想象中的形象竟然完全相符。有一名记者直呼，当见到贺龙的时候，他的感觉就是“夏伯阳”活生生地站在了自己面前：圆头圆脑，双肩有力，眉毛很浓，嘴上留着一撮黑色的胡须。

时任一二〇师师长的贺龙

记者观察到，贺龙从来不能长时间地坐着不动，即便在屋里，也要一边打着干脆有力的手势，一边像头被关在笼子里的豹子似的来回踱步，“显示出他浑身上下有无穷的精力”。

一个如此既有魅力又有故事的人，难怪记者们都那么喜欢采访他。

贺龙出生于湘西桑植县的洪家关，这使他说话时一直带着一种浓浓的湘西口音。近代以来，湖南被认为是出英雄和草寇最多的省份，湘西更是如此，国外观察家称之为中国最具有造反精神的地方。贺龙年少习武，十四岁就当骡子客跑马帮，他豪侠仗义，爱打抱不平，在湘西很有点名气。

二次革命失败后，孙中山逃往日本，建立中华革命党，继续反袁。中华革命党人陈图南是湘西人，孙中山派他返回家乡联络仁人志士。陈图南慕名来到洪家关拜访贺龙，经陈图南介绍，贺龙填写誓约，按下指约，加入了中华革命党。

护国讨袁那年，贺龙奉命到石门县泥沙镇发动武装起义。起义得有枪，泥沙镇设有团防局，有枪八十余支，遂被贺龙设定为夺枪的目标。

1916 年 1 月 21 日，泥沙镇迎来了春节前的最后一次大集，镇上人来人往，热闹非凡。贺龙等人按计划分成两拨，一拨与团丁认“老庚”（相当于“拜把子”），设赌摊并送钱让枪丁来赌博，另一拨由贺龙亲自负责，在饭馆摆下四桌宴席，请其他相识的团丁赴宴。

贺龙正在张罗着酒席，姐夫谷绩廷匆匆跑来，低声对他说：“好戏开场啰！”贺龙听了点点头，让姐夫陪着客人，自己走出饭馆。一了解情况，得知团防局局长和队长都在抽大烟，只有一个哨兵守在团防局门口，二十多条枪都放在局里的板壁上。

当下贺龙带上十个伙伴，一人拿一把菜刀，直闯团防局。众人在活捉哨兵和团防局局长、队长后，一枪未放，一人未伤，便把二十多条枪全都夺了过来。

回到饭馆，贺龙向正在大吃大喝的团丁宣布夺枪成功，并晓明大义，希望他们一起讨袁。团丁们哪敢不从，都表示愿随贺龙举义。与此同时，赌摊那边也得了手，缴到了一些枪。

靠着从团防局夺来的枪支，不到几天工夫，贺龙的队伍就发展到三百多人，取名为“湘西讨袁独立军”。他率领这支队伍与周围各县的义军联合，浩浩荡荡地对由保袁武装驻守的县城发动了围攻。

刚刚组织起来的民军虽多达万余，但缺乏统一的指挥和训练，枪弹也很少，攻城时一拥而上，攻不下来就一哄而散，各自回家。

眼看着民军解体，贺龙等首领并不灰心，他们派人到四川找云南护国军司令蔡锷，请他派兵到湖南打击拥袁武装。派去四川的人不久就回来了，报告说蔡锷难以分兵入湘。

靠天靠地靠朋友，都不如靠自己实在。贺龙这时想到本县境内的芭茅溪有个盐税局税卡，那里有一些枪支，可以把枪搞来，用以再扩大队伍。

盐局见三抽一收取盐税，交不出税就扣人卡货，贺龙跑马帮做盐生意时受尽了他们的盘剥勒索，如今正好老账新账一起算。1916 年 3 月 16 日，贺龙在洪家关约集了二十名青壮年准备起事。可是就在他们忙着扯腰带、扎布头、打裹腿的时候，事情传了出去，洪家关的一些老年人一看，说：“你们这些伢儿，硬是要惹天祸。”吵吵闹闹不让干。

事到临头，不让干也得干。贺龙等人在油纸伞外面缠上布，放在桐油里一裹，就做成了可以充作火把的“照红”。众人连夜出发，举着“照红”，带着菜刀、“小签子”（匕首）奔往芭茅溪。

两把菜刀闹革命

从出发地到芭茅溪有一百多里，但他们四更天就赶到了。贺龙那年才二十岁，在二十一人中年纪最小，但是胆略和威信却最高。事先他已向芭茅溪派了两名“探子”，在队伍走到离盐局两里路的小河边时，正好与两个“探子”会合。

据“探子”报告，盐局里的枪丁有的抽鸦片，有的嫖女人，剩下留守的五六个人也都睡得死死的。事不宜迟，贺龙带头悄悄进村，摸到了盐局门口。

盐局是一座两层楼的木房，大门用杠子顶得死死的。贺龙和其余三人硬是用肩撞将大门撞开了，由于用力过猛，大门撞开后，他们连人带门板都倒在了地上。

税警队长被惊醒，从耳门里一齐眉棍就扫了过来。起事的小伙子都会点功夫，有人眼疾手快，一把扭住棍子顺势一拖，贺龙举起菜刀就是一刀，立即将队长砍倒在地。

在楼下一共缴了八支毛瑟枪，一问，楼上还有四支枪，于是大家又挥舞着菜刀，人顶人地往楼上冲。当时这群年轻人里面只有一个人会开枪，贺龙虽说早已夺过枪，当过义军首领，可他耍得最溜的也仍然是手中的一把菜刀。

楼上的枪丁自然会用枪，不过他们的那种毛瑟枪不是连发的，子弹塞一粒打一粒，加上手忙脚乱，以致枪都变成了擀面杖，根本没法用。情急之下，

1924年，贺龙任四川陆军暂编第九混成旅旅长时留影

几个枪丁便用小椅子往下砸，冲在前头的两名义士都被小椅子给砸伤了。

贺龙年轻气盛，又有很好的功夫底子，在冲击受阻的情况下，他抢前一步，跨上同伴的肩头，避开楼上打下的小椅子，在纵身上楼的同时手起刀落，刀光一闪，便剁翻了掷椅子的枪丁。

在贺龙之后，又顶上去两个人，剩下的几个枪丁见他们如此勇猛精悍，都吓得赶快交出了枪。

率二十名好汉端掉盐局，夺得枪支后，贺龙再次声威大振。当他率部回洪家关时，洪家关的乡亲都放鞭炮迎接，原先怕事的老人也跷起大拇指称赞，说贺龙伢子“有胆子，有本事”。

1916年3月下旬，贺龙在洪家关举起“讨袁护国军”的旗号，自任民军总指挥。以后他的民军被编入正规军队序列，他也因此进入了民国官场。

贺龙有多年的江湖经验，但官场与江湖并不是一码事，在官场上他老是吃别人的亏，最惨的一次，不但部队被吞并，自己也被关了七天牢，放出来时已经两手空空，一无所有。

贺龙的父亲贺士道赶来看儿子。他给贺龙算了算，赶马帮时被关过两次，参加革命党又坐了三次班房，于是劝贺龙：“算得是死里逃生喽。不如好好收场，莫干了。”

贺龙回答道：“莫干？该死的朝天，不该死的万年！我不拖枪，上对国家不忠，下对祖宗不孝。我就不相信队伍拖不起来，孙中山搞队伍还不是成了垮，垮了再搞，才搞出个民国来。”

贺士道本想说服儿子回乡务农，图个平安，结果反被儿子说服，他叹着气说：“道理是蛮对的，只是搞不好就会掉脑壳。可既然你横下一条心还要干，我年过六十，这条老命也就豁出去了，和你一块干！”

贺龙说服老父后，即启程回洪家关重招人马，路上他遇到了一个正要去洪家关投奔他的小伙子。

原来当年贺龙在打泥沙镇团防局时，有个名叫吴佩卿的义士曾和他一起夺枪，两人有过命的交情。吴佩卿的侄孙吴玉霖想要做杀富济贫的好汉，吴佩卿就让他去找贺龙，说贺龙很仗义，吴玉霖只有跟上贺龙，他才放心。

贺龙巧遇的这个小伙子就是吴玉霖。虽然贺龙与吴玉霖的爷爷同辈，但两人年纪差得并不多，贺龙遂与他以兄弟相称。吴玉霖随身带来两把磨得铮亮的菜刀，贺龙见面分一半，和他一人一把菜刀，相携前行。

走着走着，路上来了一顶四人抬的轿子，轿前有几个兵开道，轿后还有两个兵背枪压阵。两个兵走得慢，和轿子逐渐拉大了距离，士兵身上背的两支汉阳造步枪立刻引起了贺龙的兴趣，他和吴玉霖商量了几句，就不紧不慢地跟了上去。

当走到偏僻小路时，贺龙和吴玉霖突然一个猛扑，抡起菜刀，结果了这两个倒霉的护兵，之后夺了枪便跑。事后得知，那顶轿子里坐着的其实是一个即将上任的县长。

1917年底，凭着用菜刀夺来的两支枪，贺龙在洪家关召集十八个伙伴，重新拉起队伍，参加了护法战争。十年间，他率部征战各地，队伍从小到大，最后发展到了一个军。

贺龙两把菜刀闹革命的故事在民间广为流传。毛泽东在三湾改编时，还用它来鼓舞和振作士气：“贺龙同志两把菜刀起家，现在当军长，带了一军人。我们现在不只两把菜刀，我们有两营人，还怕干不起来吗？”

共产党要比国民党强

贺龙在拿菜刀打下盐税局时，曾将盐局的账本、文件抬到院子里一把火烧毁，又把盐局所藏的财物和盐巴分给老百姓。当时在西南诸省，盐巴贵如金，穷人很难吃到。

贺龙开仓放盐的举动与他早年对自己的人生定位完全对应，那就是做一个梁山好汉式的草莽英雄，杀富济贫，惩恶扬善。直到与共产党发生接触后，他的思想才发生变化，逐渐认识到共产党有组织有宗旨有主张，远比做个人英雄有前途。

大革命后期，国共两党矛盾逐渐激化，国民革命军各部也分成了左右翼。贺龙属于左翼，右翼势力对他颇为敌视，湘军头目何键不但唆使部下向贺龙所部挑衅，而且还向武汉政府诬告贺龙，企图借机解散他的部队。

1927 年 1 月，武汉政府派吴玉章处理贺龙被诬告一案。吴玉章前去一看，何键等部仗着装备精良、兵员众多，已经做好向贺龙所部开火的准备。贺龙那时还没有做军长，他的民军人少枪少，处于非常危险的境地。

吴玉章是中共党员。他当场把何键申斥了一顿，然后提出一个解决方案，决定把贺龙的民军调到武汉去拱卫政府，以避免其在力量悬殊的情况

大革命时期，在武汉街头行进的北伐军

下被何键吃掉。

共产党的这次出手相助挽救了贺龙所部，同时也对贺龙的思想转变起到了很大作用，自此以后，他与共产党的关系变得更加密切。

第二次北伐结束后，贺龙因功升任军长，他的第二十军战斗力很强，自然受到各方关注。共产党一如既往地重视贺龙，作为中央领导人的周恩来亲自与其会面洽谈，蒋介石、唐生智也都分别派人上门拉拢，封官许愿。

此时是国共分裂的前夜，选择站在哪一方是贺龙必须面对的一道考题。从那时的形势来看，共产党方面非常不利，即便把实际控制的部队都算上也没有多少，如果放在一个没有什么头脑的人身上，他肯定会认定共产党必输无疑。

贺龙粗中有细，很善于发现和思考问题。北伐前，唐生智对贺龙表示欣赏，说想请他担任师党部委员，贺龙没去，他同时还生出一个疑问：“我自从加入中华革命党后，从没有转过国民党，也没填过证书，怎么会当起国民党师党部委员来啦？”

国民党是多么马虎啊！这样组织松散、落后的政党，还能靠得住？

贺龙由此看到了国民党的致命弱点，并判断它不可能战胜共产党。他后来对亲近的家人分析说："政治方面，共产党要比国民党强。军事方面，国民党目前是占优势的，可是军事上的优势没有政治做主心骨是靠不住的。"

1927年7月中旬，贺龙所部奉命沿江东下。途中得知国民党所控制的武汉政府已经实行"分共"，贺龙在军官大会上毅然表明心迹："我要跟着共产党走革命的路，坚决走到底！"

7月23日，贺龙率部抵达九江，见到了中共中央政治局委员谭平山。双方寒暄几句后，谭平山十分认真严肃地对他说："贺龙同志，我要向你讲讲我们党的机密大事。"

谭平山所说的机密大事就是中央即将在南昌举行起义，他同时希望贺龙的第二十军能够参加这次起义。贺龙此时还不是共产党员，谭平山能将如此重大的机密直言相告，实际也冒了很大的风险。

贺龙听后非常激动，当场表示完全赞成。他的坚决态度使在九江的几位中央政治局委员都深受鼓舞，于是决定让贺龙率二十军与叶挺等部一起到南昌集中。

起义军集结南昌后，贺龙被任命为总指挥，起义军总指挥部和参谋团也都设在了二十军军部。1927年8月1日，南昌起义如期爆发，起义军只用了四个小时，便将南昌守敌全部予以歼灭。

起义胜利的当天，指挥部讨论南下广东的具体计划。贺龙认为湖南境内的农民运动做得好，而且第二十军的湖南人多，有群众基础，兵员也容易补充，所以主张不去广东，到湖南建立根据地。

可惜贺龙的主张并没有被大家采纳，起义军仍旧实施了南征行动。就在南征途中，贺龙如愿以偿地加入了共产党，周恩来在他的入党宣誓仪式上做出肯定：“（贺龙）是经过考验的，是信得过的。”

我就不信搞不赢

南征很快就出现了贺龙曾预计过的一些困难，由于天气炎热，缺乏给养，部队减员很多。9 月 23 日，起义军又在汤坑遭到三倍于己的敌军的顽强阻击，贺龙、叶挺亲自指挥部队轮番猛攻，打了两天两夜仍未能打开通道，不得不撤向海陆丰。

贺龙在撤退时就明白情况很严重，他说：“这十年我是垮了又来，垮了再干，越干越大，为什么？就因为我干的是革命，不怕失败。”“我只有两句话，第一，留得青山在，不怕没柴烧。第二，宁可站着死，不可跪着活！”

在前敌委员会（前委）召开的紧急会议上，贺龙、叶挺被宣布调离部队，由中央另行分配任务。贺龙在会上再次表示：“我心不甘，我要干到底。就让我回湘西，我要卷土重来。”

会后起义军继续向海陆丰前进，半途遭到民团和追敌的袭击，部队士气受到严重影响。虽然二十军大部分还是撤到了海陆丰，但因为失去与贺龙的联系而变得军心离散，最终一弹未发地被敌人缴了械。

二十军是贺龙从洪家关的民军起步，一点点发展出来的。整整一个军的人马，多年苦心经营，转眼之间就没了，这种打击放在谁身上都难以承受。贺龙知道了也非常难过，但他不肯认输，依旧誓言：“我就不信搞不赢！”

1927年11月初，贺龙来到上海。中央为培养一批高级干部，决定派贺龙和刘伯承、林伯渠一起去苏联。贺龙文化程度不高，对此有些顾虑，怕学不了俄文，从内心来说，他更倾向于到湘鄂西搞武装，但他已经是一个共产党员，让他离队尚且绝对服从，何况去苏联，所以也就做好了出国的准备。

就在贺龙等人准备动身走的前一天，党的一个秘密机关被敌人破获，敌人知道贺龙到了上海，下令严密搜查。贺龙只得停止一切活动，暂时隐蔽起来，第二天，刘伯承、林伯渠先登船走了，他未能成行。

又等了十几天，仍然走不成。在这段时间里，贺龙向周恩来报告，要求还是去湘鄂西搞武装斗争，他说："湘西是我的家乡，我从民国五年（1916年）开始就在那里拖队伍，和北洋军阀打了十年仗，我人熟地熟，干起暴动来更方便，有成功的把握。"

民国时的湘西县城

这样谈了四五次后，中央终于批准了贺龙回湘西搞武装的请求。

1928年春，贺龙回到了洪家关。在贺龙回湘西之前，桑植县就得到了贺龙参加南昌起义以及起义失败的消息，县里因此流传着各种传言，有的说贺龙被大炮轰死了，有的说他被蒋介石捉到南京，“砍了脑壳”，还有的说他“被洋鬼子装进洋船，不晓得弄到哪里去啦！”总之都是说贺龙回不来了。

贺龙现身洪家关，整个县都被轰动了。正如贺龙自己所言，他在湘西打了十年仗，这里的许多驻军和团防武装的首领都是他当年的部下，不少人对贺龙仍然十分崇拜。一听说贺龙重回家乡，不但跟随贺龙参加过北伐战争、南昌起义的老部下急忙赶来洪家关，桑植县的所有头面人物也都来了，就连桑植县县长也忙不迭地坐着轿子，从二十里外的县城赶来“朝拜”贺龙。

一时间，洪家关人来人往，热闹非凡。贺龙明确告诉亲戚乡邻和族人们：“我现在不是国民党，也不是中华革命党，我已经是共产党了。”他还说：“南昌暴动是失败了，但是共产党人是杀不完的！留得青山在，不怕没柴烧。我回来就是组织工农革命军，跟蒋介石这帮坏蛋干到底！”

跟着贺龙回洪家关的一共只有六个人，在贺龙把工农革命军的大旗拉出来后，不到二十天就聚集了一支约三千人的队伍。

工农革命军刚刚成立不久，从素质到组织都很差，初次和敌人大部队交火就被打败了。原先众人对国共并无多少概念，也不知道这两方面的军事力量相差有多大，这一打大家都明白了。于是工农革命军中的一部分跟了国民党，大部分或回家观望，或重立山头，取“中立”态度，只有一小部分人肯继续跟着贺龙干。

桑植人对贺龙的印象其实还都停留在他当师长、军长的时候，那时的贺龙每逢出门都是前呼后拥，三步一岗，五步一哨，从他的公馆到俱乐部看戏，路虽然不远，也得坐个轿，身后还跟着几十个警卫。这是个人人称羡的前程，也是贺龙重回洪家关能迅速拉起队伍的原因之一，然而现实是残酷的，转眼间，就弄得队伍没了，枪也没了，并且乡人们还看到，贺龙早就脱下将军服，穿上了旧布衣，脚上穿的也不再是皮鞋而是草鞋。

你说共产党好，要跟着共产党干，难道就图个赤手空拳、衣衫褴褛？

拿起刀枪跟贺龙

乡亲不理解，家族中也有怨言。贺龙的族叔贺兴楼在贺氏家族里年高辈长，曾经考过前清秀才，当过县长，他生气地指责贺龙："现在是国民党一统天下，势大力强，你为什么要当红脑壳呢？你当过镇守使，当过军长，是有前程的，当共产党、红脑壳落下个啥？"

贺兴楼还埋怨贺龙连累了整个家族，"害得贺氏族人跟着你落难而逃。"贺龙不服，当场和贺兴楼吵了起来，吵着吵着，他突然火气十足地吼道："成者为王，败者为寇，我贺龙革命革定了！"

贺兴楼被气得浑身发抖，立即拂袖而去。他走后，贺龙很动情地对亲戚们说："我贺龙找真理，找个好领导，找了半辈子，现在总算找到了。就是把我脑壳砍了，我也要跟着共产党走到底。你们看着吧，共产党一定会成功，国民党一定会垮台！"

尽管遭到族叔的反对，但贺龙的几个姐妹、大多数年轻亲戚和族人都愿意跟着贺龙干下去，甚至贺兴楼自己的儿子贺锦斋也早就是贺龙的得力部下了。

要把队伍再一砖一瓦地组织起来真不容易。有一天，贺龙打听到一支黔军路过，就带着贺锦斋等几个人去守路口、"摺尾子"（袭击敌后卫）。

通过这次袭击，他们缴到了几支枪。贺龙摸着枪喜上眉梢，不知道的人很难想到他当过正规军的军长，曾经掌握上万人枪！

困难和挫折也从来没有远离贺龙。1928 年 7 月，贺龙的部队改编为红四军，部队扩充到一千多人，然而几番苦战下来，千把人又只剩下了百把人。尤其洪家关一带的后方基地被敌人侵占后，红四军的人员补充、物资供应都难以为继。时已初冬，天下着大雪，可是贺龙和他的部下身上仍穿着破烂的单衣，脚下套着烂草鞋，即便来了客人，也只能以苞谷糊糊（玉米粥）相待。

贺龙痛下决心，用三个月时间对队伍进行整顿，遣散了一些年老体弱和政治上不太坚定的人，最后剩下九十二个人、七十二支枪。他带着这批人数虽少但极其精干的人马四处转战，仗越打越巧，越打越活，在敌人的电报中，“贺匪剽悍，全湘著名”“贺龙用兵多诈，出没无常”等语句比比皆是。

1929 年 1 月，贺龙率红四军占领鹤峰，建立了湘鄂西第一个根据地。几个月后又占领桑植县城，桑植、鹤峰两地连成一片，湘鄂边根据地初步形成，红四军也扩大至三千余人。

次年，贺龙抓住中原大战一触即发、长江流域各省国民党军主力陆续北调的契机，率部东下鄂西。在鄂西，红四军与当地红军会师，成立了红二军团，贺龙出任军团总指挥。

贺龙在官兵中有着很高的威信。中央代表夏曦到湘鄂西后，进行了四次大规模“肃反”，诬杀了一大批干部，湘鄂西苏区因而全部丧失。即便在这种被折腾到几乎自行毁灭的情况下，红二军团也始终没有垮，其中的原因之一，就是许多干部战士都是抱着“拿起刀枪跟贺龙”的初衷来当红

红六军团部分领导人合影，夏曦也在里面，左四即为夏曦

军的，他们认定只要贺龙没垮，部队便垮不了。

1934年10月，红二军团与红六军团在黔东会合。红六军团为中央红军长征的先遣队，比中央红军还要早出发两个月。在庆祝会师大会上，红六军团的中央代表任弼时介绍贺龙是“两把菜刀闹革命，南昌起义的总指挥”，台上台下掌声四起。

贺龙笑着说：“我让弼时同志夸得有点昏昏沉沉喽！‘两把菜刀闹革命’，一把在别人手里，我手里只拿着一把，是单马，不是双刀。”话音刚落，满场又爆发出一阵笑声。

贺龙在大会上还说：“会师，会师，我们会见老师了。”这确实是肺腑之言。夏曦能够在湘鄂西肆无忌惮地大搞“肃反”，一者仗着他是手握“尚方宝剑”的“钦差大臣”，又是湘鄂西苏区中央局书记，拥有最后决定权，二者他还是传说中的“二十八个半布尔什维克”之一，理论的东西一套一套，连贺龙和他争，都“从来争不赢”。

红六军团来自于中央苏区，任弼时是中央代表、政治局委员，在党内的地位并不在夏曦之下，军团里其他干部的政治水平也较高，他们一来，夏曦就再也弄不出什么幺蛾子了。

会师大会结束的当天，按照中央电令，贺龙任军团长，任弼时任政委，关向应任副政委。了解到夏曦在第六军团已是天怒人怨，任弼时等人立即向中央发报，提出夏曦不能继续领导，建议中央撤销他中央分局书记及军委分会主席职务。

两军团先后两次开会对夏曦的问题进行讨论。第一次开会时，二军团的干部还不太敢讲。第二次敢讲了，但因为政治水平低，却都讲不出多少有分量的话来，只是有的声泪俱下地诉说自己和战友过去的不幸遭遇，有的鼓起眼睛瞪着夏曦。

反倒是六军团的干部讲得更多，听起来也更有道理。任弼时在会上批驳夏曦，既有理论又有事实，既有分析又有归纳。这些话都是二军团的人平时不会讲，也讲不出来的。

在最后一次会议上，夏曦被正式撤销中央分局书记及军委分会主席职务，以这次会议为标志，曾经几乎摧毁红二军团的“肃反”阴影才得以彻底结束。

消灭我们，办不到

两军团会师后，中央军委曾命令他们分开行动，红六军团被要求单独进入湘黔边境的凤凰县一带。

红六军团初来乍到，不太了解情况，贺龙和红二军团的人则都知道，凤凰是“湘西王”陈渠珍的老巢。陈渠珍这个人颇有头脑，也会用兵，轻易惹不得，即使在湘鄂西苏区大发展时期，红军也没能到过那里。红六军团刚刚经过无后方的长途远征，人枪损失很大，到会师时仅剩三千多人，其中还有三百多人是伤病员，若孤军前往很难立足。

贺龙建议去湘西，那里他比陈渠珍熟，敌人力量相对也较为薄弱，而且还可以借此牵制住两湖的一批敌人，为已经开始长征的中央红军主力减轻一些负担。任弼时听后问：“去打得赢吗？”贺龙回答：“一个军团去不行，两个军团一块去，打得赢。”

两军团的领导人都认为贺龙的看法是对的，于是便将两军团合为一个战略单位，一起向湘西进兵。就在部队出发的当天，中央军委来了指令，指责他们合在一起是错误的，要求第六军团仍向规定地域行动。

这一指令给两军团的领导人造成了很大的思想压力，但从当时的现实状况来看，两军团分则力弱，合则力盛，分则两损，合则两全，所以他们没有照办，而是一面向中央重申不能分开的理由，一面仍按照自己的方案继续向湘西挺进。

1934 年 10 月底，红二、六军团进入湘西，发动了凌厉的湘西攻势。此次重返湘西，红二军团在前面开路，红六军团在后面跟进。红二军团在湘鄂一带早就打出了名堂，差点垮掉纯粹都是由于夏曦乱搞的缘故，如今夏曦靠了边，干部战士的劲头便又上来了，他们如同猛虎归山，一路跑得飞快。贺龙不得不从军团总指挥部给他们传令：“你们的腿子太长了，六军团在后面没有跟上来，你们停下等一等。”

得知红军进入湘西，陈渠珍连忙成立“剿匪指挥部”，派十个团万余人向红军所在的永顺城扑来，企图阻止其深入湘西。

反“围剿”战斗中的红军

两军团开会研究敌情，贺龙胸有成竹地说：“我的想法是先撤出县城，让他一步，叫他狂够狂足，我们再回过头来收拾他！”

红军依计故意示弱，他们离开永顺城，撤到了离城不远的钓矶岩附近。那里地形不错，但敌人进城后并没有马上追来。

没有“钓”到敌人，贺龙很不甘心，他反复考虑后认为钓矶岩离城太近，就算敌人上钩，如果围不紧，让敌人逃回城里，再打就难了，因此不如继续后撤。

在贺龙的指挥下，红军一退再退，最后在距永顺城北四十五公里的龙家寨选中了伏击点。那是一个南北长十五里，东西最宽处达四里的谷地，可以容纳大量敌军，两侧山坡平缓，树林茂密，又便于红军隐蔽和出击。

11 月 16 日，天快黑的时候，浩浩荡荡的追敌全部进入了伏击圈。贺龙一声令下，两军团同时出击，打了整整一个晚上，将伏击圈内的敌人大部歼灭。之后，红军乘胜追击，二次占领永顺城。

龙家寨大捷是红二、六军团会师后打的第一场大仗，这一仗让红军在湘西站住了脚，也通过实践把两军团要不要联合作战这个问题给完全解决了。

由贺龙策动的湘西攻势令敌人惊恐万状，湘军首领何键一日数电向蒋介石告急。蒋介石迫于无奈，只得从堵截中央红军的部队中抽调兵力，回过头来对付红二、六军团。那段时间，中央红军在湘江遭遇重创，敌堵截部队的突然减少和削弱，使他们肩上所承受的压力骤然减轻不少。

中央红军原计划与红二、六军团会师，并在湘西创立根据地，但随即又改变了这一计划，决定转往贵州遵义地区。为了策应中央红军的行动，红二、六军团占领桃源，包围常德，直接威胁湘军侧背，使与中央红军作战的大批敌军被迫回撤。

在掩护中央红军长征的同时，贺龙等人创立了湘鄂川黔根据地。这时在长江以南，湘鄂川黔根据地已成为仅存的规模较大的革命根据地，他们抓紧时间对部队进行扩充和技战术训练，截至 1935 年 1 月，红二、六军团已扩大到一万一千多人，加上地方武装，共有一万六千人。

1935 年 2 月，蒋介石除继续集中兵力对中央红军进行围追堵截外，另从湘鄂两省调集十万正规军，组成六个纵队，对湘鄂川黔根据地发动“围剿”。红二、六军团打了两个多月都未能打破敌人的“围剿”，根据地日趋缩小，部队也减员至九千多人。

经中央同意，贺龙等人决定率两军团主力跳出敌人的包围圈，向江北转移。撤退前，贺龙说：“蒋介石下了大本钱，要抄我们的家，要消灭我们红军。抄家嘛，可以嘛，消灭我们，办不到！”

模范的会师

1935年4月12日，红二、六军团撤离根据地中心地区的当天，就在桑植县陈家河附近与敌人遭遇，抓到俘虏后一问，前方的大路已被其控制。红军前进的大路，只此一条，堵住就过不去，这令贺龙十分恼火，他命令部队停下，立即和其他领导人对敌情进行研究。

原来红军撤出苏区的行动已被敌人侦察到了。鄂军纵队司令兼第五十八师师长陈耀汉原本用兵慎重，但他见红军撤离根据地，便以为红军垮了，想捡个便宜立上一功，因此忙不迭地派出一个旅深入陈家河，他自己也和另外一个旅在相距三十公里的桃子溪进行策应。

第五十八师的装备比红军好，但红二、六军团尚有九千人十一个团，兵力比堵在陈家河的这个旅要大得多，贺龙认为有把握吃掉它。同时敌人为北方部队，过去多在平原活动，不善于山地作战，而贺龙身为桑植人，对陈家河一带的地形可以说是了如指掌。“我看哪，一定要给敌一点厉害看看，免得他们成天到处发疯！”

贺龙下决心一定要打这一仗，他说：“要走，也要打了这一仗再走。我看，不胜，就走；小胜，再看看；大胜嘛，杀它个回马枪，老子不走喽！”

战前部队组织了一个拦阻队也就是督战队，贺龙给拦阻队的权力很大，传下的命令是：打仗时不管什么人一律不准后退，谁擅自退下来就执行战场纪律。

实际根本用不上拦阻队。贺龙抓的战机很好，敌人刚刚到陈家河，立足未稳，碉堡工事也未来得及修，战斗一打响，部队就猛冲到陈家河街上，到黄昏时便将敌人一个旅全部消灭掉了。

隔了一天，红军冒着大雨插到桃子溪，将第五十八师师部和另外一个旅也消灭掉了。

三天内连打两个胜仗，消灭敌人一个整师，红军士气大振。贺龙等人便决定不过长江，回师根据地。见鄂军纵队消失于战场，其他方向的敌人都害怕了，开始陆续后撤，红军乘胜反击，重又保住了苏区。

至 1935 年秋，在军事上主要由贺龙负总责的情况下，红二、六军团从被敌人追着打变成了可以整师整旅地消灭敌人，部队也已扩大至两万人，一跃成为红军的三大主力之一，这是二、六军团战史上最为辉煌的一段时期。

两军团原来分处于两个不同的革命根据地，过去一直各受中央直接指挥，刚见面时，干部战士甚至连对方的讲话都不大听得懂。可是两军自从会师后，却自动形成由红二军团总指挥部统一指挥两个军团的特定格局，

长征到达陕北的红二方面军部分干部合影，二排右四为贺龙

并且爆发出了令人难以想象的潜能。这是原先连中央都没有完全预计到的，两军团的会师也因此被称为“模范的会师”。

1935 年 9 月，蒋介石调集 130 个团的正规军，加上地方部队，以总计三十万的兵力，对湘鄂川黔根据地发动了新的“围剿”。这时中央红军和红四方面军都已长征到了西部地区，长江以南只剩下了红二、六军团这一支孤军。

面对空前严重的敌情，贺龙等人决定撤出根据地，到黔东一带的无堡垒地区进行运动战，并争取在那里创建新的根据地。过去红二军团也经常遭到敌人的“围剿”，在苏区打不退敌人时总要跳到外线去，但是贺龙和他的湘西子弟兵都没有想到，此次一别家乡居然就是几十年，一走就是几万里。

1935 年 11 月 19 日，红二、六军团在桑植县刘家坪和瑞塔铺誓师出发，开始长征。次年 7 月，他们到达甘孜，与红四方面军胜利会师，随后与原红一方面军的三十二军合编，组成了红二方面军，深孚众望的贺龙担任了总指挥。

红二方面军是红军的三大方面军之一，贺龙也被毛泽东称为“红二方面军的旗帜”，应该说，他仅凭此贡献就有足够资格被授予元帅。在元帅的最终名单上，他被列于第五位。

贺龙的族叔贺兴楼当年有一点是预料到了，那就是贺龙如果跟着共产党打天下，整个家族都可能因此蒙难。新中国成立后的一项统计表明，贺龙宗亲有名有姓的革命烈士就达两千多人，其中贺龙自己的亲属有一百多人，他的父亲、弟弟以及几个姐妹早在土地革命战争时期就牺牲了。

当然有更多的东西，是这位族叔想不到的：他不会想到共产党最后居然真的取得了天下，也不会想到贺龙等年轻后生能够出将入相，成为一代开国元勋。

第四章

留得青山在，不怕没柴烧

1955 年 9 月 11 日，中央办公厅主任杨尚昆接到一个重要电话。电话是周恩来从北戴河打来的，主张将元帅军衔授予陈毅。

按照陈毅的条件，陈毅本就榜上有名，但是在讨论过程中有人提出了异议。原因是陈毅新中国成立后已被任命为国务院副总理，和邓小平一样，虽然挂着中央军委委员的名，但已经完全转业。比照邓小平等其他转业的领导人，陈毅似乎也不应该再授衔。

中央在对此事进行讨论时，周恩来正在北戴河疗养，并未能够参加会议。杨尚昆受中央书记处委托，单独向他征求意见，周恩来经过深思熟虑，特地给杨尚昆打了一个电话，主张给陈毅授帅。

周恩来主张，陈毅是南方三年游击队、新四军、第三野战军的代表，元帅中不能没有这样一个代表。至于说到邓小平等人，他坚持陈毅的情况有所不同，比如刘邓虽然同为第二野战军的代表，但刘伯承已确定授衔，邓小平自然就可以不授衔了。可是在十元帅中，除了陈毅，相应方面并没有其他人可作为代表。

周恩来还举了苏联布尔加宁的例子，布尔加宁在地方工作，然而依旧被授予元帅。有布尔加宁的例子在先，周恩来认为，授予军衔对陈毅目前和将来的工作不会产生不便之处，军服平时也可以不穿，只在必要时穿。

由于周恩来的力争，陈毅被留在了元帅名单中，位列第六位。

要经得起失败的考验

当年参加南昌起义时，陈毅的职务就是由身为前委书记的周恩来亲自任命的，为第七十三团政治指导员。周恩来当时还笑着对他说："派你干的工作太小了，你不要嫌小。"陈毅爽朗地回答道："什么小不小哩！你叫我当连指导员我也干，只要拿武装我就干。"

七十三团的前身是叶挺独立团，有"铁军铁团"之称。官兵军事素质高，对共产党比较有认识，但也有心高气傲的一面，尤其是看不起"卖狗皮膏药"的政工人员。陈毅既是政工人员，又初来乍到，上下关系都很陌生，所以官兵不太听他的，他在部队里也没什么地位。

陈毅是个心胸豁达、积极乐观的人。他没有因此产生消极情绪，为了尽快融入队伍，经常主动到班排跟士兵谈心交流。起义军南下广东，部队在酷热难当的盛夏中行军，人人汗流浃背，疲惫不堪，加上缺乏稳定补给，有时一天都吃不上一顿饭。陈毅对此毫不介意，他和官兵们一起挨饿走路，看到病号就扶，还帮着士兵背枪。这使官兵们渐渐改变了对陈毅的印象，增加了对他的好感。

七十三团是起义军的主力团，经常要担负攻克敌人主阵地的任务，打的都是一些硬仗恶仗。陈毅原先没有打过仗，这是他第一次上战场，听到周围枪炮声密集，他一度也像新兵一样表现得不知所措，甚至钻在战壕里连头都不敢抬。

不过很快，陈毅就意识到必须突破自我，完成这一人生考验。于是他

陈毅曾留学法国，这是他刚刚回国时的留影，右二即为陈毅

立刻奔上最前线，和团长站在一起，给官兵们打气鼓劲。看到这一情景，许多老兵都交口称赞，老行伍出身的团长也开始对陈毅另眼相看。

第一个考验通过了，第二个考验又接踵而至。南征失败后，朱德率余部转战湘赣边境。当部队到达江西安远县的天心圩时，散伙的现象日益明显，就连师团的高级干部都纷纷离开，自寻出路。陈毅作为老党员，如果选择去北京、上海、四川也有出路，可他还是决心留下来带队到底："我们都是共产党员，要经得起失败的考验。"原七十三团参谋长王尔琢也决定留下来带队，至此，团以上领导干部便只剩下了朱、陈、王三人。

两次大考下来，便再没有人对陈毅进行质疑了，他在部队里真正有了威信。粟裕原来不知道陈毅，也正是从这时候起，他认识了陈毅并对这位上级感到很是敬佩。

当时朱德虽然已经成为队伍的领袖，但单丝不成线，独木不成林，在干部几乎已经走完的情况下，光靠他一个人维持非常困难。陈毅、王尔琢能够留队，对朱德来说是一个莫大的支持。

在陈毅的协助下，朱德对队伍进行了初步整顿。这次整顿是起义军余部转战途中的一个转折点，进行整顿后，陈毅又在行军途中不断对干部战士做思想工作，部队的情绪终于有了转变，开小差的人也减少了。

随着敌情逐渐缓和，身后没有了追兵，朱德和陈毅把部队开到信丰县城进行休整。信丰有商店、酒楼、当铺和钱庄，部队刚一进城，少数人就钻进酒楼酒馆大吃大喝，吃完喝完一抹嘴便走。更有甚者，还有人闯进当铺抢钱，他们把手榴弹往柜台上一放，故意把导火线掏出来："老板，称称有多重，当几个钱零花。"

这时由于干部走得太多，很多单位都存在无人管束、军纪废弛的问题。有的干部虽然看到了，但因为害怕士兵在背后打自己黑枪，也采取了不予过问，睁一只眼闭一只眼的态度，以致情况几乎到了不可收拾的程度。

朱德接到报告后让陈毅先去进行紧急处理。陈毅当机立断，让号兵吹紧急集合号，同时叫传令兵传达发生敌情和紧急转移的命令。部队集合后，他带着队伍一口气跑出信丰县城约二十多里，来到一个山坳里的平地上停下，朱德随即也飞马赶到。

陈毅站在山坡上，首先发出整队口令。朱德应声站到排头兵位置，王尔琢跟上，站第二名，其他官兵见状也全都迅速列队。接着，朱德、王尔琢出列来到陈毅站立的山坡，三个人经过紧急研究，决定由陈毅宣布处理决定。

陈毅以当铺哄抢事件为典型，气愤地批评了发生在信丰城内的乱象："这哪里像革命军队，简直像土匪一样！我们是共产党领导的队伍，没有纪律是不能生存的。"

随后当场查明三个带头肇事者，并立即予以枪决。执行完纪律，参加哄抢的士兵都纷纷将抢到的东西交了出来。

朱德完全赞成他的处理决定，说如果他本人违反纪律，大家一样可以拿他问罪。朱德同时郑重宣布，这支部队今后将由他和陈毅两人共同领导。

自信丰整顿纪律开始，一直到部队开至赣粤边境的大余，朱德和陈毅对部队进行了比较全面的整顿、整编。原来士兵中一般没有党团员，在陈毅的主持下，部队的党团员进行了重新登记，一部分党团员被分配到各个连队，从而加强了部队的凝聚力。

除了天心圩整顿、大余整顿外，后来还有上堡整训，主要是规定募款和缴获的物资要全部归公。这三次整顿被统称为“赣南三整”，它和时间上相近的“三湾改编”做法类似，在中共建军史上占有重要地位，主持“赣南三整”的陈毅也因此成为军队政治工作以及井冈山根据地的开拓者之一。

突　围

1934 年，中央红军实施长征，陈毅被留在了中央苏区。在留下来的领导人中，只有陈毅懂军事，而且他在中央苏区和江西已经搞了七八年，对当地情况比较熟悉，党内军内都活动得开。

原本也说好让陈毅负责军事，可是临时又变卦，未授予其军职。总负责人项英到苏区才两三年，没有打过游击，在红军主力已经转移的情况下，仍一味地集中兵力与敌人死打硬拼，结果导致在中央红军退出三个半月后，中央苏区全部沦陷。

项英、陈毅率众退至仁凤山。敌人将仁凤山团团围住，山区周围到处响枪，预示着包围圈在步步紧缩。这时陈毅对军事已经有了参与决策和指挥之权，根据他的意见，部队决定分五路突围。

左为陈毅，据说这是他在红军时期唯一身着戎装的照片

项英、陈毅准备最后一批突围，以便通过电台将突围决定报告中央，在请中央予以批准的同时对今后的行动给以指示。事后估计，中央红军那一阶段进入了云贵边界，云贵边界处处崇山峻岭，雨烟雾瘴，部队一旦行动，电台就很难联系得上。项英、陈毅所掌握的电台从早上叫到下午，一直都叫不通。

南方多雨，在仁凤山一带，几乎天天傍晚都要大雨滂沱。一下雨，山险路滑，突出包围圈的时间就有可能不够。大家都很着急，电台人员已经是满头大汗。

下午五点，电报终于叫通。突围的电报发出了，他们也收到了中央的回电。可是由于中央改用了另一套他们所没有的密码，电文翻译不出来，自然也不知道中央到底在回电中说了什么。

这是留守人员最后一次与中央进行联系。突围以后，电台是带不动的，只能丢掉。从此以后，他们就像一群没娘的孩子一样，一切都要靠自己当心了。

项英下令埋掉电台，烧毁密码，然后和陈毅带着一个不满员的营进行突围。走的时候已经是下午六点，队伍刚出发，倾盆大雨就下来了，天黑得伸手不见五指，几乎每个人都是走一步跌一跤，走到八点，一问，两个小时才走了五里路。

陈毅的大腿受过重伤，伤口还未痊愈，拄着个拐杖走在队伍前面，也是一步一滑，一步一摔，最后就变成爬的时候多，走的时候少了。

一直走到第二天天亮，队伍还是没能突出去。敌人开始到处搜山抓人，项英和陈毅只得率部东奔西走，和敌人绕圈子。绕了两三天，抛去掉队的、离散的，只剩下了一百多人。

觉得这样不是办法，为避免目标过大，项英和陈毅决定脱离部队，自行化装突围，然后再在赣粤边的油山地区与大队会合。问题在于项、陈都不是本地人，路也不熟，若是冒险化装偷渡，很可能被识破。两人计议了很久，一点办法都没有。

挨到下午，他们碰上了一个蓬头垢面、面黄肌瘦的“乞丐”。此人一见陈毅，便一把拉住，喊道：“首长啊，首长啊！”然后便失声大哭起来。

这个人叫曾纪才，陈毅在赣粤边组织红军的时候，他是区委书记，后来被调回地方，在任县委书记期间被打成了“右倾机会主义分子”，撤职去给部队抬担架。中央红军转移时，他听说陈毅未走，且已经退到仁凤山，便一路讨饭找了过来。

曾纪才熟悉去赣粤边的路，项英和陈毅便由他带路，绕道越过了敌人把守较严的关卡。在地下党的安排下，他们几经辗转，由秘密交通站一站一站送到了油山。

油山是赣粤交界处的一座山，属五岭山脉的梅岭。这个地区过去只能算一个普通的游击区，如今则成了赣粤边游击战争的中心。

项英和陈毅到了油山以后，一些突围出来的部队也陆续到了那里，加上地方武装，有了两三千人。当然单靠这两三千人根本就开拓不了大局面，游击队所面临的关键问题还是如何生存和坚持下来。

不像战争的战争

在中央红军长征之前，油山区经常要派代表到中央苏区的首府瑞金去开会。每次开会的代表回来，都要带回一些苏区兴盛的消息。游击区的负责人还曾经再三向中央提出要求，希望中央能派一个师，协助他们开辟赣粤边根据地。中央也答应了，于是他们就天天盼着。

真是早也盼来晚也盼，盼来的却是中央苏区失败的消息。这次失败在一些人看来，比 1927 年的大革命失败还要惨。大革命失败时虽然也损失惨重，但共产党毕竟在民间大大提高和加强了自身的政治威信。这次失败是等于把“中华苏维埃共和国”这个小型国家给丧失了，对他们来说，受打击之大简直无以复加。

这些人认为，唯一的希望只剩下了长征。可是留守人员已与中央失去联系，中央红军究竟到了哪里，一点消息都没有，这使大家在精神上更加沮丧和痛苦。

针对这种情绪，陈毅无论在大会小会上，总是反复强调，失败是暂时的，最好的指挥官，是善于对付败仗，能够败中取胜的指挥官。

他给大家分析，只要抗日战争一爆发，革命形势就会大大发展，所以前途是光明的。他为此还用颇具其性格特色的语言做了一个预言：“现在我们还不能下山，但总有一天，国民党会派军乐队欢迎我们下山合作抗日的！”

按照“统一指挥，分散行动”的原则，项英、陈毅重新调整了游击队部署，将突围出来的部队与油山等五个游击区的地方武装合编，他们这些领导人随身只带侦察班、特务班及少数工作人员，在油山和北山一带领导游击战。

获悉项英、陈毅已转移到粤赣边境，蒋介石立即调动三四万兵力，在粤赣边设置三道封锁线。在此基础上，粤军头目余汉谋下令进山“清剿”，在接受报界采访时，他夸口只须三个月，就可以完全消灭粤赣边的共产党和游击队。

两支军队进行武装冲突叫作战争。项英、陈毅领导的粤赣边的游击战，从军事意义上来说，称得上是一种不像战争的战争。因为敌我力量实在太悬殊了，敌人“清剿”时可以集结三到四十个团，与之周旋的游击队却往往只有三四百人。双方不成对手，只要正面遭遇，就一定会陷入被动，而且一打就散。

为了反“清剿”，几个领导人做了分工，陈毅来往于各游击区，具体

1938 年春，参加南方三年游击战的部分领导人在南昌留影，前左三为陈毅，左四为项英

负责组织和指挥游击队到山外打击敌人。他的常用战法是伏击战，这种伏击战主要靠情报，即事先把时间、地点、敌我兵力都推算准确，然后出其不意，隐蔽击敌。通常要求是，枪一响，就必须在几分钟内把敌人解决掉，解决了马上就走。

除了伏击外，陈毅还指挥游击队作远程奔袭。在地下党和秘密交通站的呼应下，游击队一整夜隐蔽急行几十里，甚至一二百里，几下子就把敌人的乡公所、区公所给搞掉了。

这些军事行动减轻了敌人对游击区的压力，但指挥者并不轻松。陈毅到油山时腿伤并未痊愈，两个月后伤口发作，化了脓，走不动。走不动，还怎么指挥作战和打游击？可是山里又几乎没有什么药品，陈毅身上只有一盒万金油。他一咬牙，干脆把自己的腿捆在树干上，让警卫员帮着拼命挤。挤完血水之后，再扯一些白布条，抹上万金油，用竹签一点点地塞进伤口。

采用这种“野蛮”的方法，光血水就挤了半盆，一摸，血水里还有两根过去开刀没取出来的碎骨头。陈毅居然就这样把自己的腿伤治好了，但其间所需要承受的痛楚实在为一般人所难以想象。

余汉谋“清剿”屡遭失败，他不得不把“三个月消灭游击队”的计划延长为半年，后来看看半年不行，又延长为一年，最后改为长期“清剿”。不过在此期间，他所设计的“移民并村”等手段，还是给红军游击队造成了极大的困难。

在打游击战的第一年，游击队还有房子住，到了第二年，所有山里的小屋都被敌人烧掉了，只能自己搭茅草棚住。茅草棚的目标太大，容易暴露，游击队于是连茅草棚也不敢住，全都露宿在野外。遇到下雨天，队员们拣大树底下把伞一支，背靠背就睡了。

由于环境实在过于艰苦，游击队员中不断出现悲观失望的情绪。尽管组织上天天动员，但仍然有人不辞而别，有人留帖而去，还有人叛变了。前面两种其实不比立即叛变者强上多少，他们脱离队伍以后，十有八九都会被敌人抓住，一抓住很快就自首。抓住以后还能保持大义凛然的极少极少，甚至可以说一个也没有，原因是他们在选择走的时候，政治上就已经动摇了。

叛变分子熟悉红军游击队的活动规律，常常被敌人用来对游击队进行破坏活动。发生在北山区的“北山事件”就是一个典型例子，叛徒的原定目标是项英、陈毅，但他们的警惕性较强，没有上当，尽管如此，北山区游击队仍遭遇了严重损失。

就是剩下我一个人还是要干

如何巩固和纯洁内部，成了游击队在御敌之外，另一个亟须解决的难题。有的游击队领导人怕队员趁夜间放哨逃跑，就派两个人放双岗，用一个监视另外一个，还不放心，又同时派三个人站岗，让这三个人互相监视。可这样的办法并不灵，派两个，两个一起逃，派三个，三个一起走。

游击队领导人急火攻心，把逃跑的人抓回来开斗争会，斗完了怕他还要逃，干脆就杀掉了。陈毅知道后很生气，认为是瞎胡闹。他对游击队干部们说，捆绑不能成夫妻，捆绑也不能搞革命，而且“南方游击战争已经到了很难忍受的程度了，打死、饿死、病死，是家常便饭，不能坚持是可以原谅的”。

陈毅通情达理地表示，队伍里凡是身体弱的、拖不动的，都可以出去，只是出去后如果落在敌人手里，“不要翻脸无情，以免将来不好见面”。说到这里，他站起来摸着自己的脸说：“你们别看我面黄肌瘦，长着满脸胡子，我是要在这个地方坚持斗争的，就是剩下我一个人还是要干！”

陈毅这样一讲，游击队员中间立即有人喊道：“你都能坚持，大家为什么不能？”恰巧此时有出去的队员，在外面站不住脚又回来了。他现身说法，觉得还是在游击区自由，到了外边无依无靠，空虚害怕，吃饭、睡觉、走路都难受。这样一来，原先动摇的人反而都坚定下来，不走了。

长期钻在赣南的深山老林里，信息不通，生活枯燥乏味，牢骚怪话也渐渐多了起来，平时常能听到“打南京上海打到这个山上来了”“革命高潮就在这个山上”之类的话。项英是一个组织观念很强的领导人，听到后很生气，认为这是“不信任党的歪风邪气”，主张批判，还有人主张斗讲怪话的人。陈毅都不赞成，他说：“独坐空山，文学艺术都没有，讲讲怪话也可以消遣，不准斗。”

在共产党的高级干部中，“二陈”（陈毅、陈赓）均以乐观自信、口才不俗著称。处于特殊环境之下，陈毅不但待人宽容，他自己也常常以轻松诙谐的语气来和大家交谈。国民党报纸起初称陈毅为“陈毅股匪”，有人问陈毅：“陈毅股匪是谁？”他说：“那就是我。股者，一股两股，不成名堂之谓也。”

过了几天，国民党报纸改变口吻，将“陈毅股匪”改成了“陈毅散匪”。那人又问陈毅：“陈毅散匪是谁？”陈毅笑言：“也是我。股的资格也不够了，是谓之散。这样更好，目标小，少麻烦。”

1936年6月初，爆发“两广事变”，“广东王”陈济棠联合李宗仁、

1936 年冬，陈毅在梅岭被敌围困，就在这个洞里写出了《梅岭三章》

白崇禧，打着“反蒋抗日”的旗号问鼎中原。作为陈济棠的部下，余汉谋的粤军也随之撤出了赣粤边境，游击队的压力减轻不少。

可是好景不长，“两广事变”便被蒋介石所瓦解。蒋介石腾出手来后，立即调嫡系部队第四十六师对赣粤边发动了新的“清剿”。第四十六师将当初对付中央苏区的碉堡战术使出来，让碉堡上山口、进山坑，对游击区步步紧逼。

游击区的环境变得更加艰苦残酷。1936 年冬，陈毅在梅岭被围困达二十天之久，眼看不能脱身，他写下了作为绝笔的《梅岭三章》，誓言“此去泉台招旧部，旌旗十万斩阎罗”。

留下绝笔的当天，敌人却破例没有上山搜查。第二天山里也很平静，令人很是奇怪，派人下山一打听，才知道发生了西安事变，蒋介石在西安被张学良、杨虎城抓起来了。“清剿”的国民党军已急急忙忙地从游击区周围撤走，敌人的地方武装也龟缩在碉堡里不敢出动。

大家对此满心欢喜，都认为“十年积怨，一朝得偿”，然而十几天后，国民党报纸又突然登出消息，说蒋介石在张学良的护送下飞回了南京。

项英、陈毅百思不得其解，后来他们从香港的一份报纸上看到有关西安事变的详细报道，这才弄清事情的原委。陈毅分析形势后认为，抗日民族统一战线已经形成，国共两党将合作抗日，但他也提醒众人，南方各省是蒋介石的后院，蒋介石不会这么轻易就放过南方游击队。

果不其然，蒋介石被释后，采取了“北和南剿”的策略，即在与陕北红军主力进行谈判的同时，对南方八省的游击队依然不予承认。他诡称，只有朱毛才是真正的共产党，南方山上只是被丢下的“土匪”，而“土匪”是要被“剿灭”的，“不仅现在要剿，将来朱毛回来也要剿！”

西安事变后的实际状况是，西北缓和了，南方却比任何时候都紧张。蒋介石先后调集四十多个正规师、六十多个保安团，对南方八省游击队实施了血腥的进攻。

欢迎的乐曲

南方游击战进入了三年以来最黑暗的时期，有的游击区受损特别严重，主要负责人都在战斗中牺牲了。随着游击区和游击队的力量越来越弱，敌人的“清剿”也变成了“搜剿”“追剿”“堵剿”“驻剿”。

项英、陈毅一边反“清剿”，一边想方设法，希望和中央取得联系。陈毅曾经使用化名，给上海的鲁迅和茅盾写了许多信，或许由于写得隐晦曲折的缘故，一封回信也没能收到过。后来，陈毅又写了一封给鲁迅，在信中说：“我是史铁儿的朋友，史铁儿兄在病死以前，我跟他是在一起的。我们都非常关心史铁儿的家属，不知你能不能费神打探一下，告诉我们。”

史铁儿是瞿秋白在上海发表文章时用的化名，瞿秋白和鲁迅之间的友谊尽人皆知，但就算写得这么露骨，一样没有收到过回信。

这种急切盼望与中央取得联系的心情，几乎惹来大祸。有一天，交通员带来一封信，写信的人叫陈海，他自我介绍是从陕北来的，而且带来了中央的重要指示，要求面见游击队负责人。

这个叫陈海的人虽然来得蹊跷，无法深信，但由于项英、陈毅心里都始终有一个中央一定会派人来的信念，所以在经过两个星期的考察之后，还是和他见了面。

见面之后，陈海却说他不是中央派来的，只是红六军团的一个干部。红六军团长征的时候，他掉了队，流落在本地修马路。他说他在修马路的时候，和国民党军队混得很熟，可以策动一个连的士兵起义，为此才假冒中央特派员来求得与项英、陈毅见面。

当时游击队最希望的就是能够策划国民党起义。项英、陈毅和陈海谈了几次后，就给了他一些钱作为活动经费。过了一段时间，陈海跑上山来说，那个准备进行策动的连开到广东去了，起义无法实施，不过还可以在别的连里想办法，而且他又在大庾开了个糖铺子作为地下交通站。临下山时，陈海把糖铺的店名、街名和门牌号码都写下来，再三叮嘱说普通人可以在糖铺落脚，但负责人千万不要去，因为当地的情况过于复杂和危险。

当天下午，下山后的陈海突然派人送信来，说中央来了代表，已经到了边缘区，请示怎么办，是带代表进来，还是游击队的负责人出去接洽。

一开始，项英、陈毅对陈海不是没有警惕。第一次见面谈话时，他们都口口声声老周老刘（项英、陈毅的化名），让陈海摸不清到底谁是谁，见面后，两人也立刻搬了家。可是日子一久，警惕性就不可能一直都那么高了，陈海可以自由进山，和他见过面后，项英、陈毅也不一定会马上搬家。

在接到陈海的信后，大家都很兴奋，陈毅决定亲自到大庾去一趟，把

经历南方三年游击战的红军战士

中央代表或指示带回来。

陈毅到了大庾，先找到了那个糖铺子。他走进去买了点糖，搭讪着问道："掌柜的在不在？"铺里的人说："昨天出去了，还没回来。"刚讲了这么几句话，远远地就看见国民党军队直奔糖铺而来。陈毅急忙闪身，溜进一个小巷子，然后转了两圈，又返身回来，找了一个临街的茶馆坐下。一看，糖铺已经被军队给查封了！

陈毅知道出了事，急忙顺原路往回赶，结果发现山上全是国民党兵。原来陈海那天一出游击区就被国民党抓住，已经叛变投敌了。

虽然项英、陈毅和陈海见面时用的都是化名，但俗话说得好，山有大树，树有大志，两人那么善于做政治分析，一张嘴动不动就是几条矛盾、几项政策，这岂是一般干部做得到的？敌人断定是遇到了"大家伙"，起先他们让陈海写信，想在大庾诱捕项英、陈毅，中途怕情况有变，又让陈海带路，迫不及待地上山进行搜捕（如果他们的耐心再好一些，陈毅和项英还真是凶多吉少了）。

留在山上的项英等人个个都已成为打游击的行家，发现敌情马上疏散隐蔽。三百多个敌兵在方圆不到几百米的小山包上搜了近两个小时，一个人都没能搜到，他们气急败坏，便放火烧山，幸运的是，火刚烧起来不久，就下了场大雨，把火全浇灭了。

敌人岂肯放过“大家伙”，第二天调来四个营的兵力，将整个梅山都包围起来。这次敌人还带来了猎犬和探照灯，猎犬已经够讨厌了，夜里探照灯一通乱照，让人行动起来更加困难。这种搜捕不光是人，连动物都受不了，山野的野猪、山牛被赶得满山乱跑。

项英、陈毅被围在梅山几十天，鞋子都磨穿了两双，依然未能跳出包围圈。就这样熬了一个月，有一天，国民党军队忽然退得连人影都看不见了。

原来七七事变爆发，国民党军队停止了对南方游击队的进攻。不久，当陈毅正式下山与国民党进行合作抗日的谈判时，恰如他多年前曾经预言过的，真的有军乐队奏起了欢迎的乐曲！

三顾茅麓

1938 年，陈毅、粟裕率领新四军进入苏南敌后，开创了茅山抗日根据地。未到江南前，陈毅还以为茅山是一片林莽茂密的山区，去了之后才吃惊地发现，茅山居然山如其名，山上无树无花只有茅草，但茅草既不多也不厚，部队根本无法隐蔽。

在山上打游击不现实，山下又全是平原和水网，加之交通发达，人口稠密，新四军的活动难度非常之大。新的环境需要有新的策略，陈毅的办法是以“人山”代替土山，通过建立最广泛的统一战线，来解决平原水网地区缺乏掩护的问题。

三年游击战争期间，陈毅等人曾仔细分析过敌人内部的矛盾：陈济棠、余汉谋等广东军阀与蒋介石有矛盾；当地土豪与广东军阀、蒋介石都有矛盾；土豪之间，大土豪和小土豪有矛盾；甚至于一个土豪的家庭里面，也还有大老婆和小老婆的矛盾。

当年南方游击队的生存本领，主要就体现在如何利用这些矛盾，以及根据这些矛盾制定出相应的政策和策略。陈毅曾亲自出马，利用敌人保甲制度的漏洞，派一些没有暴露身份的共产党员、革命群众，乃至年纪较大的开明人士去担任保、甲长，由此在赤白交界区造成了许多“两面派”和“黄色村庄”。

到江南以后，陈毅将“两面派”“黄色村庄”的经验运用于抗战之中，并且进一步加以发展和完善，把统战工作做得有声有色。

在陈毅的所有统战对象中，以纪振纲的势力和影响为最大，陈毅在他身上花的精力也最多。纪振纲乃江南名流，早年参加过辛亥革命，据说还做过黎元洪的幕僚，退出政坛后在茅山脚下开办了茅麓农林场，俗称茅麓公司。茅麓公司资金雄厚，号称“四十万投资，二十年经营”，主业为种植和贩卖茶叶，在上海、南京、镇江都有业务。纪振纲还收容淞沪会战后流落民间的老兵，建立了一支近三百人的自卫团，自卫团装备机枪和迫击炮，曾打垮过当地一支专门抢劫老百姓、谋财害命的土匪武装，具备一定的作战能力。

陈毅甫抵茅山，就给纪振纲写信，邀其到茅山的道观会晤。中途因为突然与敌人遭遇，陈毅未能按时赴约，纪振纲本来心存疑虑，见状怕被暗算，急忙带队返回了茅麓公司。

陈毅赶到道观后，得知纪振纲已经来过，便步行几十里山路，直接到茅麓公司登门造访。看到茅麓公司戒备森严，为了取得对方的信任，他把手枪交给警卫员，只身一人入内与纪振纲恳谈。

初次见面，纪振纲就对陈毅留下了非常好的印象，他感到陈毅和他所见过的很多旧式军人都不同，不仅个性爽朗，而且见多识广，即便是讲到茶文化，也能侃侃而谈。

从纪振纲本人的心理来讲比较复杂，一方面他不愿意当汉奸，但另一方面又不愿意把自己苦心经营的茅麓公司断送在抗日行动上。陈毅提出团结抗日，但他认为新四军人少枪劣，不足以抵挡日军，故对合作一事未痛快应承。

陈毅不厌其烦，先后三次去茅麓公司拜会纪振纲。见此情景，茅麓公司自卫团的一名军官感慨道：“三国时，刘备三顾茅庐，请诸葛亮出山。如今，陈司令‘三顾茅麓’，请纪司令（指纪振纲）合作，真是难得的一片诚意。”

陈毅的诚意打动了纪振纲，他对陈毅很是敬佩，说：“共产党里藏龙卧虎，陈司令了不起，文武双全！”很快，新四军在韦岗、新丰打了胜仗，捷报传来，纪振纲就此也扫除了对新四军能否打仗和坚持抗战的疑虑，他亲自带着食品和药品前去慰问新四军，还赠送给新四军卫生队一台显微镜。

陈毅率部挺进苏南

新四军进入江南不久，成立了表面由群众组织，实际由共产党领导的抗日政权机关“抗敌自卫委员会”。陈毅本希望纪振纲能担任委员会主任，但纪振纲怕过分暴露会惹来日军的烧杀，只肯当挂名的副主任。陈毅对此也予以了充分理解和体谅，他认为能争取到这种程度，已经很不错了。

不久，日军发觉纪振纲和新四军有联系，开始对他进行迫害。纪振纲被迫避居上海，离开茅山前，他把茅麓公司自卫团的人员及其武器全部送给了新四军。

在江南抗日战场上，陈毅这个名字曾经家喻户晓，从国民党正规部队的指挥官、政府官员，到地方上的游击队领导人、帮会刀会首领，都和他保持着良好关系。民间流传着很多关于他的传说和故事，一直到新中国成立后很多年，当地上了点岁数的人仍很少有不知道“陈司令”的。

我真是朝思暮想啊

江南新四军所分配到的活动区域非常狭窄，回旋余地也极为有限。陈毅很早就认识到，若单守着茅山这一个“家”，以后新四军的处境将越来越困难。

1938 年 5 月 4 日，毛泽东给主持皖南军部的项英发来电报，明确指示在茅山根据地大体建立以后，应准备分兵东进，再分一部渡江去江北发展。电报虽然仅寥寥数语，但陈毅从中领会到了一个极其重要的战略意图，即夹江而阵，扼住长江南北两面，向东向敌占区发展。

随着抗战进入相持阶段，江南局面更加紧张，陈毅下决心派第六团东进，可就在部队预定出发的前夕，项英却突然从军部发来了停止东进的电令。理由有两条，一是东进越出了原定新四军的游击范围，会破坏统一战线，二是东路地区铁路、公路、河网交错，日军兵力强大，据点林立，部队去那里会被敌人消灭。

收到电报后，陈毅一个劲儿地闷着头抽烟，然后在屋里走来走去，先慢后快，越走越快。这样走了十多分钟后，他打破沉默，问第六团团长叶飞，部队到东路去会不会被消灭。

叶飞立即回答说，他可以保证部队不被消灭，不仅不会被消灭，还能得到发展。

确认叶飞在军事上有绝对把握后，陈毅下令仍按原计划行动。叶飞站起身的时候问了一句："那个'破坏统一战线'的问题怎么办？"

"你走你们的，不要管。这不是你们的事。"

说到这里，陈毅用右手拍了拍自己的胸脯："破坏了统一战线，我负责。"接着又指了指叶飞："部队被消灭了，你负责！"

第六团东进后建立了阳澄湖抗日根据地。阳澄湖有着无边无沿的芦苇荡，没有人带路进不去，就是进去了也出不来，颇似《水浒传》里描写的梁山泊。日军无人带路，只能在一些主干线上耀武扬威，根本不敢轻易闯入河汊。

新四军不但夜间就连白天也可以活动，他们先后打出了夜袭宁沪线上的浒墅关车站、火烧虹桥飞机场等漂亮仗，在老百姓心目中的声望和威信越来越高，东路地区各城市的青年学生和工人都纷纷跑来参军。六团东进时不足五百人，三个月不到便扩充到了五千人。新四军的文化干部很多，不少就是那个时候吸收进来的。

东路地区是淞沪会战、南京保卫战等初期战役的发生地，民间遗落着大批武器，所以新四军除了每打一仗的战利品外，还能从民间收集到枪支弹药。六团开始东进时，武器陈旧落后，到东路不久就都换上了清一色的三八式、捷克式，不但自己用，还可以接济茅山和军部。

第六团东进使用了“江南抗日义勇军”（简称“江抗”）的名义，江抗是江苏常州的地方部队，国民党第三战区很快就发现此江抗非彼江抗，估计一定是茅山的新四军主力过去了。可是他们又没有确凿的证据，于是就让陈毅派人去东路调查。陈毅回答得很巧妙：派人可以，但必须带电台；派的人少不行，会被日军消灭掉，起码得去一个营。

1939年5月，叶飞率江抗东进，途中在阳澄湖上留影

国民党方面一想，已经有新四军“偷偷”地到东路去了，如今还要再让陈毅打着合法的旗号进一步“越界”，又是电台又是大部队，还怎么得了？于是忙不迭地就拒绝了陈毅的要求，调查

一事自然也就不了了之了。

国民党要说输就输在了一个“不认真”上，而共产党能够成功，恰恰也成功于“认真”二字。一俟东进取得完全成功，陈毅即部署“向北发展”，他充满豪气地说：“苏北那地方，我真是朝思暮想啊！”

要向北发展，必须突破长江天险，经过反复考虑，陈毅认为长江中的扬中县是一块理想的渡江跳板。

扬中县南岸接近宁沪线上的丹阳，在丹阳活动的自卫总团规模大，武器也多，有一定的战斗力。丹阳自卫总团表面上是地方武装，但领导人管文蔚在大革命时期曾参加共产党，陈毅由此契入，把管文蔚争取了过来。丹阳自卫总团遂被改编成“丹阳挺进纵队”（简称“挺纵”），成了实际的新四军。

东进用江抗的招牌，北上用挺纵的名义。在陈毅的一手策划下，挺纵经过两次进击，终于解放了扬中，将这块渡江跳板牢牢握在了手里。

有了跳板，还要继续做文章。陈毅分析苏北各方力量，日军自然是头号大敌，剩下来的是国民党军队，主要包括韩德勤和“二李”（李明扬、李长江）。韩德勤自恃拥有正规武装，不但打过八路军，而且就连不是共产党的抗日游击队也毫不留情地进行吞并残杀，二李是苏北最有影响的地方势力，他们与韩德勤有矛盾，属于中间派。

在向北发展的方针上，陈毅梳理出了一个清晰的思路：灭敌、联李、反韩，也称抗日、联李、孤韩。

长袖善舞

扬中县北岸邻近二李的驻地泰州，新四军要想登岸和到江北发展，也必须和二李搞好关系。为此陈毅亲赴泰州会见二李，初步与他们建立了关系。

恰在此时，李明扬通过私人关系从第三战区弄到了十几万子弹。这批子弹要运到江北，必须穿过整个苏南地区，通过日军的多道封锁线，除了新四军，没人能办好这件事。于是李明扬就亲笔致函陈毅，请求协助护送。陈毅抓住这一契机，派第四团以“苏皖支队”的名义押送子弹并趁机渡江北上。

随后，陈毅“二进泰州”，与二李达成合作协议。在此前提下，东路的江抗与扬中的挺纵合编，统一使用挺纵的名义进入苏北，“向北发展”由此形成了十分有利的战略展开之势。

1939 年 11 月，茅山根据地的第二团等部取得延陵大捷。以往苏南新四军打的都是对抗时间很短的游击战，这一次打的却是正规的运动攻坚战，战斗打了一天一夜，共歼灭日军大队长以下一百七十余人。此役标志着苏南新四军的壮大，但也引起了敌人的警觉，日军开始向茅山腹地大规模增兵，与此同时，国共之间的关系越来越紧张，连陈毅做了很多工作的二李都受到韩德勤挑拨，有企图进攻新四军江北基地吴家桥的迹象。

那段时间，苏北新四军主力正好去了淮南，吴家桥只有一个营守卫。

危急关头，陈毅“三进泰州”拜访二李，结果他一进泰州就被韩德勤派驻的特务认出，在陈毅与二李晤谈时，韩德勤的参谋长带着卫士排赶到了二李的司令部，欲对陈毅不利。二李闻讯，一边应付，一边急忙连夜送陈毅出城。

看到陈毅冒险亲访，二李减少了对新四军的怀疑，遂未乘虚向基地发起进攻。否则的话，光靠一个营很难守住吴家桥，而吴家桥一旦有失，“渡江跳板”也将跌入江心。

重重压力之下，陈毅急切希望皖南军部及主力能够东移苏南，三战区也已经表示同意，可是项英却想到闽浙去。陈毅认为这样做极不妥当，因为闽浙大部分地区尚非敌后，去了只会给国民党制造摩擦的借口，而且“历史上多次长征损失均大”，皖南主力不应该在国共关系趋于紧张的时候长征闽浙。

见项英执意不听，陈毅只得直接征得中央批准，决定以苏南新四军的现有力量独立向北发展。一波未平，一波又起，1940 年 6 月下旬，二李突然翻脸，包围了挺纵驻地郭村。郭村一战，挺纵与苏皖支队合力，将二李打了个丢盔卸甲。

仗打赢了，有人主张乘胜追击，直捣泰州。陈毅不但没有这么做，还把原属二李防区的郭村等地，乃至新四军在苏北的老基地吴家桥，都统统让给了二李，然后与粟裕一起指挥新四军东进黄桥。

此举充分显示出陈毅在统战方面灵活、机智的一面。陈毅一向认为，争取二李中立是解决苏北问题的关键，舍弃郭村、吴家桥，既能确保与二李重归于好，又可以在东进时集中全部兵力，即便与韩德勤直接对抗也不致落于下风。

黄桥战役前夕，右二为陈毅，右一为粟裕

陈毅、粟裕率部东进黄桥不久，即爆发了黄桥战役。黄桥战役较量的是军事力量，但它同时也是一场高规格的攻略之战。战前陈毅与苏北绅商学各界广泛结交，黄桥著名士绅朱履先、曾当过江苏省省长的韩国钧都和他成了经常书信往来、棋酒谈心的好友。

就算是韩德勤本人，陈毅也采取了“合作未到绝望时刻，绝不放弃合作”的态度，希望和韩德勤合作划定防区，共同抗日。可是韩德勤却并不买账，不仅主动向新四军大举进攻，而且还对新四军实行粮食封锁。

粮食封锁固然给新四军造成了很大困难，但也在政治上帮了新四军的忙。陈毅给各方著名人士写信，说明韩军进攻和封锁黄桥的真相，请他们帮助调停。一时间，粮食封锁“饿了老百姓，肥了韩德勤，难了新四军，帮了日本兵”之说传于苏北，让韩德勤很是被动。

直至黄桥战役一触即发之际，陈毅已把统战资源用到了极致。苏北名流由韩国钧领衔，三次致电蒋介石，提出韩德勤处置失当，应予撤换。

黄桥一战，新四军不但在军事上大获全胜，根本解决了韩德勤所部，而且政治上也取得优势，从此在苏北创建根据地，站稳了脚跟。

在短短两年时间里，陈毅运筹帷幄、长袖善舞，通过东进和北上，将茅山一块根据地发展成茅山、东路、苏北三大块，兵力从不足三个团迅速扩展为十四个团，总的实力超过了皖南。这些都为皖南事变后新军部的重建与生存提供了可能，陈毅、粟裕所拉出来的部队也成为新四军乃至日后华东野战军的绝对主力。

不经过一番磨炼是不行的

排于陈毅之后，列第七位的元帅是罗荣桓。

按照规定，元帅必须由中央书记处直接提名。在得知中央准备提名授予他元帅军衔后，罗荣桓立即给中央和毛泽东写信，说明自己参加革命较晚，对革命贡献不大，请求不要授予他这么高的军衔。

相对于其他元帅，罗荣桓“参加革命较晚”不假，他在十元帅中资历最浅，连林彪都比他高一些，可要说“对革命贡献不大”，也是过谦了。

青年时代的罗荣桓曾想报考黄埔军校，但因为是近视眼，不符合军校招生条件，于是便考入了武昌中山大学。罗荣桓在学校里只读了一年不到，很快就加入共产党并被派去从事农民运动，算是一个未拿到毕业证的大学生，不过元帅之中也就数他学历最高了。

罗荣桓从事农运的地方在湖北通城。通城成立了一支农军，罗荣桓任党代表。干部们在研究具体分工时，觉得队伍里还缺少一个管账先生，大家说罗荣桓你是大学生，要不就由你来兼管财务吧。从此以后，一只盛钱的小箱子便被交到罗荣桓手上，他走到哪里就提到哪里。

罗荣桓身材高大，戴一副深度近视眼镜，身穿农村很少见到的旧中山装，在队伍里特别显眼。有人称他党代表，还有人不懂得什么叫党代表，见他穿中山装，戴眼镜，又管钱，就称他“先生”。

农军是一支非正规武装，既缺乏懂军事的干部，又没有多少枪支弹药，在当地独木难支。这时他们打听到江西修水驻扎着一支由共产党控制的警卫团，该团本来要参加南昌起义，未赶得上才开到了修水。于是农军方面就派罗荣桓等人前去联系，警卫团答应给他们派两名教官，拨少量弹药，同时还告诉他们，如果敌情紧张，可以将部队也开来修水。

罗荣桓一行刚刚返回通城，便得知国民党正规军正向通城进逼。看到情况不对，农军按照与警卫团的事先约定，赶紧离开通城向修水转移。

途中全是崎岖的山路，又正值酷暑，人人汗流浃背，燥热难耐。罗荣桓背着包袱，手上还提着一只装有两三百光洋的箱子，更是要命，只得一路上不停地倒手。

在翻过一座大山的时候，忽然有两个农军士兵跑到罗荣桓跟前，指着他手里提着的箱子说：“先生，我们来帮你扛吧。”

罗荣桓下意识地摇摇头：“不用，我自己可以提。”话音刚落，其中一个士兵抢上两步，一边从他手里夺箱子，一边说：“你先生是识文断字的，哪里提得动，还是我们帮你扛吧。”

罗荣桓一来看这两人很面熟，知道是农军的士兵，二来也确实太累了，架不住他们连说带抢，便松开了手。

傍晚，队伍在修水宿营。罗荣桓去找那两个士兵，这才发现两个家伙早已逃之夭夭。

丢了钱箱，也就是丢了部队的经费，罗荣桓懊丧万分。他这才弄明白，原来就算是同在一个队伍里的人，也“并不都是来革命的，混饭吃的，找出路的，大有人在”。

早期的共产党人属于秀才造反，或多或少都脱不了书生气，罗荣桓刚刚从校园里走出来，思想更单纯，受骗上当一点都不奇怪。罗荣桓自己后来经常提起这件事，他的领悟是：“一个知识分子要成为坚定的革命者，不经过一番磨炼是不行的。”

同样秀才出身的毛泽东曾说：“老实是罗荣桓的一个很大特点。”当他知道罗荣桓的这件“糗事”及其领悟后，忍不住哈哈大笑，对别人说：“你看，他（指罗荣桓）非常老实，可又很善于总结经验，他从这件事就悟出了一个真理，因此他对是非，对正确和错误鉴别得特别分明。”

毛泽东看人很准，他的这番评点把罗荣桓的性格特点都精准地概括了出来。

部分红军领导人合影，前排右一为罗荣桓

通城农军到修水后，与原警卫团合编，罗荣桓仍沿袭在农军时的职务，任连党代表。不久他们便作为主力部队参加了毛泽东所领导的秋收起义，毛泽东当时是中央特派员兼前委书记，他一直笃信枪杆子里面出政权，革命要想成功非靠军事不可。八七会议后，他向中央提出的唯一请求，就是给他派一两个团的兵力，最后当了解到可以集结总计三个团的兵力时，他的心情简直可以用欢欣鼓舞来形容。

有兵有枪，何愁无为？可是令大家感到失望的是，几乎就在转瞬之间，起义就失败了，而且三个团只剩下了不足两个团。毛泽东为之痛心疾首，就在起义军转移的十多天里，他一边了解情况，找人谈话，一边紧张地思索着部队存在的问题和今后的出路。

当起义军到达江西永新境内的三湾村时，毛泽东终于决定对部队进行改编，这就是著名的“三湾改编”。

这个同志是个人才

秋收起义前，毛泽东想把一团和三团集中起来作战，可是师长余洒度拒不从命，结果导致起义军的力量过于分散。起义发动后，临时收编的一个团叛变，又给了起义军致命一击。其他匪夷所思的问题也是层出不穷：关键时刻，团长竟然指挥不动士兵，急得他要上赶着叫士兵爹，师参谋处长被逼得没办法，用手枪逼着，才勉强集合了几十个人……

军事主官不听领导人的，士兵不听军官的，这种样子发展下去，即便手里有枪杆子，也不可能打好仗。在三湾改编中，毛泽东宣布整个部队改由前委统一领导，同时提出在部队建立各级党组织，即班排建立党小组，党支部建在连上，营团建立党委。

在平时与战士的广泛接触中，毛泽东发现凡是拥有一定数量党员的连队，不但士气高，而且能够有效地监督干部，连队面貌与其他连队完全不一样，这就是“支部建在连上”的一个重要起源。

由于尚处在不断行军和打仗的阶段，三湾改编时，“支部建在连上”只是作为原则提了出来，真正得到实施和完善，还得说是起义军上了井冈山以后。在此期间，作为连党代表的罗荣桓逐渐脱颖而出，成为了红军最早的优秀党代表之一。他不管调到哪一个连，时间不长，干部战士就都愿意来找他，有什么心里话或哪怕对谁有意见，也都愿意找他谈。有时罗荣桓出去开会，离开部队几天，战士都会三三两两地到指挥部打听他什么时候可以回来。

做政治工作其实就是做人的工作，某种程度上它比打仗更复杂更需要技巧。罗荣桓能够把工作做得这么到位，与他老实但又不乏“精明”，善于总结经验，掌握方法有着很大关联。

井冈山的主力红军都是从旧军队或工农义勇军脱胎而来的。刚开始，有些人还带着过去的习气，总认为，“三句好话不如一个巴掌”，“马鞭子下面出好兵”，军官打骂士兵，老兵打骂新兵，几乎成为家常便饭。罗荣桓对这种作风非常看不惯，对侮辱人格的体罚更是深恶痛绝，他常说“响鼓不用重锤敲”，哪支部队但凡他做党代表，就坚决不允许打骂士兵。

“靠拳头来代替教育，那是不能解决问题的。”罗荣桓经常如此告诫干部。那么怎么练兵和加强管理呢？罗荣桓的方法是反复讲道理，一遍不行，两遍，两遍不行，三遍，直到让士兵真正明白错在哪里为止。

这种方法看似麻烦，但在罗荣桓看来，只有这样才真正有效，因为“口服不如心服，只有心服了，才能自觉遵守纪律”。

罗荣桓可以说是一个共产党政工人员的标准典范。他的耐心和脾气甚至好到了从来都不发脾气，朱德那么憨厚，有时也免不了动怒，但人们从来没有见到过罗荣桓当众对部下大声训斥。有时部下犯了错误，他内心也很生气，但却总能努力克制自己，尽量以理服人。

罗荣桓谦和持重，不露锋芒，加上戴着副厚厚的近视眼镜，不了解不熟悉他的人还会觉得他有些木讷。毛泽东素来知人善任，但也是在古田会议之后，才发现井冈山竟然有一个这么好的政工干部。

有一天，毛泽东和从上海调来的一名工作人员散步，罗荣桓恰好从一旁走过，他指着罗荣桓对这名工作人员说："这个同志是个人才，是一位很好的领导干部。对这个同志，我们发现晚了。"

在红军三大方面军中，第一方面军的政治工作成绩相对突出，干部战

毛泽东及其警卫员

士的关系非常和谐，这也影响到了后来几乎所有的共产党武装，而罗荣桓等人正是这种良好作风的直接推动和倡导者。

近现代战争史的实践表明，决定战争胜负的因素，并不完全是军事技术和装备，很大程度上，还在于政治力量与技术力量的结合程度。刘伯承是中共党内知名的军事家，他在一次报告中曾说："国民党的武器很好，有的军事技术也很高，但他们还是被我们打垮了。为什么？就因为他们没有也不可能有我们这样的政治工作和政治力量！"

虽然罗荣桓本人在授衔时恳切辞帅，但中央没有采纳，仍决定授予其元帅。命令正式发布后，罗荣桓对总政的一些干部说，给他授元帅衔，实际是中央"给予我们军队政治工作者的崇高荣誉"。

翻边战术

战争年代，在共产党的政工干部中，有很多属于军政双优，即既能做政治工作，又会打仗。陈毅是这样，罗荣桓也是如此。

罗荣桓最早接触到战争，是在通城农军向修水转移的时候。中途他们遭到了敌人的袭击，作为一个投笔从戎的大学生，他的反应就和陈毅第一次参加战斗时一样，听到枪响不但紧张，而且还有点发蒙。

通过从战争中学习战争，罗荣桓对部队的一套渐渐熟悉起来，而且随着参战的次数和机会增多，也学会了独立指挥作战。罗荣桓自己总结说，这有点像小时候捉蛇，刚开始不免有点害怕，一旦掌握规律，就没有什么了。

抗战时期，罗荣桓出任第一一五师政治部主任，和代师长陈光率部在山东开辟根据地。有一天侦察员回来报告，说日军到了某村，罗荣桓马上断言："你讲的可能不对，快回去重新侦察。"侦察员回去侦察，发现那座村庄里确实没有敌人。

侦察员们都很惊奇，不知道他们的罗政委怎么会有如此神通。其实，罗荣桓虽然没有像侦察员那样出去活动，但他可以通过情报站的情报和老百姓的报告进行综合分析。这使他的脑子里就好像有一幅活的敌情图，上面记载着敌人的一举一动。

敌人不会从天上掉下来，都有其来龙去脉。一股日军通常有好几百，而且一出来就要找拉夫、找向导、骚扰百姓，这样就暴露了其行动路线。先前侦察员报告的某村远离敌人的行动路线，罗荣桓根据自己所掌握的情况推断，那里不可能有敌人，但为了稳妥起见，他还是让侦察员重新进行了侦察确认。

从 1941 年起，山东八路军统一由罗荣桓进行指挥。此时也正是山东的斗争环境变得格外严酷之际，日军的"扫荡"越来越频繁和剧烈。到了 1942 年，抗日根据地更是进入了最艰苦、最困难的阶段，一度热火朝天的鲁南根据地已经缩小为"南北几十里，东西一线穿"的狭长地带，在很多地方，八路军都被迫换成了便衣，部队每晚都要转移好几个营地。罗荣桓称这一阶段为"拂晓前的黑暗"。

土地革命战争时期，毛泽东和中央红军反"围剿"的典型战法是在根据地内与敌人周旋，在此过程中选择有利地形，集中优势兵力歼敌一路，以打破"围剿"。罗荣桓发现这种战法没法应用于山东的反"扫荡"，原因是这里的抗日根据地已经非常狭小，缺乏回旋余地，为此他研究出了一种新的战术，这就是“翻边战术”。

抗战时期的罗荣桓

按照“翻边战术”，八路军的主力部队不是设置在根据地的腹部，而是被部署在靠近一路敌人的根据地边沿。当日军发动大“扫荡”时，八路军不像红军那样“敌进我退”“诱敌深入”，而是“敌进我进”，在弄清日军特别是当面日军的动向后，趁其包围圈尚未紧缩，有较大空隙，即顺着根据地边沿，“翻”到敌人后方去发动进攻。

这时因为日军主力已到根据地腹部进行“扫荡”，后方的兵力相对较少，面对八路军主力部队的大规模进攻，往往难以招架，这样就可以打乱日军的整个部署，直至粉碎“扫荡”。

“翻边战术”并不是脑袋一拍的产物，它是罗荣桓在率部进入山东后，经过许多次大小反“扫荡”的经验总结，以往也用过，只是到了 1942 年才正式予以定名。

在 1942 年冬，罗荣桓运用“翻边战术”，亲自部署了海陵战役。海陵六个区，原来已弄得只剩下了两个完整区，经此战役，一下子就恢复了三个半区。

战役结束时，八路军前线指挥员察看被炸坍的日军炮楼，突然有一个蓬头垢面的日军从瓦砾堆里钻出来，他指着指挥员胸前的望远镜，一面叽里哇啦地说着话，一面竖起大姆指，看来他是通过望远镜辨别出了眼前的人是个当官的，于是便用语言加手势的方式表示自己的钦佩。这名指挥员因此特别感慨地说："看来，鬼子现在也知道翻边战术的厉害了。"

"翻边战术"随后被陆续推广到山东各个根据地，罗荣桓军政双优的才能得到毛泽东和中央的充分认可。1943 年，他被任命为山东军区司令员兼政委，直至抗战胜利。

到抗战胜利时，山东已经超越晋察冀，成为最大最强的敌后根据地。向北，它是进军东北的出发阵地，向南，又是支持华中的可靠后方。山东军区的正规军人数占中共全部武装的三分之一，是解放战争中二野、三野、四野的重要兵源，其中四野的中坚力量即为山东部队。

毛泽东说："换了一个罗荣桓，山东全局的棋就下活了，山东的棋活了，全国就活了。"在解放军全取东北之前，山东确为决定国共成败的关键地区，如此说来，罗荣桓是在关键地区做成了关键的事业。

先定下一个小目标

评衔时提出辞帅的一共有两个人，除了罗荣桓，还有徐向前。徐向前给毛泽东写信，说革命既然已经成功，当不当元帅无所谓。中央也没有同意，仍将他列于元帅之中，排名第八。

徐向前是黄埔第一期毕业生。黄埔学生很多，但以一至四期为最辉煌，尤其第一期，更是金光灿灿。蒋介石还在黄埔军校当校长的时候几乎每星期都要到学校来，除了训话，就是找上十几个学生见见面，谈上几句话。

几乎所有的黄埔一期生，都和蒋介石单独见过面，谈过话，当然见面谈话的时间有多有少，有长有短。蒋介石也找过徐向前，徐向前一走进蒋介石的校长办公室，蒋介石就问他：“你是什么地方人？”

“山西人。”

“在家都干过什么？”

“当过教员。”

蒋介石找学生谈话，既是一种笼络，同时也是考察。他会边问边对学生进行仔细观察，以判断对方是否是他理想中的可造之才。

徐向前性格内向，平时沉默寡言，不擅夸夸其谈。蒋介石给他的评语是：“资质平平，不会有出息。”

蒋介石自有他的选材标准。他那时不会想到，徐向前这个在他看来“资质平平”的学生其实潜藏着出众的军事才能，更不会预料到，在后来的国共之争中，徐向前会把他所相中的黄埔弟子都给打得满地找牙。

1929 年 6 月，徐向前按照中央军委的命令，来到鄂豫皖，接任红三十一师副师长。鄂豫皖苏区是黄麻起义的产物，红三十一师师长吴光浩

黄麻起义会议遗址

就是黄麻起义的领导人之一。

如同贺龙在湘鄂西靠两把菜刀起家一样，吴光浩等人起义时靠的是“一支拐子枪”。所谓拐子枪，是冷兵器中长枪的一种，与大刀长矛属于一个类型。直到徐向前就任，有些新兵手里拿的还是这些武器。

吴光浩已经牺牲了，为了不影响士气，上级暂未公布这一消息，徐向前是以副师长的名义担当师长之职。

红三十一师号称拥有四个团，实际下辖四个大队，每个大队五十至六十人，加一起一共才三百来人，还不足一个营。师部、团部设置统统不存在，只有“司令部”，但“司令部”里却一个参谋也没有。

所有干部战士，除了徐向前等少数几个外来干部外，全是清一色的当地人。徐向前初来乍到，人生地不熟，他说话，人家听不懂他的“山西腔”，人家说话，他同样也听不大懂，还得靠人“翻译”。

语言是人与人之间基本的交流工具，连讲话都听不懂，要在短时间内就建立起信任关系自然比较困难，同时徐向前高瘦单薄，长脸小眼睛，也不是那种让人一看就能留下深刻印象的人。徐向前在回顾这段经历时，曾经坦承：“外来干部，要取得当地干部和群众的信任，有个过程。”

徐向前到鄂豫皖不久，就遇上了“罗李会剿”。鄂豫皖所在区域原为新桂系统治范围，蒋介石通过发动蒋桂战争打败新桂系后，便迫不及待地欲出兵消灭红军。桂军降将罗霖主动请战，蒋介石便命由河南土匪武装改编的李克邦部配合其实施“会剿”。

事先根据地没有得到敌人“会剿”的情报，部队都分散在各处打游击。仓促之下，徐向前赶紧把身边的两个大队一百多人集结起来，迎击已杀到眼前的罗霖一部。

蒋桂战争前，桂军实力比蒋军还强。鄂豫皖的红军那时是半民半军，从武器装备到军事素质、作战经验都很差，平时只是与民团、保安队之类的地方武装过过手，从来没有和这样的国民党正规军打过仗。

双方一照面，敌人端起机枪朝红军的阵地就是一通扫射，山林上的树枝树叶被打得“唰唰”地往下掉。大家都惊呆了，他们以前不是没有见过厉害的武器，但那也无非是土枪土炮加几支汉阳造步枪而已，哪里能想象得到战场上会有如此猛的火力？不少战士趴在地上，动也不敢动，更多的人在没有得到命令的情况下就擅自往后撤退，干部们连骂带吼都制止不住。

看到眼前的情景，徐向前并没有着急和慌乱，而是立即站起来掩护部队后撤，敌人的机枪子弹嗖嗖地从身边穿过，但他毫不理会。一些干部战士见新来的副师长如此镇静沉着，便也壮起胆子跟随其左右，留在后面断后，部队这才没有垮掉。

赴任之初，徐向前在看到自己部队的状况时，就有了一些心理准备，可是部队这么不经打，仍然大大出乎他的意料之外。

敌我明显不在一个“档次”啊，怎么办呢？徐向前觉得，部队眼下最需要的还是要打一场胜仗，哪怕是一场很小的胜仗。

徐向前在黄埔军校毕业后，曾参加广州起义，在海陆丰打过游击，早就已经是个军事理论基础与实战经验兼备的指挥员了。他发现，两路敌军中，北线的李克邦是土匪武装，外加数千之众的红枪会，貌似人多势众，但不过是一股乌合之众，相比罗部要好打得多。

要让部队重拾打敌人正规部队的信心，就不妨先定下一个小目标。徐向前决定“避强击弱”，先向北机动，寻机击溃李克邦，然后再回过头来对付罗霖。

重新摸索

李克邦在北线依托白沙关造了一道“堵击线”，在夜色的掩护下，徐向前率两个大队悄悄地摸上了关内的两座山头。

山上的守敌以为红军还在南线阻击罗霖，对突袭毫无防备，在红军距离山顶只有十几步时，哨兵才发现有人，但是已经来不及了。冲在队伍最前面的徐向前一甩短枪，将哨兵击毙，接着率先冲进敌战壕，猛地一脚将碉堡门踹开，举起手榴弹大喊：“我们是红军，你们被包围了！”

天亮前，两座山头的守敌被全部解决。天亮后，部队挟战胜李克邦正规军的余威，分头出击，又将关前山梁上的红枪会一一击溃，李克邦的“堵击线”就此土崩瓦解。

红军士气大振，干部战士都请求一鼓作气拿下白沙关。徐向前考虑了一下，白沙关易守难攻，而且敌人失了关内的山头和关前的山梁后，势必要加倍小心进行防守。

部队正处于向上的势头，气可鼓不可泄，对白沙头不能硬攻，只能巧夺，徐向前遂下令南移。南移的红三十一师也并不与罗部直接交战，而是昼伏夜出，静待战机。

北线无战事，白沙关的守敌自然而然地松懈下来。见时机已到，徐向前再次挥兵北上，用长途奔袭、声东击西的战术将白沙关一举拿下。

正在关外督战的李克邦欺弱怕硬，没想过要与红军死磕，见徐向前很不好惹，马上急令撤兵，并与红军谈判“停战”。南线的罗霖不断受到赤卫队的袭扰，在当地待不下去，又受到李克邦的影响，很快便也退走了。

徐向前

不到半个月，来势汹汹的“罗李会剿”即宣告失败。通过粉碎“罗李会剿”，徐向前在红三十一师建立起了威信，干部战士们开始熟悉和喜欢上他的“山西腔”。徐向前思考问题时总是皱着眉头，大家从此一看到他这种“愁眉苦脸”的样子，就知道他有了破敌的锦囊妙计。

徐向前到鄂豫皖的这一年，连续击破敌人的三次“会剿”，除了“罗李会剿”，先后还有“鄂豫会剿”“徐夏会剿”。徐向前每战必身先士卒，但也因此差点战死沙场。

那还是在“徐夏会剿”中，地方上给部队提供情报，说来了四五百敌人。觉得敌人不太多，徐向前就想打个伏击。谁知战斗一打响，才发现情报很不准确，来敌足有一两个团。红军没有机枪，仅有几百条破步枪，子弹也不多，很快就顶不住了。

徐向前急忙组织撤退，最后连号兵都撤下去了，阵地上只剩下他一个人。此时敌人近在咫尺，幸好天已擦黑，他就趁着夜色往外跑，敌人在后面追。

在之前的一次战斗中，徐向前腿摔伤了，尚未痊愈，所以跑也跑不快。眼看敌人要追上来了，他看到前面有片林子，便赶紧钻进了林子。

虽然敌人暂时没找到他，但徐向前坐在林子里，腿疼得厉害，也没法走动。后来几个干部战士来找他，才把他接回了部队。

对于徐向前来说，初到鄂豫皖，大部分东西都得重新摸索：黄埔军校教的东西只是一般军事常识，如何指挥半民半军的游击队打仗，教材里根本就没有；想学习现成经验吧，各个革命根据地都被敌人分割包围着，互不联系，即便有经验也传不过来；若想靠接受上级指示，那时交通不便，又没有电台，上级很少能传来指示，就是有指示也不及时。

经过三次粉碎“会剿”，徐向前得出的经验是避实击虚，避强击弱，大仗打不了就不打，宁可多打小仗取胜。总之一句话，胜仗打得越多，部队的士气就越高，队伍就越好带。

1930年四五月间，爆发了规模空前的中原大战。蒋介石陈兵平汉、津浦、陇海线，与冯玉祥、阎锡山展开厮杀，再也顾不上“围剿”红军。中原大战持续时间长达六个月，在这段时间里，敌人后方都极其空虚，处于其后方的鄂豫皖由此迎来了大好的发展时机。

这一年，以大别山为中心的鄂豫皖根据地正式形成，根据地内的各路红军合编为红一军，徐向前出任副军长兼红一师师长。其间徐向前率红一师三次出击平汉路，“三战三捷三扩编”，部队在兵员和装备上都得到极大扩充，真正像一个师了。

水涨船高，战术也有了新发展。过去红军只能打游击，跑圈子，伏击、袭击小股敌人，最多不过是消灭国民党正规军的个把排和连。现在不同了，他们已经有足够能力打较大规模的运动战，并在运动中整团整团地歼灭敌正规军。

对徐向前来说，他在军事指挥和战术运用上能够得到施展的空间变得越来越大了。

都是被逼出来的

1930 年 10 月，中原大战结束。作为赢家的蒋介石地位得到稳固，有了全力“围剿”红军的力量和条件。以前他对付红军，都是策动几省军队联合“会剿”，自此以后就变成了由他亲自坐镇，统一组织全国性“围剿”。

从 1930 年底到 1931 年初，蒋介石调集重兵，对鄂豫皖根据地发动了两次大规模“围剿”。在反“围剿”的过程中，徐向前基本都已采用运动战打法，即无论进攻还是防御，都使部队处于运动之中，其特点是有进有退，有攻有防，忽东忽西，忽南忽北。

在徐向前面前，敌人往往被打得晕头转向，措手不及。敌师长岳维峻是老牌陕军，大革命时期，徐向前曾在其属下部队做过参谋、团副。岳维峻从出发地向根据地进兵时，声言要与红军决一雌雄，没想到一仗就败给了自己从前的部下，本人也被俘虏。

1931 年 11 月，红四方面军宣告成立。改编后的红四方面军总计有三万多人，由徐向前任总指挥。在阅兵式上，年仅三十岁的徐向前穿着洗得平平整整的灰布军装，骑着马检阅部队，显得既严肃又威武。

此时蒋介石对鄂豫皖根据地的第三次“围剿”进入准备阶段，根据地周边的敌军已增加至十五个师以上。兵力看上去不少，但仔细一分析，其中多数是杂牌部队，而且缺乏统一指挥。之所以如此，一方面是由于九一八事变爆发，朝野上下对蒋介石一片责难，蒋介石穷于应付，很难将

鄂豫皖根据地缴获的敌机，后被命名为“列宁”号，配合红军参加了实战

大量嫡系部队都用于内战，另一方面的原因是自中原大战后，蒋介石一直以中央苏区为主要进攻目标，暂时顾不上亲自在鄂豫皖这边统一进行部署和号令。

发现敌人的“围剿”外强中干，根据地决定先发制人，从外线主动出击。在八个月时间里，徐向前指挥红四方面军连续进行了黄安、商潢、苏家埠、潢光战役，在这四大战役中，他将运动战战术升级到了非常经典的“围点打援”。

当年共产党的顶尖名将，如彭德怀、林彪、刘伯承、粟裕，其实也都是围点打援的高手，而且他们基本上从红军时期即擅长此道。彭、林、刘、粟尚在一个根据地，鄂豫皖跟他们分离着，那时也没法直接交流，为什么大家会不约而同地都选择“围点打援”呢？无他，情势所迫，都是被逼出来的！

就红四方面军的实际状况而言，虽与徐向前刚来鄂豫皖时已不可同日而语，但与敌军相比，仍然是兵力少、装备差，用徐向前的话形容是“乞丐和龙王比宝”，完全不在一个等级上。

红军要主攻出击，就要打攻坚战，徐向前所设定的几个攻击目标，如黄安、商城、苏家埠，城墙都又高又厚，还有吊桥、城壕、栅门、炮楼、城垛，防得严严实实，像铁桶一样。红军的武器很落后，没有大炮，炸药极少，手榴弹虽然有一些，但大多是土造的马尾手榴弹，杀伤力有限，扔到树上都掉不下来。在缺乏攻城火器的前提下，如果硬叫部队去爬城，就要死很多人。

物竞天择，适者生存，这是自然界的法则。徐向前打过一个比方，说小小蝴蝶为了免受人和其他动物的伤害，尚且要把自己打扮得像花一样，人当然也要适应环境。回到“乞丐和龙王比宝”这个话题上，乞丐虽然和龙王比不了宝，可是乞丐有的本事，龙王却未必有。红军的弱点固然装备差，攻城力量不足，但长于运动和野战，为什么不扬长避短，主要寻求到野外歼敌呢?

围点打援一般分成三个步骤：第一步，先用小部兵力将突出、孤立的敌据点围住，敌据点自然要告急求援；第二步，估计敌援兵会从哪个方向来，红军主力部队预先选好战场，构筑好工事，在野外将立足未稳的援敌予以消灭；第三步，援敌被消灭，守敌惶恐，将不战自乱，红军可趁势解决点上的敌人。

如果说徐向前式的“围点打援”有什么自身特点，那就是“不打则已，打则必胜”，即只要认准战术对头，就要咬着牙打到底和打赢。

苏家埠一战，蒋介石派出了两万多援兵。如果红军打不垮他们，附近只有一个渡口，又逢河水猛涨，部队将失去退路。打与不打，很难决策，徐向前分析敌我情势，认为取胜有六七成把握，就下决心打。一仗打下来，敌两万多援兵全军覆灭。

苏家埠战役是鄂豫皖红军取得的一次空前胜利。包括苏家埠战役在内，徐向前通过四大战役共歼灭敌军六万余人，其中成建制被歼的国民党正规军就有近四十个团。至此，蒋介石对鄂豫皖根据地的第三次“围剿”尚未展开即被粉碎，这也是鄂豫皖根据地发展史上最为鼎盛的一个时期。

收紧阵地

1932 年冬，红四方面军转战至川北，开辟了川陕根据地。民国时的四川称得上是个缩微版的“春秋战国”，内部长期征战不休。红军刚入川的时候，以刘湘为首的川军军头认为红军不过是些东流西窜的“残匪”，不足为虑，所以仍在相互火并，这为红军立足川北创造了有利条件。

第二年，川军内部的火并告一段落，他们才顾得上对付红军。1933 年 2 月，川军将领田颂尧集结六万余人，分左中右三路向川陕根据地进行围攻。

田部兵力众多，来势凶猛，对付这样的强敌，红军一般都要集中兵力，徐向前在鄂豫皖时期的历次反“围剿”中，莫不如此用兵。不过正所谓“兵无常势，水无常形”，随着特定环境的变化，真正的善战者也决不能墨守成规。

川陕根据地不大，又是新区，缺乏足够的回旋余地，不便于红军进行大踏步前进和后退，换句话说，要打红军最擅长的运动战会比较困难。另一方面，川北的地形、自然条件与鄂豫皖不同，这里山川纵横，险峰交错，路隘林深，许多地方被原始森林覆盖着，树木又高又粗，一两个人合抱都抱不过来。在徐向前看来，这是一块天然的用兵之地，因为只要用少数兵力往山口一堵，敌人就很难攻进来，如果大部队要进行集结、隐蔽、穿插，也不易被发现。

如此好的条件不利用，岂不是傻？徐向前打破惯例，他决定采用收紧阵地的战术，即首先不集中兵力，形成拳头，而是分兵把口，节节御敌，以便在对敌人进行充分消耗后，待机举行反攻。

这里还有一个阵地收紧到何处为限的问题，川北的作战地势南低北高，愈向根据地后部的大巴山靠近，地形愈险要，徐向前因此把退却终点选在了根据地后部，而不是前部或者中部。

田部一开始的攻势十分凌厉，前沿阵地一片硝烟火海。经过近四个月的相持，红西方面军总部撤至空山坝，徐向前认为战略退却已到无路可退的终点，阵地也已收到无法再收的地步，遂下令集中在空山坝的主力部队秘密插入敌侧后，实施猛烈反攻。

川军脚板硬，爬山快，冲击力强，但最怕肉搏和包抄，骤遭重击，立刻全线崩溃。红军共歼敌两万四千余人，田颂尧多年惨淡经营起来的实力被搞掉了三分之一。

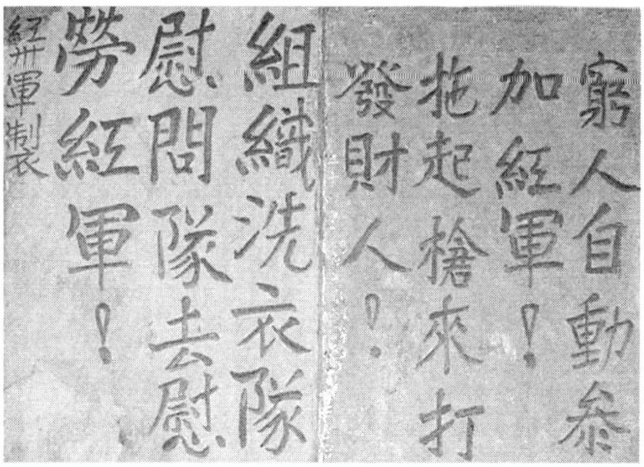

川陕苏区红军石刻标语

反三路围攻的胜利震

动全川。在此基础上，徐向前又连续发起三次进攻战役，把三个川军军头田颂尧、杨森、刘存厚挨个揍了一顿，川陕根据地就此进入了全盛期。

徐向前曾将红四方面军的作战风格概括为五个字，即“狠、硬、快、猛、活”，川军算是把这五个字都领教到了，他们不得不联合起来，一致对付红军。

1933 年末，刘湘被蒋介石任命为四川“剿匪”总司令，集结各路川军，“空全省之兵力”，动用不下二十五万人，对川陕根据地发起六路围攻。

刘湘六路围攻与田颂尧三路围攻不同的地方，不但在于川军军头们已经联合起来，兵员数量与武器的精良程度均非田部可比，更重要的是，所采取的围攻战术也有了变化。

田颂尧是猛攻一面，长驱直入，刘湘却是稳扎稳打，步步为营。当然他的这一套并非其独创，实际是从蒋介石的堡垒主义中学来的，蒋介石的堡垒主义在那时确实是一种新战法，中央红军第五次反“围剿”、红四方面军第四次反“围剿”失败都与此有关。从这个意义上说，击破六路围攻，也是检验红军是否有能力打破堡垒主义的一个全新尝试。

通过反三路围攻，从徐向前自己到红四方面军将士，对收紧阵地战术的运用已经愈加娴熟老练，在反六路围攻中，他仍旧采用了这一战术。

破堡垒主义，要比破长驱直入困难得多。战役过程中，徐向前四次收紧阵地，两次实施大反击，试图反守为攻，但都未能如愿。仗越打越恶，越打越难，越打越险，红四方面军自身也到了存亡绝续的危急关头。这时候有人主张兵退汉中，有人主张提前使用二线兵力，徐向前坚持一步不退，同时“不见兔子不撒鹰”，决不在总反攻前动用二线兵力。

1934 年 8 月初，看到收紧阵地已达极限，徐向前这才下令实施反攻，主力部队利用夜袭突破敌军防线，继而实施大纵深迂回包抄。各路川军纷纷溃败，至 9 月初，历时达十个月的六路围攻宣告彻底失败。

反六路围攻是红四方面军在四川打得最苦的一仗，它同时也是红四方面军战史上规模最大、时间最久、战果最为突出的一役。战役结束后，刘湘急到要跳江自杀，在给蒋介石的电文中称此役令他“耗资一千九百万元，官损五千，兵折八万”，已“难以为继”。

有鸡就有蛋

徐向前一生打仗无数，最让他感到痛心和不堪回首的，莫过于西路军的失败。

在冒着千难万险返回延安后，张闻天将徐向前责备了一番。徐向前没吭气，站在亲历者的角度，虽然他心里很清楚西路军失败的原因十分复杂，并不是他一个人所能左右，但身为部队指挥者，他又明白“打了败仗嘛，批评、撤职、杀头都应该，没有什么好说的”。

毛泽东对徐向前既未批评也未撤职，更没有“杀头”。在简单问了问西路军的情况后，他对徐向前说：“留得青山在，不怕没柴烧。你能回来就好，有鸡就有蛋。”

一晃到了中共七大召开，徐向前被调回延安，并当选为中央委员。中央书记处的负责人都集中住在枣园，毛泽东和朱德把徐向前也请到枣园来住。考虑徐向前的身体一直欠佳，他们要工作人员照顾好徐向前的生活，朱德还特地交代：“生活待遇要和我们差不多，他是有代表性的人物（指徐向前是红四方面军的代表）。”

七大开完后，代表们纷纷返回各地。毛泽东一连好几天坐在枣园礼堂的乒乓球台子前，日以继夜地调兵遣将。

眼看着一员员战将都得了“令箭”，兴高采烈地离开，徐向前再也忍不住了，他走到毛泽东面前请求：“还有我哩。”

毛泽东望了望他，和蔼地说：“我没有忘记你。可是你现在有病，需要休息，先把病治好。”

“我的病不严重，不要紧。”

毛泽东告诉他：“你别着急，山西、太原这一茬子给你留着哩。”

1947 年夏季，徐向前被中央军委任命为晋冀鲁豫军区第一副司令员。这时解放战争已进入第二个年头，山西境内之敌纷纷缩进了铁路沿线的一些县城里，其中的运城为晋南门户，打下它既可以切断阎锡山的退路，又可威胁陇海铁路，徐向前将其定为了自己的第一个攻击目标。

由于刘邓大军、陈谢兵团相继南进，晋冀鲁豫军区留下的正规部队少得可怜，只能从地方武装升级，以解兵力不足的燃眉之急。虽然整编后的军区部队也有五万之众，但新兵多、骨干少、装备差，而且普遍缺乏攻坚作战的经验。

解放军在检查武器

早在打造红四方面军时期，徐向前就强调

使用新部队时，第一炮一定要打响。那时候指挥作战，他一开始都不会把新部队投入到伤亡较大的强攻或阻击中去，只有等主力部队熬过难关，发起反击，才会派新部队跟着老部队去追歼溃败之敌。按照过去的规律，如此搞上几次以后，新部队就知道怎么打仗了，士气也会越打越高。

可是解放战争的情况非常特殊，徐向前手下就没什么老部队，全是新部队，结果运城打了两次都没能打下来，部队士气颇受影响。

徐向前很着急，他倒不是怕运城最终打不下来，而是担心干部战士会就此失去信心。为此他立即进行战斗动员，一方面肯定攻城战斗对外线作战的配合作用，另一方面主动承担了失利的领导责任，为大家减轻压力。这样部队情绪才稳定下来，并全力投入于攻城训练。

训练期间，正好王震纵队路过晋南，休整待命。王震纵队是老部队、生力军，徐向前便抓住机会，请该纵队加入作战。

三打运城，尽管仗仍然打得很苦，但在王震纵队的参与下，终于还是把运城拿了下来。此战既锻炼和提高了晋冀鲁豫部队的战斗力，也为解放军攻坚城市提供了初步经验。

运城既夺，整个晋南的敌据点只剩下了临汾一座孤城。1948 年初，徐向前发起临汾战役，集中近十万兵马包围了临汾。临汾城内的晋军和部分国民党中央军加在一起，不到三万，解放军在兵员数量上占绝对优势，而且城内守敌也失去了获得增援的可能。

不过这并不表明临汾易取。临汾是著名的军事重镇，据说历史上从来没有人能攻破过临汾，连闯王李自成都屡攻不克。临汾郊外有一个叫挂甲屯的村庄，传说就是因为李自成在城下被射瞎了一只眼睛，他气愤不已，在拍马而去时把盔甲挂在了屯庄的一棵树上。

上党战役后，阎锡山为保住晋南，更加积极地经营临汾。到徐向前要指挥晋冀鲁豫部队攻取临汾时，临汾的城内城外早已是壕沟交错，碉堡林立，成了一座易守难攻的坚固要塞，被阎锡山视为“铜墙铁壁”。

就算是真的“铜墙铁壁”，也必须砸开。解放战争进入反攻决战阶段后，城市攻坚变得越来越重要，但成功的例子还不是很多。朱德曾专门发来指示，要求通过发起临汾战役，将晋冀鲁豫部队培养成为专门的攻坚兵团，并向全军提供攻坚大城市的经验。

出征之前，徐向前对夫人说：“这次出去，打不下临汾不回来！”

土行孙战法

在临汾战役之前，晋冀鲁豫部队已经有攻下运城的经历，但就城市攻坚的难度而言，运城与临汾相比只是小巫见大巫。

打运城，难的主要是登城，扫清外围的战斗较为顺利。根据这一经验，晋冀鲁豫各纵队多以战斗力稍差的部队攻击外围据点，以便保留主力用以攻城。谁知外围据点极为难攻，解放军每占领一座房屋，攻取一座碉堡，都会遭到敌人的拼死抵抗，也都要付出血的代价。

每个据点的攻取已经不易，巩固更是难上加难。敌人发现失去一个据点，就会马上组织反击，或进行火力逆袭。解放军这时候往往只重视进攻，不重视防御，结果有些据点好不容易占领，又被敌人夺去，还有些据点遭到敌人的猛烈炮击，部队的伤亡人数比攻占据点时都多出好几倍，吃了大亏。

为什么会这样？与守敌选择的技战术其实颇有关联。阎锡山的山西晋军素以擅守著称，连阎锡山本人都一贯重视防守战法，他们野战可能不行，但守城却真的很有一套。中国古代有一部兵书《尉缭子》，认为守城必须固守城郊险要据点，临汾守敌基本遵照了这一兵家古训，对外围防御极为重视。他们采取“外强中干”的防御战法，不但将主力部队布于外围，还在城外修筑了警戒、护城、城垣外壕等三道防御阵地，其间碉堡和壕沟暗道密布，防守体系非常严密。

徐向前深感这场攻坚战比原来预想的更为复杂艰难。发现问题后，他立即改变战法，除保留一部兵力登城外，将其余力量全部用于外围。

虽然调整了兵力，但如果不能均衡使用，仍然不能确保把好刀用在钢刃上。临汾城西边是汾河，不好用兵，南面和北面是平原，难以掩蔽，只有东面是同蒲铁路，有临汾车站和站内的几十节破车皮可作为掩护物，便于解放军在隐蔽条件下运动兵力。原先部队是从东南北三面攻城，权衡再三，徐向前决定改变方案，重点攻击城东与城北。

在攻取据点的技战术方面，徐向前也同样做了改进。原来是重攻轻防，现在要求各纵队攻击前即做好防御准备，占领据点后必须第一时间构筑阵地，组织火网，同时将突击队及预备队隐蔽于阵地侧后，针对来攻之敌实施反冲锋。

经过重新部署，局面得到改变，临汾周围的据点被基本扫清，可是城东与城北的突破计划却都未能实现。

此时临汾战役已打了二十二天，攻城部队的伤亡超过三千，但攻城仍未取得重大进展。指挥层有人对能不能打下临汾产生了动摇，甚至建议撤兵，徐向前则横下一条心：“不拿下临汾，誓不回兵。”

徐向前打仗有一股硬劲和狠劲，但绝不是那种没脑子的硬和狠。经过冷静分析，他决定进一步集中兵力，突破一点，拿下东关。

临汾城的西南北三面都只有城垣和城门，没有城关，唯东面设有城关，称为东关。东关是临汾主城的卫城，临汾守敌很清楚，如果东关失守，临汾城将失掉屏障，势难防御，所以他们也把东关作为防御重点，设重兵进行防御。

晋冀鲁豫部队共有火炮九十二门，相对于十万之众的大兵团来说，数量太少，用于攻城的火力不足。虽然在前一阶段作战中，炮兵也在城墙上炸开了缺口，但缺口太窄太陡，部队无法一拥而入。徐向前用于突击东关的新战法是坑道作业，即通过挖坑道接近城墙，然后将炸药推进坑道引爆，他在土地革命战争时期就曾成功地加以运用。

爆破取得成功

在《封神演义》里，有一个名叫土行孙的神将，擅长钻土行走，坑道作业也因此被徐向前称为“土行孙战法”。可是晋军擅守这一点真不是盖的，发现解放军挖坑道，他们也挖坑道，解放军从外往里挖，他们就从里往外挖，总之是绝不让你这个“土行孙”舒舒服服地行“土遁之术”。

这是一场坑道对坑道的激烈竞赛，既斗智亦斗力，据战后统计，双方所挖掘的五十米以上的坑道即达七十条之多。在坑道掘进过程中，解放军设置了听音哨，一旦发现敌人的“反坑道”挖近，自身坑道存在被破坏的可能，便主动爆破，再绕道挖掘。如果正好与“反坑道”挖通了，就得在地下打一仗，通过消灭敌人来控制“反坑道”。

1948 年 4 月 9 日，攻击部队共挖出四条接近护城垣的主坑道，当夜他们从十里之外将一万六千多斤炸药运至城下，并运进坑道口装填完毕。

攻城准备工作全部就绪，第二天下午，九十二门火炮同时开火，对敌阵地进行摧毁性射击。接着进行坑道引爆，四条主坑道除一条因导火具失灵未起作用外，其余全部引爆成功。

护城垣被坑道内的炸药炸开两条缺口，攻击部队冒着浓烟从缺口处冲了进去。经一夜激战，防守东关的敌六丨六师大部被歼，解放军占领了东关。

临汾一战，攻取东关乃关键中的关键。在失去坚固屏障，且作为主力的第六十六师也被歼灭后，临汾城内的敌人陷入极大混乱之中。徐向前将外围据点攻击法和“土行孙战法”同样运用于攻击临汾城，战斗异常激烈，解放军前仆后继，终于在 5 月 17 日攻入了临汾城。至此，晋南全部获得解放。

临汾战役费时七十二天，晋冀鲁豫部队付出了一万五千人的伤亡代价。战役结束后，徐向前特地到临汾的城墙上去走了一圈。他的战争阅历算是很丰富了，但也是第一次看到那么坚厚的城墙和强固的防御工事，为此不禁感慨：“胜利真是来之不易啊！”

有便宜就得赚哪

徐向前对临汾战役的评价是“伤亡大，胜利大，锻炼大”。他认为，实战出真知，战场本身就是最好的课堂，因此采取了边作战、边训练、边整军的练兵法。

在临汾战役之前，晋冀鲁豫部队虽然已经打过运城，但仍属于从游击战向运动战、攻坚战转型的新部队。临汾战役才是真正的大练兵，一开始大家还不是很接受，有的干部要么盲目轻敌，觉得没必要这么“讲究”，要么嫌苦嫌累嫌麻烦，习惯于喊一声“同志们，冲啊”，而不愿抓紧战斗间隙练兵。由于徐向前的反复督促，同时也因为看到不练兵难以提高作战成效，干部们才真正从心底里接受了这一理念。

到围城作战的中后期，各纵队的练兵活动已经非常普遍和深入。这种战场练兵的针对性和实效性都极强，因为与训练场不同，所有作战对象、敌堡、地形条件就活生生地摆在眼前，碉堡怎么攻，阵地怎么守，火力怎么发挥，队形怎么组织，炸药怎么点燃，全部是就地研究，就地总结，就地演练，战士弄懂练熟后，马上就能取得成果，获得经验。

通过临汾战役，晋冀鲁豫部队初步被锻炼出来了，他们已由新部队一跃上升为中央所期望的攻坚兵团。

1948 年 6 月，晋冀鲁豫部队组成华北野战军第一兵团，徐向前任司令员兼政委。中央给第一兵团的任务是固定在晋中打阎锡山，直至攻克太原为止。

第一兵团共有六万余人，而阎锡山在山西还保存着十三万军队，兵力多出一倍以上，装备也优于解放军。考虑到部队的实际困难，中央最初只要求兵团歼敌一到两个师即可，但徐向前考虑再三，却提出了一个超额两三倍的歼敌计划。

攻城好比是啃骨头，先前攻运城三战方下，攻临汾让部队付出那么大的伤亡，除了部队尚缺乏攻坚经验外，主要还缘于骨头太难“啃”。相比于攻城，野战就是吃肉，所以在徐向前看来，应尽量避免攻城，逮住机会就投入野战。

晋中平原沃野千里，历来是山西的粮仓，晋军的主要粮食供应基地。时近麦熟季节，保粮、抢粮、屯粮成为阎锡山实行战略防御的关键所在，一时间他投入晋中平原的兵力已占到其总兵力的五分之四。徐向前认为，敌人为了抢粮不得不四面出动，等于是把肥肉送上门，这个时候正好上去狠咬几口，吃他几个师，以免将来费时费力去攻坚城池，啃硬骨头，“这笔账要算一算，有便宜就得赚哪！”

徐向前决定把计划放到兵团作战会议上进行讨论，可是这一计划并没有能够在会上得到一致赞同。

第一兵团虽拥有攻下临汾的经验，但还没有打过大规模的运动战，而且经过两个多月临汾攻坚战的消耗，部队非常疲惫。有的干部怕吃不掉敌人反而会被敌人吃掉，因此主张一开始“胃口”不宜太大，还是目标放在相机歼敌一到两个师较为稳妥。

讨论来讨论去，始终莫衷一是。徐向前权衡利弊，下了决心："战机紧迫，就按歼敌四到六个师的目标进行战役部署，错了由我负责。"

临汾战役，解放军攻打临汾火车站

如果说阵地防御战、城市攻坚战是"打死仗"，运动战就是"打活仗"。离开了"活"，就不能叫运动战，而这种"活"主要就表现在虚虚实实、出敌不意上。战役发起前，徐向前特地组织一些地方部队佯装主力，摆出要横渡黄河的架势，同时放出主力将支援西北战场的风声。在北上晋中的路线上，他也没有按常规自南向北，逐步推进，而是率兵团主力由太岳山区东侧出发，隐蔽向晋中敌侧背地区开进。

一切部署完毕，徐向前回到总指挥部，向管理军区图库的参谋人员索要晋中地图。徐向前"明修栈道，暗度陈仓"的策略甚至把自己人都瞒过了，参谋一直以为部队要过黄河去西北，所准备的全是那方面的地图，结果弄得手忙脚乱，几乎翻寻不着徐向前所要的地图。

1948 年 6 月中旬，按计划北上的军区部队一部出现于晋中，阎锡山认为解放军是要跟他抢粮食，遂派其精锐的"闪击兵团"等部进行合击。

得知敌军主力已被诱调出巢，徐向前当即命兵团主力突入晋中腹地，晋中战役就此拉开了序幕。

最理想的战场

徐向前是山西五台人，阎锡山也是五台人，两人乃是地地道道的老乡。七七事变后不久，徐向前随周恩来到太原与阎锡山商谈共同抗日事宜，徐向前走后，阎锡山有一天与幕僚们谈话，忽然谈道：徐向前这样的人才，怎么也走到共产党一边啦？不是楚材晋用，而是倒过来了！

“得人者昌，失人者亡”，阎锡山言下不胜感慨之至。幕僚见状急忙起来打圆场说：“这是喜事，不是丧事，而今我们五台县又出了个大将军，国家幸甚，民族幸甚。”

阎锡山深叹徐向前不能为己所用，但他不会想到这位老乡要来端他的老窝，更没有料到对方这么快就进兵晋中，而且还采取了纵深迂回、拦腰开刀的方式。

在腹地守军连连告急的情况下，阎锡山忙令“闪击兵团”回援，孰不知那一带正是徐向前的预设战场。

从土地革命到解放战争，打运动战多数都是诱敌深入，在根据地内选择歼敌战场。晋中战役与之不一样，这次是解放军主动进入敌占区，在敌占区内实施运动作战，而且晋中平原被汾水纵贯南北，劈成两半，其北面紧靠阎锡山的老巢太原，不利于解放军东西两面配合作战，但敌人要是北逃或南援却相对便捷。

最理想的战场，是既要有后方作为依托，又能抓得住敌人。战前徐向前在进行选择时煞费苦心，最后他决定将战场设在平遥、介休之间，该地区前有汾河阻隔，后有太岳山区作为依托，基本符合所需条件。

“闪击兵团”回援平、介，正中圈套。因为通信联络不好以及敌情发生变化，解放军没能抓住“闪击兵团”的主力第三十四军，但是把“亲训师”和“亲训炮兵团”给打掉了。这两支部队是阎锡山苦心经营起来的“铁军”和“精神支柱”，全部由日本军官担任顾问和教官，从装备到待遇都比别的军要优越，被阎锡山称为“老虎爪子”。消息传出，阎锡山的痛心程度可想而知。

痛心归痛心，阎锡山却还不知道来者是第一兵团主力，他以为只是一些地方部队、游击兵团，“亲训师”和“亲训炮兵团”的覆灭，也仅仅是缘于其成立时间短，缺乏实战经验所致。正好远在南京的蒋介石又给他打气，要他死保晋中，于是阎锡山便不惜把赵承绶集团拿出来，南下与解放军“大胆决战”。

赵承绶集团由“闪击兵团”主力第三十四军和三十三军等部组成，他们一上来就气势汹汹，与解放军形成了顶牛状态。这种刘伯承称之为“牛抵角”的情况在军事上是最糟糕的，徐向前果断挥兵北进，以求切断敌人逃往太原的通道，逼其进入预设战场。

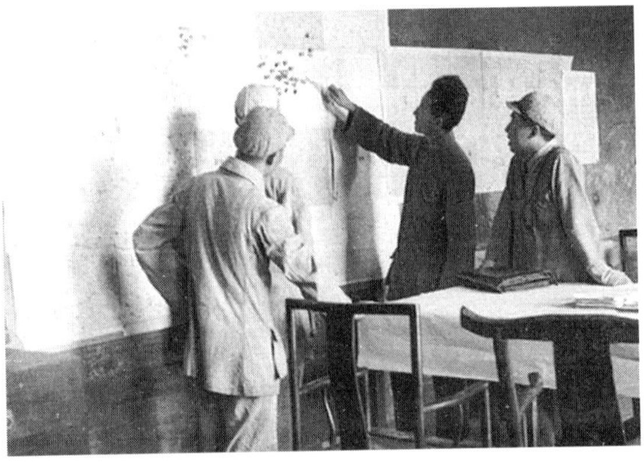

徐向前在指挥战斗

六月天烈日炎炎，急行军中的官兵个个挥汗如雨。前线指挥员给徐向前打来电话：“大家实在走不动了，能不能休息两天，缓一缓劲再走？”徐向前斩钉截铁地回答道：“不行，现在不是休息的时候，走不动，爬也要爬到指定岗位上去！”

这一期间，徐向前在和几个年轻参谋闲谈时，曾聊到了《三国演义》中的刘关张桃园结义。一名参谋问他对刘备怎么看，徐向前说：“刘备光讲仁爱，对部下、士兵似乎很体贴爱护。可是这个人原则性不强，打东吴最后一仗，他感情用事，部署失当，结果被东吴陆逊火烧连营，差点自己也当了俘虏。”

徐向前用兵“狠”，不仅对敌人狠，对自己的部队有时也“狠”，为的就是不失战机。因为徐向前的“狠”，兵团各部终于将赵承绶集团逼入了预设战场。

这一新的预设战场位于徐沟、太谷、榆次间，它同样经过徐向前的精心选择：此处的广大乡镇都在解放军手中，参战支前力量足够；离铁路、公路较远，还有汾河阻隔，包围圈内的敌人既无法逃窜，包围圈外的援兵也很难插入。

赵承绶集团被团团包围后，犹如瓮中之鳖，只能束手就擒。1948 年 7 月 21 日，历时一个月的晋中战役宣告结束，第一兵团先后歼敌正规军七万余人，非正规军三万余人。这一战绩令中央都感到惊讶，在而后召开的政治局扩大会议上，毛泽东当众对徐向前说：“你们不到六万人，一个月消灭阎锡山十万人，单是正规军就搞掉他八个旅。你说一说，你那个晋中战役是怎么打的？”

晋中战役结束后，徐向前继续带病指挥太原战役，战役后期因病情加重，才临时改由彭德怀指挥，但其卓越的军事才能早已展露无遗。中央决策抗美援朝时，他也成为毛泽东重点予以考虑的志愿军主帅人选之一，即按照当时的情况，如果彭德怀因故无法成行，挂帅出征的第一人选可能就是徐向前。

第五章 吕端大事不糊涂

抗战时期凡是到过华北的外国专家记者，几乎没有不采访晋察冀的，甚至可以这样说，谁没有去过晋察冀，就相当于没有去过抗日根据地。

从 1937 年 12 月底到 1938 年 2 月，美国军事观察员卡尔逊由八路军总部进入晋察冀边区，进行了近五十天的考察访问，他也因此成为最早造访晋察冀的国际友人。

虽然当时太平洋战争尚未爆发，但晋察冀边区深处敌后，八路军总部感到让一个美国人去那里太危险，曾极力劝卡尔逊不要去，可卡尔逊坚决要去。总部只得报经毛泽东批准，派武装将他护送到了晋察冀。

考察访问期间，晋察冀军区司令员兼政委聂荣臻专门接见卡尔逊，并陪同他到五台山进行了参观。在参观五台山庙宇时，卡尔逊看到了一个令他永不能忘怀的节目：十二个僧人穿着同样的黑色僧服，披着袈裟，分站两行，用长笛、短箫、皮鼓、小锣、古笙演奏迎送客人的乐曲，曲调非常和谐动听。

卡尔逊对聂荣臻说，他真想不到，在这样的穷乡僻壤，在这样四面被敌人包围的境地下，居然能听到如此优雅的音乐。

五台山的音乐恰如晋察冀边区境况的一个写照。只是卡尔逊不知道，就在几个月前，晋察冀还是另外一幅凄惨的景象。

滚雪球

几个月前，八路军一一五师“分家”，主力南下，时任师政委的聂荣臻奉命留守五台山地区和组建晋察冀军区。

和陈毅、罗荣桓等人一样，聂荣臻也是一位军政双优的典型。早期中共党内军事干部奇缺，他是最早的一批军事干部，当他在苏联的中国班接受军事训练时，就已经是班上的党支部书记，同班的叶挺是经他介绍入的党。

聂荣臻长期任职于中央军委，经手过朱德、陈毅、刘伯承、邓小平、林彪等人的工作分配，还先后参与策动了南昌起义、广州起义，在党内的资历相当深厚。1931 年，他在上海任中央军委秘书长期间，接到了毛泽东关于根据地建设问题的报告，曾组织中央军委专门讨论过这个问题。后来他从上海进入中央苏区，对建立根据地又有了更深更直接的体会。也正是考虑到他具备这方面的能力和经验，中央才会把独立开辟敌后根据地的重任交付给他。

聂荣臻组建晋察冀军区的第二天，太原失守，晋察冀完全孤悬敌后，整个地区也随之陷入了极为混乱的状态。除了五台、盂县外，其余县政权全部瓦解，在城镇里已很难看到年轻人，所见到的多为上了岁数，无力逃往他乡的老人。与此同时，许多县城里都笼罩着死气沉沉的氛围，经历兵燹（xiǎn）之后的荒凉景象触目惊心，令人不忍目睹。

时值深秋，五台山区的天气一天冷似一天，有时还大雪纷飞。由于给养不易筹措，许多指战员还穿着单衣，脚上仍赤脚套着草鞋，手足都被冻

聂荣臻和卫兵互致敬礼

得裂开了。另一个困难就是兵力单薄。晋察冀地域广阔，需要很多人手，可是留守人员不过三千，而且干部奇缺。有人开玩笑说，要问军区司令部人有多少，一盆菜就够吃了，一铺炕就够睡了。

晋察冀军区的暂住地就是五台山寺庙。五台山那时有三百多座庙宇，庙宇一般都很大，一座庙里住上几百个人不成问题。眼看山峦上已经覆盖着厚厚的积雪，聂荣臻和司令部的干部们白天出去活动，晚上也仍然围着火盆，用小油灯照着地图，反反复复地研究着走出困境的办法。

从以往经验来看，要创建根据地，必须首先发展武装，没有武装，一切都谈不上。聂荣臻认识到，军区兵力太少，是最大的问题，他决定用“滚雪球”的办法来发展武装。

军区成立前后，杨成武等人分别在晋察冀的四个不同地域组织起了武装，聂荣臻便以这四大块为基础，建立起了隶属于军区的四个军分区。各个军分区不仅有各自控制的地域，而且还有向纵深发展的活动范围，“滚雪球就先这样滚”。

兵力不足，可以靠扩大武装“滚雪球”解决，要缓解物资困难的状况，就必须依赖地方政府的组织发动。抗战初期，中共在山西建立了名为“牺牲救国同盟会”（简称“牺盟会”）的统战组织。七七事变后，阎锡山搞所谓“政治革新”，从“牺盟会”选了一些年轻人到各县当县长，五台县县长宋劭文就是“牺盟会”成员。随着太原沦陷，宋劭文又被阎锡山授权“全权处理晋东北事务”。聂荣臻把宋劭文请来商量，通过地方政府出面，帮助筹措部队给养。

经过一段时间的努力，摆到聂荣臻案头的已不再是令人忧心的报告，而是各地打开局面的捷报。与之相应，尽快建立边区政府的问题也就被提上了日程。

聂荣臻和宋劭文多次商量，要从根本上稳定社会秩序，以及确保部队的扩充、吃饭、穿衣，没有一个统一的抗日政府不行。知道宋劭文跟阎锡山能说得上话，聂荣臻就让他出面，向阎锡山要求批准成立边区临时政府。

谁知宋劭文连着打了七份电报，阎锡山都不予通过，说：“我只管一个晋，怎么能批冀，还有察？”

阎锡山其实是有权批复的，但他给出的这个理由也让人无可奈何。宋劭文非常着急，却又不知道问题到底出在什么地方。

盂县县长胡仁奎也是地下党员，他从盂县赶来看望宋劭文，宋劭文向他说起了这件事。胡仁奎问电报是怎么写的，宋劭文说他写的意思大致是如果成立边区政府，将对抗日怎样怎样有利。

胡仁奎听后笑着摇了摇头：“怪不得阎锡山不答复，他对这一套不感兴趣，你那样写不行！”

胡仁奎对阎锡山的心思摸得很准，他的话令宋劭文茅塞顿开。按照胡仁奎的点拨，宋劭文重新修改了电报，大讲只要成立了边区政府，就可以扩大山西地盘，把势力扩展到察哈尔和河北省去。他还提到，山西方面的人在边区委员中占到了多一半，实际情况也确实如此，包括宋劭文、胡仁奎在内，边区九个委员里有五个都是山西籍。

阎锡山收到电报后果然动了心。正好"牺盟会"负责人薄一波到他那里去，见状又进一步加以鼓动，说对这份文件应该马上予以批复，"不批准是失策"。

阎锡山很快复电宋劭文，表示同意成立边区政府，并说已电告国民党中央政府备案。

货币战争

聂荣臻是一个偏内向性格的人。有的人初次接触聂荣臻，觉得他沉默寡言，好像难以接近，但第二次见面，经过深谈，就会发现他并不是一个不好相处的人，实际上他只是说话做事都特别稳重而已。

就实质上来讲，聂荣臻是晋察冀党政军三方面总的领导人，但自边区政府成立后，他对行政事务始终注意不包办代替。边区政府一直由宋劭文、胡仁奎等人出面主持，他从不随随便便插手或做决定，只在碰到重大问题时才会发表意见。

宋劭文、胡仁奎等人都是山西的行政和理财专家，聂荣臻对他们的信任和重用，也成为晋察冀根据地搞得成功的一个重要因素，这其中最为出彩的就是“货币战争”。

聂荣臻与宋劭文在一起闲谈

民国时的货币极为紊乱，在晋察冀地区，这种情况更为严重，察哈尔票（察票）、河北省票（河北票）都曾在当地流通。抗战之初，察哈尔省银行即被日军占领和控制，如果让察票继续在边区流通，对抗战是极为不利的。边区政府于是先将察票贬值一半，继而又规定农民在限期内可以用交纳察票来完成田赋，最终用这两种办法成功地将察票挤出了边区。

察票之外还有河北票。抗战爆发后，日军在天津获得了河北票的底板，便来了个大肆印发。边区政府决意把河北票也挤出去，这次采取的办法叫作“坡度贬值”，系以边区政府为中心对其进行贬值。打个比方，票面一元的河北票在边区首府阜平要打对折，即只值五角钱，离远一点就值六角，以后越靠近敌占区越值钱。如此一来，原来在边区流通的河北票就像长着翅膀一样地一个个飞回了敌占区。

察票、河北票等货币被挤出后，原本由它们占据的市场被腾了出来，由边区银行发行的边币所代替。值得一提的是，虽然抗战时通货膨胀的现象很普遍，但边币从未有过这种恶性症状，也因此拥有非常高的信誉，连敌占区老百姓买卖时都喜欢收边币。

在聂荣臻的领导下，晋察冀根据地越来越巩固，名声也越传越广。在抗大分校任政委的傅崇碧第一次随抗大来到晋察冀，就碰上了赶集市。赶集的人成千上万，熙熙攘攘很是热闹，而且集市上吃的、穿的、用的，什么都有。

晋察冀根据地不仅经济上能够做到自给自足，文化生活也很丰富。根据地有个“抗敌剧社”，里面有许多城市来的文艺骨干，八路军里有不少老红军出身的团以上干部都是单身汉，变着法地想和剧社的女演员套近乎。聂荣臻明确开出禁令，谁都不准到剧社找对象，即便符合婚姻恋爱条件也不行：“剧社的女演员太少，培养一个女演员不容易，都找跑了，生儿育女改行去了，她的艺术生命终止了不说，剧社还怎么演出？”

聂荣臻同时规定，剧社里凡是有文艺才华，做出过贡献的人员要调动，都须经过他亲自批准。军区政治部把剧社社长汪洋调去冀东，忘了向聂荣臻报告，聂荣臻知道后下令立即追回。接到命令的人骑着快马，满头大汗地追上了汪洋，心急火燎地喊道：“聂司令员不同意你调走，赶快回去换人！”

晋察冀的各种文艺演出、文娱活动都非常活跃，涌现出了许多闻名全军乃至全国的艺术家。到快过年的时候，乡村里到处可以看到跳秧歌舞、踩高跷和唱戏的人们。这是傅崇碧来晋察冀之前没有想到的，因为“在敌后根据地，文化生活开展得这么好，的确不多见”。

晋察冀还办有好几种报纸，即便是“反扫荡”期间，发行也不中断。得知日军要来“扫荡”了，报社人员便用牲口驮着印刷机，走到哪里就在哪里印报纸，然后再通过民兵把报纸分送出去。傅崇碧在晋察冀期间，“天天都有报纸看”。

最让傅崇碧感到惊讶的是，晋察冀虽处于华北日军的腹心地区，经常要面临日军的“扫荡”，但当地老百姓却没有一点害怕的样子。敌人或敌机一来，就有放哨的人敲钟，听到钟声，人们便极有秩序地分散、隐蔽起来，其余时间，“完全像是生活在一个和平、安全的环境中”。

在一次反“扫荡”中，晋察冀部队缴获了一份日军文件，上面写道：“晋察冀的组织是神秘微妙、不可理解的组织，老百姓可以随便用眼色或手势传达八路军要知道的消息，速度比电话还要快。”

模范根据地

晋察冀根据地自诞生之日即被日军视为心腹之患，必欲除之而后快。他们在报纸上声称：“五台山岳地带为共产军在山西蠢动之策源地，更为向山西、绥远、京津诸地方实行赤化工作之根源。”

1938 年秋，日军集中五万多兵力，对五台和冀西山区进行围攻。这是晋察冀首次遭遇日军的大规模围攻，抗日战史上称为“北围五台”。

敌人大兵压境，陆续侵占了边区全部重要城镇，情况变得空前严重。聂荣臻一天之内向八路军总部和中央连续发出两份电报，报告“五台很有可能失守”，而一旦五台失守，根据地“将处于最不利之地位”。

在反“围攻”进行到最关键的时候，聂荣臻甚至直接与团长们通电话下达作战指令。阜平东西庄大战，他给麾下爱将、三团团长纪亭榭打去电话：“纪亭榭，我告诉你，几十万边区票子还没运出去，你一定要顶住！我给你下个死命令——一定要做到人在阵地在，听清楚了吗？”

接到聂荣臻的这道命令，纪亭榭等部拼死力战，一战就伤亡四百多人，中毒七百多人。

聂荣臻重视游击战，在反“围攻”过程中，除不得已必须下死命令的硬仗外，一般都采用游击战术制敌。他认为，在敌人远后方被包围的部队，要想取得反“围攻”的胜利，就必须善于发现和制造敌人的弱点，然后通过游击战术来打击它。

其二是当时的日军有哪些弱点？聂荣臻总结出了几条，其一是对地形不熟，害怕山地战和夜战，尤其是进入山区后，日军占优势的火力无法充分发挥作用，大部队在山沟里无法展开，小部队又不敢轻易深入，此时八路军若是组织伏击和夜袭，往往能取得成功。

其三是日军不仅“不认路”，还“死要面子”。他们在受到严重损失后，为维护其所谓的“皇军威严”，事后总要实施报复性进攻，几乎从无例外，这也是实施伏击战所必须掌握的一个重要规律。

最后，日军作战对交通线极其依赖，部队占据某一据点后，如果后方交通线被切断或破坏，该据点立即孤立，非败退即被消灭。聂荣臻抓住日军的这一弱点，指挥晋察冀部队频频发起交通破袭战，反“围攻”后期八路军所收复的阜平等地，都是敌人因交通线被破坏而不得不予以放弃的。

1938 年 11 月 7 日，历时四十八天的反“围攻”结束，敌人的“北围五台”宣告失败，这也意味着晋察冀根据地经历考验，已成为敌后巩固的抗日根据地。

作为中共在敌后创建的第一个抗日根据地，晋察冀的成败与否，受到毛泽东和中央的高度关注。加拿大共产党员白求恩带着援华医疗队来延安，毛泽东告诉白求恩：“中国有一部很著名的古典小说，叫《水浒传》。《水浒传》写了鲁智深大闹五台山的故事，五台山就在晋察冀。”

当白求恩主动要求去晋察冀时，毛泽东很风趣地对他说："五台山，前有鲁智深，今有聂荣臻，聂荣臻就是新的鲁智深。"

晋察冀创建和反"围攻"时，其他根据地的开创工作也正在展开，晋察冀实际上起到了一个带头示范的作用，即如果晋察冀成功了，那么其他地方也可以这样搞，而如果失败了，在敌后站不住脚，整个敌后抗战的局面都可能会受到影响。结果是晋察冀在敌后牢牢扎下了根，还闯过了敌人的重兵围攻，毛泽东十分高兴，他在会上说，全国广大的敌后地区以后都可以照晋察冀的样子去做。

反"围攻"结束，聂荣臻写了一份关于晋察冀初创时期的报告。毛泽东看到后，确定把这份报告单独成书出版，并亲自题写书名"抗日模范根据地——晋察冀边区"。

1939 年 5 月，书在延安、重庆两地公开发行，成为第一本系统介绍八路军敌后抗战的专著，晋察冀"模范根据地"的美誉不胫而走，为海内外所共知。

卡尔逊第一次对晋察冀考察访问时，对根据地在敌后能不能长期站住脚，能不能坚持住，还持半信半疑的态度。这一年他再度来到晋察冀，怀疑彻底消除。

聂荣臻向到访的卡尔逊介绍根据地情况

在晋察冀，卡尔逊看到无论八路军正规部队还是游击队，都有一个特点，即不管他们的衣服多么褴褛，脸色因缺乏营养有多么苍白，只要手里有枪，就总是擦得很亮。卡尔逊据此判断，战士们经常使用枪，而且爱惜枪，这种高昂的士气给他留下了深刻印象。

晋察冀实施合作经济，建立了各种合作社，卡尔逊从中受到启发，回国后把八路军团结协作的精神称为“工合”。在太平洋战争中，他组建著名的美国海军陆战队突击营，就将“工合”精神完全融入到了突击营的训练之中。那几年，当突击营的美国大兵高喊着“工合”的口号向日军发起冲锋时，恐怕没有多少人会知道，这两个字与中国的一个抗日根据地其实还有着那么大的关联。

只图个革命

在元帅提名录上，创建晋察冀的聂荣臻排名第九，叶剑英排名第十。

大革命时期，有两个公认长得特别帅的广东籍年轻军官，称为“南粤二叶”，这两个人一个是叶挺，另一个就是叶剑英。新中国成立后任空军副司令的吴富善那时在江西吉安参加工人运动，曾与叶剑英有过交往。在吴富善的印象里，叶剑英高高的个头，有一张白白净净的面孔，“人很帅，也很威风”。

叶剑英时年三十岁，任国民革命军新编第二师师长，身边跟着卫队，卫士们每人都带着二十响的驳壳枪，所以吴富善才说他“威风”。威风固然是威风，但叶剑英并不像一些大官那样有官架子，平时也不大穿军装，经常穿的是一身中山装，而且吴富善还知道叶剑英“是个左派”。

身在吉安的叶剑英此时正面临着一个重大的人生抉择：反蒋，还是继续跟蒋。

此时宁汉已经分了家，蒋介石说武汉反革命，武汉说蒋介石反革命，两边各不相让，吵得不亦乐乎。可是关于到底应该跟着谁走的问题，没有任何一个人上门主动来提供答案，也收不到相应电报，叶剑英就关上门，一边看报纸一边想问题，想来想去还是觉得要反蒋。

蒋介石是国民革命军总司令、叶剑英的上司，而且说句实话，他也很赏识叶剑英。叶剑英和叶挺一样，都追随和保卫过孙中山，陈炯明发动叛乱时，更曾登舰作战，护卫孙中山脱险，这使他在广东地区和粤军都颇有些影响力。蒋介石很想把叶剑英拉过来，曾多次给叶剑英封官晋爵，叶剑英先后所任的几个重要军职，包括新编第二师师长在内，均为蒋介石所授予。为了以示笼络，蒋介石甚至还破例允许叶剑英佩剑直入其私邸。

那时的师长每月差不多都有两三万元收入，十个月就是二三十万，公公道道，做两三年师长就是个百万富翁。这还是在假设没有接着得到晋升的情况下，但蒋介石既如此赏识叶剑英，继续予以提拔是显而易见的事。

抛开荣华富贵的一套暂且不提，身为蒋介石的嫡系，蒋的待遇不薄，给了你一个“巴掌”（指职权），如今你却要拿这个“巴掌”来打老蒋，是不是有些不合人情，对不住老蒋？

叶剑英认真考虑过，他反蒋不是出于和蒋介石的个人恩怨，而是因为蒋介石在上海发动了四一二反革命政变：“不是我对不住他，他在上海杀了那么多人，我怎能还跟着他干呢？”

在叶剑英看来，革命的枪口就要对准反革命，蒋介石是自己跑到枪口上来了，是自己找打。后来当有人问他反蒋究竟图什么时，他直截了当地回答道："我反蒋不图什么，只图个革命！"

1921 年，叶剑英在广州的戎装照

叶剑英闭门想了几天，什么问题都想到了，最后得出的结论是只有革命才有出路，于是决定一边倒，倒向武汉方面。

想通想清楚之后，叶剑英召集全师军官开会，告诉大家：愿意革命，拥护武汉政府的留下；拥护蒋介石，愿意去南京的，也请自便。

接着，叶剑英亲自起草并领衔签署了反蒋通电。这份反蒋通电不仅使军政两界受到震动，而且也大出蒋介石的意料之外。部下前去向蒋介石报告，蒋介石居然不相信："叶师长不会反对我们。"部下经过确证后第二次去报告，说："叶师长真的反对我们！"蒋介石还是有些将信将疑，他偏了偏头，很不耐烦地说："好啦，知道了，你下去吧。"

1927 年 5 月 13 日，在叶剑英的策动下，新编第二师的部分左派军官们发动武装起义，控制了部队，随后便向武汉政府报捷，称："从此绝对拥护中央，打倒蒋介石。"

得知叶剑英真的率部举行了起义，蒋介石大为光火，由他控制的南京政府立即开会宣布永远开除叶剑英的国民党党籍，同时予以通缉。

因为缺乏经验，孤军无援，起义军很快就失败了。在正式发起起义前，由于右派势力的逼迫，叶剑英在吉安已站不住脚，被迫化装离开吉安，提前去了武汉。

在武汉，经梅县同乡、与叶剑英素有交情的第四军军长黄琪翔推荐，叶剑英出任了第四军参谋长，为第二方面军总指挥张发奎的部下。张发奎在第四军容纳了一些共产党员和左派，叶剑英便找到共产党员李世安，希望李世安能想办法介绍他加入共产党。

计中计

说起来，叶剑英想要入党的这个愿望由来已久，可惜一直没能实现。

早在北伐前，叶剑英就接触到了共产党。当时正处于国共合作最融洽的时候，“在广州一看戴软帽子的就知道是共产党，一看戴硬帽子的就知道是国民党”。叶剑英就在那个时候向广州的共产党组织提出了入党申请，接到叶剑英的申请后，党组织派人同他谈了一次话，但谈了之后便没有回音了。

后来才知道，在讨论是否可以吸收叶剑英入党时，有人提出了异议，认为叶剑英系蒋介石嫡系部队的高级军官，如果要吸收他入党，还必须进行较长时间的考验，此事遂只能暂时搁浅。

李世安了解叶剑英的过去和现在，他也明白，叶剑英即便已经通电反蒋，但要在基层党组织里讨论其入党问题，仍然有可能发生波折。为此，李世安直接向周恩来进行了汇报。

周恩来以前在黄埔军校就认识叶剑英，他当即肯定地说："叶剑英的底子我知道，是好的，我们应当表示欢迎。"

1927 年 7 月上旬，经周恩来同意，中央批准发展叶剑英入党，但出于保密和特殊工作需要，并未举行入党仪式（后来叶剑英在率教导团南下途中才正式入党），而且他的身份对外绝对保密，实际已成为党组织安插在第四军的一个重要内线。

在决定反蒋时，叶剑英对武汉政府还没有怀疑，认为仍是革命的，可就在他入党前后的一段时间里，武汉的革命形势急转直下。7 月 14 日，汪精卫召开"分共会议"，进行所谓的"和平分共"，这标志着他把武汉政府也纳入了反共阵营。

为了对国民党进行反击，中共中央决定在南昌举行起义。准备参加起义的贺龙、叶挺部队和党员干部大批涌向九江、南昌，一时间引起了国民党方面的注意。汪精卫和张发奎等人经过密议，计划以张发奎的名义，邀

甘棠湖位于九江市中心，由庐山泉水注入而成。湖中烟水亭始建于唐代，相传为三国时周瑜点将台旧址

贺龙、叶挺上庐山开会，乘机予以扣留，同时在德安对贺叶部进行包围。

第四军军长黄琪翔经常邀请叶剑英磋商军机要务，他把这件事透露给了叶剑英。叶剑英与叶挺保持着秘密联系，于是连夜找到叶挺，将情报告诉了他。两人商定，立即通知贺龙到九江的甘棠湖烟水亭附近碰头，这样可以以划船赏景为掩护，共同谋划对策。

在甘棠湖的一只小划子上，叶剑英将汪精卫、张发奎要贺叶上山的消息又重新说了一遍。贺龙一听就急了，抢先发问道："他们要我们上山搞什么名堂？"

叶剑英遂将所了解到的内情和盘托出："他们名义上要你们上山避暑，商议军情，实际上是要把你们扣起来，罢掉兵权！"

经过短时间的磋商，叶挺和贺龙决定"不上庐山，不去德安，只去南昌"。分手时，叶剑英仍不忘叮嘱他们："你们有什么动作请及时通报消息。"

军史上将甘棠湖上的这次会议称为"小划子会议"。"小划子会议"结束后不久，贺、叶即率部开往南昌，张发奎数次电催他们上山开会，但电报到达时两人已在南昌，且拒不奉命。汪精卫、张发奎不甘罢休，又双双赶到庐山开会密商，除严令贺、叶限期将军队撤回九江外，还决议在第二方面军内进行"清共"，对身份暴露的共产党员高语罕、廖乾吾乃至正在九江的恽代英等人进行通缉。

叶剑英参加了庐山会议，他立即派人下山通知廖乾吾，再由廖乾吾转告恽代英、高语罕等人。这些党员干部迅速赶赴南昌参加起义，从而脱离了危险。

南昌起义后，起义军按照中央的预定计划离开南昌，实施南征。张发奎在九江召集高级军官开会，商讨对策。

参加南昌起义的部队原先均在第二方面军编制之内，有一个军和近两个师。看到这么多部队都跟着共产党跑了，张发奎自然是气急败坏，他在会上说贺、叶是公然“叛变”，于公谊私情均不可谅解，“我对得起共产党，共产党对不起我！”

见张发奎情绪激烈，第十一军军长朱晖日等人便趁机主张立即派兵追击。如果张发奎听从了他们的意见，真的纵兵追击起义军，起义军就要面临被敌人前后夹击的危险。出席会议的叶剑英眉头一皱，计上心来，他知道张发奎一直想重回广东，夺取广东李济深的地盘，便在会上侃侃而谈：“贺叶既已南下广东，李济深必然要派兵出击，如此广州城防势必空虚。要是我们打起‘援师讨逆’的旗号直趋广州，何愁广州不取？”

针对张发奎想赚怕赔的心理，叶剑英还指出，尾追贺、叶，只是徒耗兵力，弄不到地盘，实质是已经赔了还得继续赔。

张发奎一听果然动了心，其后他虽然在给武汉政府的电报中仍口口声声“职部积极进剿”，但仅为敷衍而已。张部名为南下追击起义军，其实都是远远地跟着，“追而不击”，等到南昌起义军由闽粤边境直趋潮汕时，他们便改道由南雄直接入粤，叶剑英的“计中计”完全奏效。

投其所好

在南昌起义之前，中共原计划还准备动用一支武装力量参加起义，他们就是中央军事政治学校武汉分校（简称武汉军校）的学生。

武汉军校实际就是迁到武汉的黄埔军校，故有“第二黄埔”之称。南昌起义前为第六期，该期学生分成两部分，一部分是在武汉招收的男女学生，另一部分是驻武昌南湖的国民革命军学兵团的学兵。“四一二”后，有一批拥蒋学生离校前去投奔蒋介石，学校还剩下三千多学生，这部分学生受到革命思潮影响，被国民党右派视为“赤子赤孙”，时时刻刻都想除掉。

给右派出头的是唐生智，他怕公开打起来损耗自己的实力，便玩了个“打野外”的阴谋。所谓“打野外”也就是举行野外演习，在汪精卫召开“分共会议”的那一天，天还没亮，军校学生被要求去离武昌二十里的洪山进行演习，且只准带枪，不准带子弹。唐生智密令其嫡系部队包围洪山，准备将学生予以缴械乃至歼灭。

中央军事政治学校武汉分校大门

叶剑英及时识破了唐生智的诡计，赶紧用“利诱”的办法，劝张发奎借解围之机，把军校这股力量收编过来，以壮大第二方面军的力量。

此时张发奎正与唐生智争锋，想利用军校学生作工具，为他打天下，听了叶剑英的话后便向各方放出舆论，说：“武汉中央军校这部分学生是属于我的，谁什么时候向我开枪，我就什么时候给他厉害看！”

慑于张发奎的压力，唐生智不敢再对学生下手。不久，张发奎便将军校的三千多学生改编为第二方面军教导团。

1927年7月30日晚，教导团根据张发奎的命令离开武昌，向九江进发。他们准备暗中响应南昌起义，但几天后当船只驶抵九江时，张发奎却突然布置一个团将他们包围起来。

原来南昌起义使张发奎起了疑心，担心教导团也发动起义，于是便先下手为强，对教导团实施了缴械。

被缴了械的教导团人心惶惶，学生纷纷离队。叶剑英把这一切都看在眼里，他来到教导团，做了许多鼓励工作，终于使留下的人安下心来。

得知原团长谢膺白灰心丧气，不想再兼团长，叶剑英又去找张发奎，劝他留下教导团，日后好派用场，同时毛遂自荐，表示自己愿意接替谢膺白，稳住教导团的军心。

张发奎心疼共产党在南昌起义中“拐”跑了他许多部队，也不想再白白丢掉一个大团，可他又怕管教不好出乱子。叶剑英肯在这个时候主动站起来帮他“分忧解难”，他自然是满口答应。

叶剑英出掌教导团后，一些已经走散的学生陆续归队，教导团重新集合起两千余人，被缴的武器也发了回来，这个团第二次度过了劫难。

按照叶剑英所献的“计中计”，张发奎乘隙控制了广州，教导团也随之进入广州。为了避嫌，叶剑英向张发奎请求辞去团长职务，但此时教导团的中共组织基础已经非常雄厚，而且领导权也实际仍掌握在叶剑英这个老团长手里。

1927年11月中旬，广州起义的准备工作进入倒计时。起义急需加强武装力量，叶剑英就向张发奎建议扩编警卫团。张发奎正为广州驻兵薄弱，无力维持秩序而伤脑筋，叶剑英的“投其所好”正中其下怀，当下就让叶剑英负责扩编事宜。

在叶剑英的安排下，三百多曾参加省港大罢工的工人被招进了警卫团，除此之外，从警卫团团长到许多重要职位也都换上了地下党员。

教导团全部和警卫团一部成为广州起义中的主力部队，尤其是教导团，该团的一个普通士兵调到其他部队都可以当连长。后来叶剑英在江西碰到毛泽东，连毛泽东都表示羡慕不已，说：“哎呀，太可惜了！一千多人，要是到这里来就好了。”

张发奎等人连连中计，却始终不知道叶剑英是地下党员。广州起义爆发后，起义军进攻第四军总部，叶剑英坐着所缴获的装甲车来到总部门口，诈称第四军军长黄琪翔来了，想骗敌人开门。守敌这回倒没上当，也才弄清楚叶剑英的真实身份。

得知事情真相，张发奎是“哑巴吃黄连，有苦说不出”，国民党广东省政府要员陈公博更是简直被惊掉了下巴：“原来我们的参谋长兼教导团团长就是共产党，警卫团的团长也是共产党！”

他救了党

1935 年 8 月，会师后的红一、四方面军编为左右两路军北上，其中左路军由朱德、张国焘、刘伯承率领，右路军由徐向前、陈昌浩、叶剑英率领，中央和中革军委随右路军行动。

一个月后，右路军率先到达巴西，但左路军却停在了阿坝。左路军实际的指挥权掌握在张国焘手里，中央多次催促张国焘北进，但一直未见动静，右路军只好在巴西一带等他。

9月9日，右路军所在的前敌总指挥部开会，政治部主任陈昌浩在会上讲话，他正讲到兴高采烈的时候，译电员走进来，把一份电报交到了参谋长叶剑英手里。

这是张国焘给陈昌浩发的一份密电。叶剑英看完电报发现，张国焘已完全改变了同意北上的态度，不但要四方面军南下，而且主张红军全部南下。在电报中，他命令陈昌浩负责带左路军南下，还说如果毛泽东、张闻天、博古、周恩来等人不同意，就软禁监视起来，南下后再“彻底开展党内斗争”。

自从两大方面军会师以来，张国焘一直自恃武力较强，不把中央放在眼里，但语气如此强硬还是让人感到颇为意外。叶剑英认为这是件大事，应该马上报告毛泽东。他装作若无其事的样子，把电报放进口袋，没有直接传给陈昌浩。

过了一会儿，确证周围的人都未发现任何异样，叶剑英才悄悄地走出会场，飞跑着去找毛泽东。

看了电报，毛泽东的神情显得很紧张，对电报中最关键的一句“彻底开展党内斗争”，他不可能不知道是什么意思，以及后果有多么严重。他立即从口袋里拿出一根很短的铅笔和一张卷烟纸，迅速把电报内容记下来，然后对叶剑英说：“你赶紧先回去，不要让他们发现你到这来了。”

叶剑英依言跑回会场，会还没有开完，陈昌浩仍在讲话，这表明他尚未知道电报的事。等他讲完，叶剑英很自然地把电报交还给他，中间没有出现纰漏，也没有引起陈昌浩的怀疑。

红军时期的叶剑英

为避免危险，中央马上决定脱离四方面军，和三军团在一起。临走时，张闻天、博古找到叶剑英，对他说："老叶，你要走啊，这里危险。"叶剑英当然知道危险，但他说："我不能走，你们先走吧。如果我一走，恐怕大家都走不了啦，我以后会来的。"

叶剑英想到必须把军委直属队带走，但中央只是几个领导人，可以走得神不知鬼不觉，直属队是一大批人，怎么走法？这时他便拿张国焘的南下电报做起了文章，他对徐向前说："总指挥，总政委（指张国焘）来电要南下，我们应该积极准备，首先是粮食准备。"

征得徐向前的同意，叶剑英起草了一个发给各伙食单位的通知，通知上说定于当天晚上两点出发，自己找地方打粮。通知写好后，他拿给陈昌浩看，陈昌浩没看出什么毛病，说很对，应该先准备粮食。

接下来，叶剑英就把直属队的负责人召集在一起开会，对他们说事情是这样，"中央已经走了，今天晚上两点我们也走。大家对表，早一分钟晚一分钟都不行，整整两点动身"。

叶剑英和徐向前、陈昌浩住在一间喇嘛庙里，而且是同一个屋子。开完会后，叶剑英回到喇嘛庙，三个人一个人睡一个角落，中间还有一盏马灯。他是晚上九点睡的，但是根本就不敢睡着，因为他怕睡过了两点，如果那样就完了。

除了直属队外，叶剑英要带走的还有甘肃地图，这是部队北上必备的宝贝，全军只有这么一张，被他预先藏在了床底下的藤箱子里。大约 1 点 40 分，叶剑英以检查打粮队伍为由起身，大衣一穿，再从床底下将地图拿出来，往外就走。

叶剑英先到直属队负责人之一萧向荣那里，让他赶紧把地图藏起来，并且关照："这张地图你可千万要保管好，不要丢了，这可是要命的东西。"

此时离两点还有五分钟，叶剑英一摸身上，手枪忘记带了，便又返回喇嘛庙。因为他的借口是出来巡视打粮队伍出发，所以去而复返并未引起别人的怀疑。

叶剑英拿了手枪，离开喇嘛庙，与直属队会合，接着在一个岔路口碰到了翘首以待的彭德怀、张闻天、博古等人。由于夜黑路不熟，当赶上三军团时，已是拂晓时分，毛泽东、周恩来、王稼祥也正在焦急期盼之中。大家见了面，毛泽东高兴地说："哎呀，你们可出来了！好，好，我真为你们担心。"

毛泽东认为叶剑英在关键时刻立了大功，他曾摸着自己的脑袋，风趣地说："如果没有他（指叶剑英），就没有这个了。他救了党，救了红军，救了我们这些人。"

新中国成立后，在北戴河召开的一次会议上，毛泽东当面对叶剑英说："我送你一句话，诸葛一生唯谨慎，吕端大事不糊涂。"

吕端是北宋名臣，在宋太宗时当过宰相，时人称之"识大体，以清简为务"。有的与会者当时还不怎么理解这一典故的具体含义，后来才知道主要指的就是叶剑英在长征途中的那段往事。

善战者

评完元帅评大将。在大将榜单中，粟裕的军衔问题一直是人们议论的焦点。许多人认为，粟裕战功很大，评大将低了，应该授元帅。不光是党内军内，就连党外高层民士人士部力子、黄炎培也持这种认识，向中央建议粟裕“是可以当元帅的”。

粟裕的战功到底有多大？如果仅从解放战争说起，就得先说到苏中战役。

1946 年 6 月中旬，中共中央判断：“观察近日形势，蒋介石准备大打，恐难挽回。”为此，毛泽东设想了一个南线作战的计划，准备一旦国民党军大举进攻，太行、山东、华中的主力部队即实行外线出击，向南作战。

按照该计划，华中野战军主力需离开苏中，西进淮南，与山东野战军配合作战。苏中是陈毅、粟裕在抗战时期经营的老根据地，但其当面有九个旅的敌人，如主力西进，留守部队将很难完成钳制任务，也就是说，苏中被敌人占领的可能性非常之大。

战争在很大程度上打的就是后勤。苏中地富人稠，人口、粮食均占到华中的五分之二，税收更占到华中的一半，若沦入敌手，为敌所用，其消极作用可想而知。

即便不考虑苏中是否会丢失，淮南之敌有第五军、整编七十四师，这两支部队均属国民党五大主力，加上其余敌军，实力强劲，要想战而胜之困难不小。相对而言，苏中对面之敌较弱，取胜的把握也更大一些。

考虑到这些因素，时任华中野战军司令员的粟裕致电中央军委，建议在苏中先打一仗再西移。中央军委对此建议很重视，不久即指示华中野战军司令部：“先在内线打几个胜仗，再转至外线，在政治上更为有利。”

大战在即，必须预先选好作战地域。在敌强我弱的情况下，以往一般多采用诱敌深入的战法，作战地域也主要放在根据地的中后部，但粟裕选择的却是解放区前部，也就是连诱敌深入都不用，一上来直接就兵对兵、将对将地展开厮杀。

如粟裕这样的善战者，绝不会拘泥于“一般”，他注重的是如何根据实际情况调配出最适当的战法。苏中纵深地区狭小，以水网为主，且人口稀少，土地贫瘠，无论是地形条件还是支前力量，都不如前部地区。同时华中野战军的主力部队长期在前部地区进行抗战，对当地的民情风俗、地形道路都十分熟悉，与地方武装、民兵的配合也已非常默契，打起仗来比较顺手。

粟裕认为，战争双方的强与弱是辩证的，强敌未展开，虽强犹弱。如果华中野战军能够以大块解放区为依托，乘敌人尚实施战略展开之际，在前部地区予以打击，必可以打乱其部署，暴露其弱点。

粟裕在前线指挥作战

1946年7月10日，粟裕得到准确情报，获悉敌人将在三四天内分四路向根据地大举进攻。他迅速定下方案，用一部监视和阻击三路之敌，集中主力对宣家堡、泰兴之敌发起进攻。

宣、泰各驻有整八十三师的一个团。整八十三师是蒋介石的嫡系部队，抗战期间实施了美械装备，并由美国教官进行训练，战斗力较强。可是再强也只是分隔两处的两个团，粟裕用一个师打一个团，形成了六比一的数量优势，而且宣、泰原为解放区，敌人新占不久，情况不熟，立足未稳，猝不及防之下立刻陷入了慌乱。

宣泰一战是苏中战役的首战，宣、泰城内的两个团在此战中被基本歼灭。当时对于美械部队能否战而胜之，攻而歼之，还是一个未经实践证明的课题，毛泽东和中央军委对此极为关注。战斗结束后，毛泽东亲自拟电询问粟裕：打的是否整八十三师？该师被消灭了多少？尚存多少？……

粟裕派人清查战果后，一一如实做了汇报。

宣泰战斗一结束，粟裕即将主力撤出，但仍留下少数部队继续围攻泰兴城内的少数残敌，给敌人造成的印象就是华野主力仍在泰兴。指挥苏中战场的敌将李默庵没有能够察觉出来，他一面急调部队增援泰兴，一面令第四十九师星夜疾进，企图乘虚攻占苏中重镇如皋。

粟裕将计就计，在设置疑兵、继续给敌人制造华野主力尚在泰兴错觉的同时，令主力作远距离机动，直趋如皋。主力部队奉命强行军一百几十里，在到达如皋附近后，突然从四十九师侧后发动猛攻。

此战发生于如皋以南地区，故称如南战斗，整个战斗共歼敌一万余人。毛泽东和中央军委战后给粟裕等人发来电报：“庆祝你们打了大胜仗。”

哪里好消灭敌人，就在哪里打仗

苏中战役打响时，国民党军的兵力相当雄厚。虽然在宣泰、如南两战中被打掉了两个半旅，但李默庵手中还掌握着第二梯队，他立即又调集六个旅的兵力，分路合击海安。

海安是苏中的战略要点和交通枢纽。当初粟裕指挥黄桥战役获胜，进入追击阶段时，曾向部队提出口号："占领海安就是胜利！"部队控制海安后，立即斩断了韩德勤与滨海地区的联系，新四军得以迅速控制富饶的江海一角。

海安能确保当然要确保，但是粟裕考虑到，华野兵力处于劣势，若固守海安，需付出很大代价，而且不论胜败均占不到便宜：胜，敌人仍可继续调集兵力，保持其进攻的态势；败，势必要撤出来，则更显被动。

粟裕的想法是主动撤出海安，让敌人重新骄纵起来，以便为下一次运动歼敌提供钓饵。可是他的意见并不为华中分局和军区的大多数干部所认同，很多人都持这样的看法：敌人没有什么了不起，不是已经打了两个胜仗了吗？为什么不敢在海安同敌人决战？连打两个胜仗还要放弃海安，那前两仗岂不是白打啦？

华中分局和军区机关设在淮安，为了坚持自己的意见，粟裕决定亲自到淮安去一趟。淮安与粟裕所在的海安相隔一百五十多公里的路程，中间还要穿过水网地区。军情紧急，粟裕先是骑摩托车，以后乘了一段黄包车，接着又骑自行军、乘船，总之是凡能搞到的交通工具全都用上了，终于用一天一夜的时间赶到了淮安。

因为粟裕的到来，华中局专门召开常委会议，对是否要撤出海安进行了郑重其事的讨论。在讨论中，粟裕除继续阐述理由外，还保证可以打胜仗，“(同志们的疑虑)主要靠打胜仗的实践来解决”。

见粟裕的态度如此坚决，华中局遂将撤出海安的决定上报中央。中央军委随即来电指示“总以打胜仗为原则”，同意撤出海安。

放下包袱，粟裕即将主力部队集中在海安东北地区，用以休整补充和待机歼敌，仅以第七纵队在海安外围打运动防御战。第七纵队是从苏中地方武装升级而成的新部队，但因战术得当，指挥灵活，他们的仗打得很漂亮。在主动撤出海安时，该纵队仅伤亡两百余人，但敌军却损失了三千多，敌我伤亡比达十五比一。

敌人占领海安后，如粟裕所预计的那样，变得骄纵起来。李默庵没有发现华野主力已经转移和进行休整，还误以为在海安战斗中消耗掉了，因

华中野战军行军途中

而宣告“苏北共军大势已去”。

接下来，敌军分兵东进，又占领了李堡等地。骄兵轻进，必然有隙可乘，1946年8月初，粟裕从情报中得知，李堡之敌要进行换防，当即集中兵力猛扑李堡。李堡的敌人兵力虽多，但正值换防之际，队伍混杂，工事也未筑好，一击之下，顿时建制大乱，溃不成军。

由于华中野战军来势迅猛，交防一方的电话、电台刚刚拆除，来不及架好，所以没法向前来接防的另一方告急，结果后者也遭遇伏击而被歼灭。

李堡一战，前后历经二十个小时，歼敌一个半旅共九千余人，粟裕取得了自宣泰战斗以来的“第四捷”。

苏中战役进行的同时，敌人对华中的整个进攻态势并未减弱，其间最严重的情况就是淮南解放区遭到了敌人的突破。山东野战军司令员兼政委陈毅认为淮南在全局上比苏中更为重要，而且在中央原先的南线作战计划中，华中野战军主力本身就要西进淮南，因此他建议中央还是让华野迅速向淮南西调。

中央看到陈毅的建议后，给粟裕两个方案选择，一是对苏中采取防御方针，率华野主力到两淮，与陈毅会合，二是在苏中再打一仗，然后西移。

粟裕经过一番思索，觉得苏中敌军已遭到几次打击，与淮南之敌相比较更弱了，正是乘胜予以继续歼灭的好时候，假使移兵已被敌人突破的淮南则没有这样的条件。

未来战场究竟设在苏中还是淮南，内线还是外线，判断的标准其实只有一个，“哪里好消灭敌人，就在哪里打仗”。基于这一认识，粟裕向中央军委呈报了在苏中再打几仗的意见，实际上就是两个方案一个都没有采纳。

粟裕的意见再次获准，毛泽东和中央军委同意他率部在苏中“再打两三个胜仗，继续歼敌二三个旅”。以后看到内线歼敌优越性日益显著，中央才将“考虑行动应以便捷歼敌为标准”定了下来，不再一味要求部队到外线去，内线持久的防御作战也由此成为解放战争初期的重大军事原则，这不能不说是粟裕在战略上所做出的一个重要贡献。

一步险棋

从宣泰战斗到李堡战斗，在苏中的国民党军被歼灭了三万多，机动兵力越来越少，如果不从别的战区抽调部队增援，已很难向解放区发动全面进攻。李默庵不得不转攻为守，把重点放在扼守公路干线，确保其占领区之上。

敌我态势发生明显变化，粟裕决定主动对敌占区发起攻歼战，“钻到敌人肚子里去打”。1946 年 8 月 20 日晚，他亲率主力部队避开敌正面，从其暴露的侧翼插入敌后。这个所谓的“敌后”实际也是老区，老马熟路，军民全都习以为常。华野出击部队有十六个团三万多人，但是晚上行军连家犬惊吠之声都很难听到，敌人当然更是被完全蒙在鼓里。

被糊里糊涂打了闷棍的敌人是交通总队。交通总队以抗战时期的“忠义救国军”改编而成，虽配备全部美械自动武器，但因为他们的主要任务是以“恢复交通”为名，对公路沿线解放区进行“清剿”，所以重装备很少，加上缺乏正规战的经验，很快便被围歼大半。

这次战斗发生在丁堰、林梓，故称丁林战斗。丁林战斗打开了华中野战军西进的门户，直接威胁到了如皋之敌。李默庵急令黄桥守敌增援如皋，同时为配合北线敌军进犯两淮，又派整二十五师从扬州出发，沿运河北上，向根据地重镇邵伯发起进攻。

苏中战役，位于林梓的华中野战军阵地

此时华中野战军主力正集中在如皋东南，若要直接增援邵伯，需绕过敌封锁圈，时间上根本来不及。粟裕就势泼墨，按照军事上围魏救赵的打法，设计了“攻黄救邵”。

“攻黄救邵”就是用攻黄桥来援救邵伯，顺便歼灭运动之敌。8 月 23 日晚，粟裕率主力部队开始向敌封锁圈中心大胆挺进。

这是一着奇兵，也是一步险棋。封锁圈南为长江，东西北三面都有由敌据点连成的封锁线，整个区域东西百余里，南北仅数十里，活动范围并不是很大，似乎非常容易被敌人发现并遭到围攻。粟裕肯走这步险棋，就是看中了“敌后”实际就是老区的特点，认定敌人还是摸不准华中野战军的具体动向。

正如他所料，尽管华野主力就在封锁圈内，但李默庵愣是未能得到一点相关的准确情报，仍旧以为他们将进攻如皋，相反华野却能做到眼观六路，耳听八方。8 月 24 日，部队刚刚穿过如黄公路，情报机构就截获了黄桥守敌第九十九旅要增援如皋的情报。粟裕即令部队在行进中严密注意敌情，准备在如黄路上与九十九旅打一场预期遭遇战。

第二天，九十九旅刚刚出城进至黄桥东北的分界，就被华野第六师遭遇，并被团团包围。李默庵至此方惊觉华野主力已经西进，忙令如皋守军反过来增援九十九旅，但这股增援之敌又在加力被华野截住并包围。

本来只想打一头狼，突然凭空多出一头，敌人的实有兵力超出预计，华野打了一个晚上，分界、加力哪一边都未能解决问题。同一时间，西线的邵伯保卫战正在激烈进行中，乔墅阵地已被整二十五师突破。如果华野主力在如黄路上继续拖延时日，邵伯一旦完全失守，战局将起剧变。

关键时刻，粟裕显示出超常的应变和指挥能力。他立即调整部署，在断敌后路和隔断敌东西两部联系的前提下，采取转用兵力之法，奇迹般地造成了兵力上的绝对优势：先将加力方向的兵力转用于分界，以五比一的绝对优势，将较弱的九十九旅予以迅速歼灭；继而部队全部集中于加力，仍以五比一的优势尽歼如皋增援之敌。

华野乘胜扩大战果，包围了黄桥。留守黄桥的敌人仅有五个连，一看突围无望，只得全部缴械投降。如黄路一仗就此结束，共歼敌两个半旅一万七千余人，创造了解放战争以来一次歼敌数字的新纪录。

消息传出，西线的敌二十五师在震惊之余，深感其侧后受到威胁，加上也已伤亡了两千多人，怕再打下去凶多吉少，急忙退回了扬州。经历四个昼夜的邵伯保卫战落幕，这场有惊无险的战斗也属于苏中战役的一部分，被归为第六战（如黄路战斗是第七战）。

自宣泰战斗起，粟裕在一个多月时间里，以华中野战军的三万余人对国民党军的十二万人，频出奇招，七战七胜，首创了一次战役歼敌五万多人的纪录，国民党军对苏中的进攻也以惨败告终。苏中战役结束后，延安总部发言人对新华社记者发表谈话，正式称此战役为“七战七捷”。

不久，刘伯承指挥定陶战役，同样在内线作战中取得大捷。延安《解放日报》统一发表“蒋军必败”的社论，将苏中战役与中原突围、定陶战役并列，指出这三战扭转了整个解放区南方战线的形势，“蒋军必败，我军必胜的局面定下来了”。

猛虎掏心

在苏中战役中，整八十三师是华中野战军遭遇到的最强敌人。该师原番号为第一〇〇军，其实是个弱旅，后来蒋介石让王耀武进行整训，王耀武从他的基本部队七十四军中抽调了一些军官到第一〇〇军，愣是把这支弱旅给训练成了强军，七十四军的底子及其实力之厚可见一斑。

七十四军就是整七十四师的前身。国民党军有五大主力，被称作蒋介石的五张王牌，整七十四师是五张王牌中最耀眼的一张。王耀武曾说过这样的话：“有七十四师就有国民党，有五个七十四师就能统一全中国。”

王耀武此言并不完全是夸口，苏中战役后，山东野战军、华中野战军先后在两淮保卫战和涟水战役中与七十四师交手，都吃过不小的亏，部队伤亡很大。包括陈毅、粟裕在内，两大野战军对七十四师抱有刻骨仇恨且一直耿耿于怀，粟裕曾多次提出打七十四师的想法，但均因为条件不成熟而未能实现。

1947 年初，山东野战军、华中野战军合并成立华东野战军，陈毅任司令员兼政委，粟裕任副司令员，实际负责军事指挥。也就在这一年，国民党军对山东发动了重点进攻，整七十四师再次作为“主力中的主力”加入战团。

5月11日，七十四师由垛庄经孟良崮西麓，向坦埠以南的华野九纵实施了进攻。这一动向引起了粟裕的高度重视，但他尚不清楚此举是七十四师的局部行动，还是七十四师所属汤恩伯兵团的全线进攻。

各有关情报单位都接到粟裕的特别通知，要求密切注意搜集和研究敌人的行动部署。当晚，地下情报网便传来了汤兵团的具体作战部署。粟裕据此判断，七十四师的进攻并非局部行动，而是汤兵团全线进攻的一部分，其矛头直指坦埠。

坦埠是华野指挥部所在地，数日前，敌机曾对坦埠进行轰炸，可见汤恩伯已经发现那里是华野的指挥中心。他这次发动全线进攻，是要以七十四师为主突击力量，以两翼和后续部队为掩护，企图通过中央突破的战法，一举击破坦埠，陷华野于混乱与四面包围之中，便于其聚而歼之。

世上之人，往往是聪明反被聪明误。在此之前，汤兵团就像刺猬一样，各部密集靠拢，行动谨慎，一打就缩，很难捕捉，现在当这只“刺猬”别有所图，惦记着出来捞点什么的时候，破绽也就自然而然地露了出来。粟裕当即决定集中华野所有兵力，以“猛虎掏心”的战法，将七十四师从敌队形中“抠”出来，予以全部消灭。

时间紧迫，他赶紧将自己的打算向陈毅进行了汇报。陈毅十分赞同，说：“好，我们就是要有百万军中取上将首级的气概！”

以往都是舍强取弱，这次却是舍弱取强，而且还是从敌军的正面中央强攻硬取，战前几个野司首长就都预见到了这将是一场硬仗和恶仗，但他们在下战役决心时都没有丝毫犹豫，这在华野战史上还是不多见的。

在很多文字材料中，都把粟裕捕捉孟良崮战机说成是七十四师师长张灵甫好大喜功，孤军冒进，自己送上门来的。这与事实完全不符，从汤兵团的作战部署中就可以看出，张灵甫不是自己要冒进，是七十四师处在中央突破这一阵法中，势必要稍显突出，即便这样，在战役发起前，敌两翼部队跟七十四师也仅有四至六公里的距离。

要将七十四师从重兵集团中"抠"出来非常不易。粟裕所采取的关键步骤是隐蔽作战意图，调动担任主攻的五个纵队对七十四师进行合围。在这一回合中，对第六纵队的使用是关键中的关键。

六纵在涟水战役中吃七十四师的亏最多，双方是老冤家、死对头。敌人对山东根据地发动进攻初期，粟裕命令该纵留在鲁南隐伏待机，纵队司令王必成很担心打七十四师没有他们的份儿，粟裕当时就给这位爱将吃了颗定心丸："你放心，打七十四师一定少不了你们！"

孟良崮战役发起后，粟裕下令六纵从鲁南兼程向七十四师的后方垛庄进发，以断其后路，王必成立即收拢部队，急速开进。六纵驻地距垛庄有一百公里之遥，而且全是崎岖难行的山区，但他们用两天时间就赶到了垛庄附近，后来王必成曾用"飞流激渡"来加以形容。

六纵急行军抢占垛庄

1947年5月14日上午，张灵甫猛然察觉华野部队已迂回至其翼侧，七十四师面临着被包围的危险，急忙收缩南撤。他想退回垛庄，但垛庄已被六纵所占领，无奈之下，只得退缩至孟良崮。这样造成的后果，是七十四师被迫把美式重炮和许多重武器都丢在了山下，因而使其火力优势大减。

底线为二十四小时

在华野以往的战役中，一般只要对敌人达成了战役合围，基本就算胜局在握了，可是孟良崮战场非常特殊，呈现出双包围的态势：华野五个纵队包围着七十四师，反过来，敌人的十个整编师也包围着华野。

既然已经将七十四师“抠”了出来，接下来鹿死谁手，就取决于华野能否在最短的时间内解决掉它。粟裕等人经过紧急会商，定出吃掉七十四师的时间底线为二十四小时，也就是一个白天加一个晚上。

崮，字面意思是指四周陡削、山顶较平的山。孟良崮所在的沂蒙山区有各式各样的崮，乃当地特有的奇观，孟良崮主峰海拔在五百米以上，岩石累累，土质坚硬，易守难攻。打这样硬碰硬的阵地攻坚战，对习惯于运动战的华野官兵来说是一个不小的挑战，但大家决心很大，用陈毅的话讲，就是压也要在二十四小时之内将敌人压死。

陈毅、粟裕向各纵队下达死命令，要求在二十四小时之内歼灭七十四师，不准漏掉一个敌人。会后粟裕立即将指挥所向前推移，他亲自带上少数参谋、机要人员进入山沟，以便密切观察和指挥战事。

5 月 15 日下午一点，粟裕下令发起总攻。随着一声令下，上百门火炮同时吼叫，雨点般的炮弹朝七十四师阵地倾泻而去。接着，数千只冲锋号同时吹响，近五十个团的干部战士黑压压地一齐向敌人发起冲锋，喊杀声震天动地。

这种潮水般的冲锋使敌人陷入一片混乱，七十四师的外围防线很快就遭到突破。不过七十四师也确实名不虚传，短暂的慌乱之后，他们就迅速组织起了有效的抵抗，开始利用汽车、坦克和山包作为掩体，对华野的进攻实施不间断的火力压制。

趁华野进攻部队的锐气有所减弱，张灵甫不失时机地组织所部发起了反冲锋。从战术上来讲，这种依托巨石、居高临下的反冲锋犀利无比，可以给对方以相当的杀伤，华野已夺下来的阵地有不少就这样得而复失。

在向孟良崮敌阵地纵深推进的阶段，敌我完全咬合在了一起。为了争夺每一个山头、高地，敌我双方往往都要经过数次、十数次的冲锋和反冲锋，许多阵地一会儿落在七十四师手里，一会儿又回到了华野的手里。离远了看，就见一团团一片片的人厮杀在一块，直杀得刺刀见红，日月无光，其激烈程度为解放战争以来所罕见。

粟裕敢打这样的仗，是因为他在兵力上占有绝对优势。随着华野后续部队源源不断地赶来，敌人的反冲锋渐渐被压制下去，各纵队乘胜扩大战果，在炮火的协同下，不断地向敌纵深挺进。

敌阵地变得越来越小、越来越狭窄，七十四师原有的地形优势逐渐转化为劣势，有时一发炮弹打过去就能炸死炸伤一批敌人，机枪扫过去也同样可以扫倒一大片。与此同时，增援之敌在打援部队的全力阻击下，短时间内根本无法进入内圈，离得最近的两个师虽与七十四师相距仅五公里左右，但仍无济于事。

在强大攻势的重压下，张灵甫被迫组织突围。他的突围组织得很好，攻击部队、指挥机关和后卫部队首尾相接，严密有序，可是为时已晚，四面八方已经全都是华野的部队，哪里还冲得出去？

当晚，在突围的先头部队被歼灭后，七十四师被重新压缩于东西三公里、南北两公里的狭窄区域。该区域草木极少，水源奇缺，空投的粮弹和水囊又大多落在阵地，这进一步加剧了他们的困境。

5 月 16 日上午，粟裕下令再次发起攻击。这次没有先动用步兵冲击，而是集中所有火炮对敌阵地进行了轰炸。由于山包下面是坚硬的岩石，守敌根本无法构筑能够藏身的掩体和工事，所以轰炸起到了毁灭性的效果，七十四师原本保持较好的队形顷刻瓦解，暴露在地面的人马和辎重被炸得四处乱飞。

炮火停止后，各纵队从四面八方冲向敌人主阵地。就算到了这种地步，七十四师仍保持着相当的战斗力，残余官兵依旧可以躲在岩石和被击毁的辎重后面进行对抗。相反，因参战部队太多，番号复杂，华野方面倒是把建制给弄乱了。

好在华野实行的提前指挥机制，包括粟裕在内，所有中高级指挥员都在一线。看到上一级的首长和干部在身边，指战员们即便处于复杂情况下也不致慌乱，大家很自然地达成了一个共识：分不清单位和番号没关系，甚至不用等上级下达命令，只要知道哪里有敌人就向哪里打，哪里有敌人就向哪里冲。

下午五点，孟良崮战役结束，张灵甫在一座山洞内被击毙，七十四师悉数就歼。此役给国民党军造成了极大震动，此后他们虽仍未放弃对山东

孟良崮战役遗址，石刻上标明“击毙张灵甫之地”

实施重点进攻的计划，但其进攻的势头已经被打掉，而且从上到下都真正被华野给打怕了。

蒋介石曾多次痛心疾首地说：“孟良崮的失败，是我军剿匪以来最可痛心最可惋惜的一件事。”可见他没有料到七十四师这么快就在孟良崮被消灭。

孟良崮战役后，毛泽东和粟裕之间也有过一段著名的对话。毛泽东对粟裕说：“你们那样果敢、迅猛地消灭了七十四师，在中国这块土地上，有两个人没想到，一个是蒋介石，第二个没想到的人，就是我毛泽东啊！”

大淮海

1948 年 9 月 24 日，时任华野代司令员兼代政委的粟裕向中央军委发电，以歼灭敌徐州右翼集团为目标，“建议即进行淮海战役”。这是淮海战役设想的首次提出，后来被称为“小淮海”。

中央第二天就复电同意，毛泽东在复电中说：“我们认为举行淮海战役，甚为必要。”

11 月 6 日，淮海战役正式打响，粟裕指挥华野主力南下，着手实施对黄百韬兵团的分割和包围。两天后，敌第三绥靖区副司令官何基沣、张克侠率部起义，这使华野得以顺利通过第三绥区防地，威逼徐州，同时也切断了黄兵团与徐州的联系。

战场形势发展得如此之快，以至于粟裕等华野首长连休息、吃饭都忘了，等到警卫员送来吃的，众人才觉得肚子饿了，但也是随手抓点什么塞到嘴里就行，一边吃一边依旧围在地图前进行研究。

这时粟裕认为华野在歼灭黄百韬兵团后，应该还有足够力量腾出手来，与中野配合，将南线敌主力全部歼灭于徐州及其周围。因为从军事上讲，一旦把敌军主力悉数歼灭于江北，那么，在而后的渡江作战以及解放全中国的过程中，就不会遇到太大的抵抗了。

11月8日，粟裕和华野副参谋长张震联名向中央军委提出了这项建议。中央迅即复电同意，肯定了他们的想法，这样战役规模才从“小淮海”扩大为人们所熟知的“大淮海”。

不论“小淮海”还是“大淮海”，首战都是要歼灭黄百韬兵团，这也是决定淮海战役胜败的关键。11 月 11 日，在华野参谋长陈士榘的指挥下，华野追击部队将黄兵团重重包围于碾庄地区。

为了援救黄兵团，邱清泉、李弥兵团从徐州出发，沿陇海铁路南北地区东进，粟裕派三个纵队在徐州以东进行阻击，并亲自在陇海路南进行指挥。

不久粟裕收到战报，碾庄方面的华野进攻部队伤亡较大，但进展缓慢。

碾庄地区村落密集，地基较高，大部分村庄都有围墙和外壕，同时李弥兵团在此驻防时已构筑了工事，黄百韬兵团到这里后，利用村庄、地基和原有工事，逐村设防，加修工事，使每个村庄都成了环形的野战防御工事。

显然，野外追击已经转入村落攻坚，可是华野各部却未能及时转换战术，仍然是猛冲猛打，结果是每攻一村都既费时又费力。发现问题所在，粟裕立即赶到碾庄召集会议，决定改由指挥机构比较健全的山东兵团统一指挥碾庄战斗，战法上也将急袭变成强攻，并引入了近迫作业的战术。

碾庄战场是淮海战役中第一个采用近迫作业的地方。在实施近迫作业后，包围圈内的枪炮声突然沉寂下来，代之而起的是挥锹抡镐的挖土声。黄百韬最初还觉得奇怪，派出小部队进行侦察，想看看“是不是共军已经逃跑了”，等到小部队被打得跑回来，他才知道解放军采用了新战术。

正是“行家伸伸手，便知有没有”，经过调整，虽然全歼黄百韬兵团，结束碾庄之役仍不能做到一蹴而就，但敌人已时日无多，战役进程被大大加快了。

粟裕随即将指挥所西移，继续指挥阻援作战。徐东一带地形开阔，除少数丘陵小山外，基本无险可守，但在粟裕的亲自指挥下，担负阻援任务

碾庄战役，解放军越过壕沟，向敌人发起冲锋

的三个纵队打得非常顽强，死死顶住了敌人。邱清泉、李弥集中其兵团中最为精锐的部队，动用几百门重炮和数十辆坦克，还加上了空军支援，强攻三天，一共才前进了不到二十里。

邱、李望碾庄而兴叹，使黄百韬兵团丧失了得救的最后一点希望。由于近迫作业的实施，华野的作战坑道距离其阵地前沿已不到一百米，包围圈被压缩到了极致。粟裕又将华野的各式火炮都集中起来，组成数个炮兵群，对敌人进行压制射击，刚刚成立不久的特纵坦克大队也奉命加入了碾庄之战。

1948 年 11 月 17 日，华野向黄百韬兵团发起总攻，迅速攻克了碾庄外围的五六个村庄，黄百韬兵团的主力部队被歼灭大半。三天后，华野再度发起总攻，黄兵团部和残余部队遭到完全歼灭。

黄兵团虽没有所谓的五大主力和美械部队，但战斗力却很强悍，而且该兵团拥有五个军，一次战役消灭敌人五个军，这在华野战史上也是从来没有过的。黄百韬同时毙命于碾庄，成为淮海战役中第一个败于粟裕之手的国民党兵团级司令官。

非常危险啊

歼灭黄百韬兵团后，正在北上的黄维兵团也被中原野战军所包围，徐州的杜聿明集团处于孤立无援的境地，中央判断杜集团极可能经两淮或连云港南逃。

对徐州之敌可能弃城而逃这一点，粟裕非常认同，但他从敌将角度分析，认为敌人恐怕不会走中央所判断的那两条线路：若经两淮走苏中，那一带是华野的老根据地，且河川纵横，不便于大兵团运动；若经连云港海运南逃，敌人这么多军队过去，船只、码头都有困难，而且一旦遭到解放军尾追，他们将不得不背海作战。

粟裕提出了第三条线路，即沿津浦线西侧绕过山区南下。这条线路沿途地形开阔，道路平坦，同时既可解黄维兵团之围，又能集中兵力防守淮河，一举三得。

经过反复分析比较和确认，粟裕下定决心，把华野在北线的七个纵队全都部署于徐州以南津浦线东西两侧，注意重心则放在西南方向，对杜集团张网以待。

在中央军委已有明示的前提下，如此排兵布阵，意味着指挥员要额外背负起很大责任，万一敌人真的从前两个方向脱逃怎么办？部署失当，贻误军机不说，还要影响同敌人的战略决战。

从这个时候开始，粟裕和其他华野首长一步都不敢离开作战室，整夜整夜地观察着前沿敌情。1948 年 11 月 30 日，杜集团果然秘密撤出了徐州。杜聿明前脚刚走，就被已攻进徐州机场的华野十二纵发现，随即便给野司紧急发电。接到电报，粟裕除北线待命的七个纵队外，又马上调动南线机动的四个纵队，一共十一个纵队，对杜集团进行全面兜围。

几十年后，粟裕谈到当时的情景仍感到有些后怕："尽管我们估计到了他们撤退的方向，却没想到他们撤得这么快。万一让他们三十万部队撤到淮南，问题就大了。"

粟裕的部署是网开三面，将可以集中的兵力全部用到西南方向："你向西去也好，向北去也好，向东去也好，就是不让你向南。"

各纵队奉命漫山遍野地实施追击，就怕追不上敌人。在追击过程中，辎重、骡马全都落到了后面，炮兵便扛起火炮跟着步兵跑。到后来已没有什么阵容可言了，但就像孟良崮战役中那样，提前指挥机制让部队在任何时候都能被掌握住，各纵队下达的命令也非常简单直接："路标就是路线，枪声就是目标，追得上就是胜利！"

12 月 4 日拂晓，经过猛烈追击，华野将杜集团全部合围在徐州西南一百里处的陈官庄，并迅速在南面组织起坚固防御线，以阻止该敌与黄维兵团会合。至此，粟裕才算松了口气，直言："非常危险啊！"

在连续向南突击均无法取得成功的情况下，杜聿明下令分路突围，可是半途他又改主意要固守，把预定同时突围的两个兵团都叫了回去。"锣齐鼓不齐"的结果，是孤军突围的孙元良兵团被大部歼灭，仅孙元良率少数随从只身逃脱。

眼见自己的两大重兵集团都被分别包围，蒋介石急命蚌埠地区的李延

淮海战役总前委合影，左一为粟裕

年、刘汝明兵团北上救援，同时想方设法希望从武汉白崇禧集团中调兵增援徐州。为防情况有变，粟裕等人商量后，决定先抽调兵力帮助中野“解决中间这一坨”，也就是黄维兵团。而后，中野负责阻击李延年、刘汝明兵团，华野再集中力量歼灭杜集团。

前期华野已调两个纵队和特纵一部支援中野，经过中央军委同意，粟裕再调三个纵队和特纵一部前往双堆集地区参战。两大野战军的协同作战，大大加快了双堆集方面的战役进程，12 月 15 日，黄维兵团全部被歼。

在此期间，粟裕丝毫没有放松对杜集团的包围，解放军在陈官庄的纵深阵地一般都有六七层，最浅的地方也有五层。时值严冬，无隙可出的杜集团官兵饥寒交迫，加上解放军的政治攻势，其军心十分低迷。在被包围的二十天内，敌人整连整营投降的就达一万多人，到华野发起总攻时，杜集团原有的三十万人马已不足二十万。

1949 年 1 月 6 日，粟裕下令发起总攻。进攻部队用两天时间就攻克了三十六个村落据点，使敌防御体系开始瓦解，又经过两天的激战，到第四天时，终将杜集团予以全歼，从而给淮海战役画上了一个圆满的句号。

淮海战役是解放战争爆发以来规模最大的一次战役。粟裕第一个建议发起淮海战役，他所直接指挥的华野共歼敌四十多万，占到了淮海战役歼敌总数的百分之八十。1949 年，毛泽东在一次谈话中说："淮海战役，粟裕同志立了第一功。"

难得粟裕

对于粟裕新中国成立后被评为大将，的确有不少人为之不平，觉得低了，甚至有人说粟裕本人因为对没有被评上元帅不满意，还受到过毛泽东的批评，都被批评哭了。真相到底如何呢？

包括毛泽东在内，中央领导人对粟裕的军事才能均赞不绝口。1950 年 7 月，预见到朝鲜战争可能扩大，为保卫东北边防安全以及在必要时进行抗美援朝，中央军委成立东北边防军，当时就决定任命粟裕为东北边防军司令兼政委。

东北边防军是志愿军的前身。可惜由于粟裕身患重病，尚在青岛接受治疗，所以并未能够履职，但中央之后也一直虚席以待，直到毛泽东确认粟裕因身体原因实在无法挂帅出征，这才换上了彭德怀。

据毛泽东的卫士长李银桥回忆，其实中央最早也是要给粟裕授元帅的。那是在中南海的一次会议上，当讨论到粟裕应授何军衔时，毛泽东不仅提出要给粟裕授元帅衔，而且给了粟裕极高的评价：“论功、论历、论才、论德，粟裕可以领元帅衔。在解放战争中，谁人不晓得华东粟裕啊？”

这时周恩来告诉他：“可是粟裕已经请求辞帅呢！”毛泽东听了非常感慨：“难得粟裕！竟三次辞让，1945 年让了华中军区司令员，1948 年让了华东野战军司令员，现在辞了元帅衔，比起那些要跳楼的人（指争衔者），强千百倍嘛！”

粟裕的“二让司令”在军中有口皆碑。1945 年成立华中军区，中央提名由粟裕担任军区司令员，张鼎丞任副司令员。张鼎丞比粟裕大九岁，是粟裕的上级。粟裕得知后向中央和华中局连发两份建议电，要求改任副职。最后中央同意了粟裕的请求，在华中军区正式组建时，任命张鼎丞为军区司令员，粟裕为副司令员。

1948 年在阜平，毛泽东当面告诉粟裕，说今后将把华野交给他全面负责。粟裕也是坚决辞让，在他的请求下，中央决定仍由陈毅兼任华野司令员及政委。淮海战役期间，粟裕虽具体指挥华野作战，但他的职务实际是代司令员和代政委。

粟裕在地图前指挥战斗

对粟裕“二让司令”的过往经历，周恩来自然也很了解，他紧接着说：“粟裕二让司令，一让元帅，人才难得，大将还是要当的。”毛泽东补充道：“而且是第一大将。我们先这样定下来，十大将十元帅。”

由此可见，毛泽东开始主张给粟裕授元帅，是粟裕高风亮节，自己不要，把元帅辞了，当然也就不存在他对评大将军衔不满意，以及毛泽东找他谈话，批评他的事了。

应该指出的是，李银桥并不是唯一透露粟裕主动辞帅的人，其他身任要职的知情者也都曾在不同场合印证了这件事。原华东野战军参谋长陈士榘晚年告诉家人：“到了 1955 年评军衔问题时，粟裕很有可能当元帅，但是他有自己的考虑，几次诚恳要求不当元帅。主席决定让他当第一大将。”

谭震林是粟裕的老战友，新中国成立后任国务院副总理。有一年当华野老战士管美英向他打听粟裕为何只授衔大将时，他详详细细地把粟裕主动辞帅的经过讲了一遍，并且解释说：“因为没向你们传达，你们不了解情况，所以有意见。”

粟裕在战争年代敢于决断，不唯上、不唯权、只唯实，连在毛泽东面前都敢于“斗胆直陈”，但对于包括军衔在内的名利问题却看得十分淡泊。

有一次，粟裕的秘书鞠开看到党内一份材料上记载着，连党外高层民主人士邵力子都说粟裕应该评元帅，于是就当面报告了粟裕，并把材料指给他看。鞠开以为首长看了材料一定会高兴，没想到粟裕把脸一沉，脱口而出道：“评我大将，就是够高的了，要什么元帅呢？我只嫌高，不嫌低。”

接着，他又很严肃地对鞠开说：“今后不要议论这方面的问题了，议论这都是低级趣味，没有什么意思。”

管美英、鞠开等人都是过了若干年以后，才通过各种渠道知道了粟裕辞帅的真相，这令他们受到极大震动，深感粟裕是自己“做人的楷模”。

慨然抚长剑，济世岂邀名！粟裕虽然没有被评为元帅，但并不影响他在共和国军史上的地位和口碑。正式授衔时，周恩来把授予大将军衔的命令状第一个授予粟裕，因为元帅授衔的仪式要在稍后才举行，所以粟裕不仅是“共和国第一大将”，位列所有将官之首，而且也是新中国成立以来第一个被授予军衔的军人。

第六章 难忘的一笔

自评衔授衔起，十大元帅和十大将就有了说不完的话题，人们谈论最多的一点往往是，为什么只有这二十人才能享有这一殊荣？

按照规定，元帅、大将的人选必须由中央书记处提名，而后再经中央军委讨论。当时的书记处一共有五位书记，分别是毛泽东、朱德、刘少奇、周恩来、陈云，称为“五大书记”，也就是说，十帅十将的人选主要由他们五人考虑。

“五大书记”提名人选不能随心所欲，要受到其他多种客观因素的制约，首先不能回避的就是名额的限制。

作为一开始就定下来的标准，十帅十将一个不能多，一个不能少，没有变通的余地。这其中又涉及了一个很少有人想到的问题，即起义的国民党高级将领如何授衔。当时在解放军内，陶峙岳、陈明仁、董其武等都有军职，必须授衔，而且也已决定授予上将，但比他们地位更高、贡献更大一些的起义将领就比较难安排了，比如傅作义。

曾有人提议授予傅作义大将军衔，棘手之处在于，傅作义还不是地位最高的起义将领，程潜、龙云、卫立煌等尚在他之上。由于实在没法处理，中央最后只好一刀切，对这几位原国民党高级将领都不再授衔。

板荡识忠臣

在数量限定的前提下，提名者除要逐一衡量入选者的资历、威望、才能、战功外，还必须进行综合平衡，其中就包括“照顾山头”。

所谓“山头”，是战争年代根据地的俗称。当年各个根据地都长期处于被分割的状态，在艰苦而又严酷的环境中，根据地军民建立起了不同寻常的感情关系。毛泽东从不否认“山头”，新中国成立后有一次接见陈士榘，他曾微笑着对陈士榘说：“假如说党内有山头的话，我们还是一个山头哩，都是井冈山的嘛。”

作为历史的产物，可以说，没有“山头”就没有中国革命，它与拉帮结派的“山头主义”根本不同。早在1945年七大召开时，针对有人提出“不应该照顾山头”的意见，毛泽东便认为，这“也是一个理想，但事实上行不通，事实上还是要照顾才好，照顾比不照顾更有利益”。

十元帅的提名，充分考虑到了“照顾山头”。中国革命在各个时期都有不同的“山头”，土地革命战争时期有三大方面军、南方游击队和陕北红军。对照元帅名单，贺龙曾是红二方面军总指挥，徐向前是红四方面军总指挥，陈毅是南方游击战的代表。

抗战时期，有八路军、新四军。十元帅中的大部分人都能代表八路军，作为新四军的代表，元帅中仅陈毅一人。

解放战争时期，有一野（西北野战军）、二野（中原野战军）、三野（华东野战军）、四野（东北野战军）和华北野战军。几位元帅，彭德怀可以代表一野，刘伯承代表二野，陈毅代表三野，林彪代表四野，聂荣臻代表华北野战军。

“照顾山头”之外，其他需要综合考量的因素也不能忽略。比如罗荣桓是政工元帅，代表着解放军的政工特色，又比如叶剑英长期任总参谋长，论在党内军内的地位，十元帅中仅次于朱德、彭德怀。

可以看出，元帅人选确实全都经过精心酝酿和选择，换谁上来都可能引发新的不平衡。这其中，陈毅一人就代表了南方游击战、新四军、三野三个方面，这应该也是周恩来极力主张授陈毅元帅衔的原因之一。

在战争年代，粟裕一直都只以陈毅的副手身份指挥作战，虽然他同样可以代表三个方面，但由于陈毅的元帅身份已定，加上自己主动辞帅，便被放到了大将一栏。

十大将的评选原则和十元帅相同。粟裕排于第一位，第二位是徐海东，代表陕北红军。徐海东其实出自鄂豫皖，后来才去了陕北，但由于陕北红军的主要创建者刘志丹早已牺牲，他便成了大将中陕北红军的代表。

徐海东，时任红二十五军军长，二十五军大多穿着这种黑色衣服

1932 年，由于鄂豫皖第四次反“围剿”失败，四方面军主力被迫撤离苏区，留在苏区的部队便重新组建成红二十五军，徐海东后来被

任命为军长。

距中央红军开始实施长征一个月，二十五军也离开鄂豫皖，独立进行了长征。他们到达陕北的时间比三大方面军都更早，是先期到达陕北的第一支红军队伍，之后与刘志丹领导的陕北红军会师并合编为红十五军团，徐海东担任了军团长。

中央红军到达陕北后，毛泽东亲自批了一张条子，让后勤部部长杨至诚拿着条子去找徐海东，提出要借两千五百块钱。当时中央红军经济上确实相当困难，急需帮助，但毛泽东开这个口其实还带有一种试探的性质，那就是要看一看徐海东对中央的态度。

红二十五军出自于鄂豫皖，战斗序列上属于四方面军。从“山头”上来讲，徐海东也是张国焘的老部下，原先与毛泽东等中央领导从未见过面，更无交往，在张国焘已经另立中央的情况下，他究竟是听中央的还是听张国焘的，对此谁也不敢包票。

虽然仅仅是一张小小的条子，但当它被送出去时，毛泽东等中央领导人无疑会感到有些忐忑，因为假如试探出来是不好的结果，中央红军在陕北本已十分困难的处境将雪上加霜。

看了杨至诚送来的条子，徐海东立即把自己的供给部长找来，问还有多少钱，得知一共有七千块钱时，他说只要留下两千，其余五千全部送交中央（不是借，是送交）！除此之外，他还给毛泽东写了封复信，表示他个人和二十五军无条件服从中央的领导。

拿到五千块钱和徐海东的复信，毛泽东等人的心情难以言喻。中央不久就下达命令，将十五军团与林彪的一军团合编为一方面军，徐海东仍为十五军团军团长，同时还获准进入了中央军委领导层。

疾风知劲草，板荡识忠臣，毛泽东后来反复说徐海东是对中国革命有大功的人。徐海东在土地革命战争时期有“徐老虎”之称，是一员极其勇猛的悍将，但自抗战后期起就因病无法再指挥作战，连床也起不来。毛泽东知道后亲自给他发来电报，电文的最后是八个字：“静心养病，天塌不管。”

军队授衔前，刘少奇给正在大连养病的徐海东写了一封信，信中提到中央要授他大将。随后周恩来又特地赶到大连来看望他，徐海东很激动地对周恩来说，自己长期养病，为党工作太少了，授大将太高，受之有愧。

周恩来郑重地告诉他：“授你大将军衔，不高，也不低，恰当！”

你比我还像彭德怀

抗战爆发后，徐海东的十五军团被改编为一一五师三四四旅，该旅大部分干部都出自于二十五军，徐海东任旅长，政委是黄克诚。巧合的是，在大将名录中，黄克诚就居于徐海东之后，排名第三。

黄克诚原先与二十五军和陕北红军都无历史关系，或者说不是一个“山头”，他来自于中央红军里的三军团。在三军团的高级干部里，黄克诚又以头脑清醒、性格耿直著称，也因此曾屡屡“丢官”，吃了不少苦头。

三军团成立之初，按中央部署，应攻打武汉，以实现各路红军“会师武汉，饮马长江”的计划。黄克诚周围的战友听到指示后，无不欢呼雀跃，唯有他对此保留看法。在此之前，组织已经找他谈话，准备将他由支队政委升任纵队政委。明知可能对“仕途”不利，黄克诚仍在会上勇敢地说出了自己的意见：“我个人认为，靠现有的力量去攻打大城市，无异于以卵击石。”

因为这一句话，黄克诚被指责为有严重的右倾机会主义倾向，纵队政委的任命也泡了汤。

军团长彭德怀赞同黄克诚的主张，但因所处位置的缘故，他只能私下把黄克诚找来，劝他隐忍一点，不要再拿鸡蛋往石头上撞，“下一次，你少放炮”。谁知黄克诚马上又当着他的面放了一炮，说：“这做不到，明知不对，让我不说，杀了也不干。”

彭德怀哭笑不得，尽管他也是一个耿直敢言之人，但黄克诚居然还有过之而无不及。他只好叹口气说道：“行了，你比我还像彭德怀。等着瞧吧，有你难受的。”

事情真让彭德怀说中了。有一段时间，中央苏区进行大规模肃反，抓捕所谓“AB 团”分子。担任师政委的黄克诚接到肃反委员会发下来的抓捕名单，发现上面的人大多是连队基层干部，平时表现都很不错，打起仗来也非常勇敢。他认为这些人根本不可能是什么“AB 团”，这样搞是胡来，因而不仅拒绝执行命令，还同肃反委员会的人大吵一通，质问他们何以要滥杀无辜。

当时的肃反委员会权力大得很，黄克诚当即也被抓起来进行“审查”。幸亏彭德怀得知情况后出面干预，他才被予以释放，但仍被撤掉领导职务，调到军团司令部当了个秘书，直到肃反扩大化被纠正才得以重新起用。

长征中黄克诚不改初衷，被批判、被撤职依旧是家常便饭。第一次是由师政委降为军团司令部侦察科长，侦察任务本身就比较危险，他又是个高度近视眼，并且长征开始后眼镜还在一场大火中被烧掉了，自然是险上加险，有一回差点就被敌人给打死了。

到这种样子，总该被弄怕了吧？没有！看到不对的地方，黄克诚该放的炮照放。于是再降职，由司令部侦察科长降到教导营当政委。教导营归红十一团指挥，团政委王平过去一直是黄克诚的下级，如今黄克诚反过来倒成了他的下级，他感到很不好意思，见了面还照样喊黄克诚“老首长”。

有“小彭德怀”之称的黄克诚

到长征后期，黄克诚已经失去了带兵的资格，他被安排去当了军事裁判所所长。有人对他下了断语，说：“像黄克诚这样的人，年龄大了，干不了什么工作，连当个红军战士也不够格。”

被人说“年龄大”的时候，黄克诚其实刚三十出头。虽然丢了那么多次官，受了那么多的挫折，但他从不掩饰自己认为正确的观点，同时不管担任什么职务，哪怕是小干部，他都一样认真负责，加上在工作中很有魄力，使得他总是能够跌倒了重新爬起，继续干出一番成绩。

熟悉黄克诚的老战友都习惯叫他“黄老”，连毛泽东见了面也这么称呼他。新中国成立后，“黄老”任国防部副部长兼副总参谋长，负责军委、总参的日常工作，1954 年又被任命为军委秘书长，协助彭德怀抓军事。

那时的军委会成员一共十二个人，除了毛泽东、邓小平外，就是确定授衔的十位元帅。黄克诚作为军委秘书长（评衔时还不是军委委员），位置如此重要，被授大将也是意料中事。

幽默大师

在共产党的高级干部中，有两个最会活跃气氛的人，平时战友聚会，常常是他们走到哪里，哪里就有笑声，现场热闹非凡。当然，他们本身也都闲不住，哪里热闹就爱往哪里钻。这两个人，一个是陈毅，另一个就是陈赓。

陈赓在国共营垒都是很有影响力的传奇式人物。他二十岁不到就在黄埔军校第一期毕业，当徐向前都还默默无闻的时候，已经位列“黄埔三杰”，而且还在战场上救过“蒋校长”（蒋介石）的命；大革命时期，担任中央特科情报科科长，著名地下情报员钱壮飞就是受他派遣打入中统内部，由此挽救了中央；领兵打仗，他所率领的三八六旅在抗战中屡战屡胜，日军气恼之下，竟组成专门部队寻踪追击，先头装甲车上贴有“专打三八六旅”的标语！

除了卓越才能和赫赫功勋，陈赓最为人所津津乐道的，莫过于发生在他身上的种种趣事。

关麟徵是陈赓在黄埔军校的同期同学，此人一向自认是“模范军人”，也确实很得教官的赏识，所以有些目中无人。有一次操练，他和陈赓挨着边，在教官发出立正的口令后，他立即昂首挺胸，又是一副盛气凌人，谁也瞧不上的劲头。陈赓很看不惯，想捉弄捉弄他，于是趁教官不注意，便把自己的舌头伸出来，有意向关麟徵做了一个十分可笑的鬼脸。

为了做这个鬼脸，陈赓着实卖了点力气：舌头向右，鼻子向左，睁一只眼闭一只眼。

功夫没白费，关麟徵一看，忍不住扑哧一声笑了。他一笑，教官听见了。发现教官走了过来，陈赓赶紧挺起胸脯，装出一副若无其事、目不斜视的样子。

那时黄埔军校的纪律很严，站起队来，教官在你身后朝膝盖背面猛踢一脚，你要是打了弯儿，或者身体摇晃了都不行，更不用说嬉笑了。教官走到关麟徵跟前，啪啪就给了他两巴掌，把倒霉的关麟徵打得眼冒金星。

“关麟徵出列！”教官随后喊道，他让关麟徵站到陈赓面前，对他说：“你看陈赓，他才是黄埔军人的样子哪！”

关麟徵明知上了陈赓的当，却又哑巴吃黄连，有苦说不出。他当时瞪着陈赓，满脸的肌肉都有点“四分五裂”了。

操练结束，关麟徵恨恨地对陈赓说：“好你个陈赓，你小心点！”陈赓也不示弱：“君子报仇，十年不晚，我等着你老兄的报复。”

说来也巧，后来两人各自代表国共一方，还真的在战场上交了手，只是占便宜的仍然是陈赓。陈赓的老战友杨得志曾笑着对他说：“这一次关麟徵又挨了你的揍——不过不是两个耳光了！”

陈赓跟自己同志也很爱开玩笑，有“幽默大师”之称。南昌起义时，他在贺龙的第二十军第三师当营长，起义失败后，几经周折潜入香港，因没找到党组织，只好买票坐船前往上海。原第三师师长周逸群也正好穿着便衣混上了那条船，陈赓瞧见了他，就一边拿报纸遮着自己的脸，一边嘴里念叨：“这鬼记者的消息真灵通，周逸群还没上船，报纸上就登出来了！”

周逸群闻言不由得吃了一惊，然而细听说话之人的声音又很耳熟，掀

陈赓，时任一二九师三八六旅旅长

开报纸一看，发现是陈赓，顿时就乐了。

作为军人的陈赓对上对下都异常豁达坦率、豪爽开朗，甚至可以说有点不拘小节。比如就餐时，他会和战士在一个碗里抢肉吃，休息时，会抢警卫员或者老乡的烟袋，做“吐烟圈”的游戏，开会间隙，会和熟悉的老大姐们一起打闹说笑。

所有这些都拉近乃至消释了他与同志间的距离，很多革命老人谈到陈赓，印象都是“（他）很讨同志们的喜欢”。抗战时期，八路军副总司令彭德怀途经陈赓所部的防区。陈赓欲设宴招待，有人劝陈赓还是不招待为好，因为彭总一向简朴，生活上对大家要求很严，据说谁要是请他吃点好东西，他都要骂娘的。陈赓却胸有成竹，笑道：“没事，没事。”

这天饭前，陈赓特地请示彭德怀：“我叫战士到河里捞了几条鱼。今天午餐，只吃鱼，不吃别的，行不行？”彭德怀一听都是战士自己捞上来的鱼，也没什么额外花销，自然就点头同意了。

吃饭了，端上来的果然是鱼，彭德怀边吃边称赞：“这鱼确实不错。”接着再上菜，看到是肉丸子，他不高兴了：“不是说吃鱼，怎么又有肉丸子？”陈赓从容作答：“这肉丸子是鱼做的，你尝尝。”

肉丸子后面还有菜，是鸡肉。彭德怀啪地把筷子一放：“这鸡难道也是鱼做的？”陈赓不慌不忙，嘻嘻答道：“这河边的鸡主要吃鱼，归根结底还是鱼……”

彭德怀批评吃喝是有缘故的，他曾经解释，是因为看到“有些同志不愿意过艰苦日子，开始贪图享受”了，他认为这是不好的苗头，所以才要进行批评。当然这不代表在条件允许的情况下，不可以改善一下生活，为此他还诙谐地说过：“谁讲我不爱吃好东西！讲这种话的人，大概是想把好吃的东西都留给自己吧！”

以陈赓的为人风格和日常表现，彭德怀显然不会把他归入贪图享受这一类，而且部下里面，唯有陈赓敢跟他套近乎，几句俏皮话一说，他也就只好“笑而食之”了。

陈赓开玩笑有时还很出人意料。1943年夏天，他在延安中央党校学习，某日毛泽东给大家作报告，中途陈赓忽然抓耳挠腮，东张西望，接着便整衣起立，直奔主席台而去。全场的人都惊呆了，不知道到底发生了什么事以及他要干什么，正在作报告的毛泽东也一愣，连忙问道：“陈赓同志，有什么急事？”

陈赓二话不说，从桌上取过毛泽东的搪瓷杯，“咕咚咕咚”喝了几口。喝完了，擦擦嘴，才向毛泽东敬了个礼：“报告，天太热，借主席一口水。现在没事了！”

众人这才明白过来，顿时哄堂大笑，毛泽东也被逗笑了。在中共党内，绝少有人敢在大庭广众之下跟领袖开玩笑，并且还能把领袖给逗乐，陈赓是个例外。

在十大将中，陈赓位列第四。

“谈政”的能力

陈赓在毛泽东面前能够如此无拘无束，是因为他们背后还另有一段渊源。

毛泽东是湖南湘潭韶山人，少年时代为了求学，曾独自走五十多里路，到湘乡的东山学堂就读。还在东山学堂读书的时候，他就显露出了“不安分守己”的一面，经常与几个思想守旧的先生争论。几个先生对此很不高兴，说：“这个毛泽东，不管什么时候，道理总比别人多。”

有一回，毛泽东在学堂里终于待不下去了，不得不到欣赏他的陈道良家暂时“避风”。陈道良就是陈赓的父亲，他是湘乡的一个大士绅，拥有土地三四百亩，但思想非常开通，乐于接受新事物。陈道良很早就认为毛泽东这个学生不简单，常常夸赞毛泽东，说：“这个人雄心可大啦！”

后来毛泽东虽离开湘乡，但仍与陈道良保持着颇为密切的通信联系，不管做什么事都要捎个信给老先生过过目。实地考察湖南农民运动，在毛泽东早期的革命生涯中是件大事，他也给陈道良去信征求了意见。

1927 年初，毛泽东正式对湖南五个县进行考察，来湘乡时他特地拜访了陈道良。陈道良同情革命，对农民运动表示理解，当着毛泽东的面，他说了一句让毛泽东觉得很痛快的话：“这个世道得乱透了才能分出个高低，分出个好坏来。”

陈道良还告诉毛泽东，他把大儿子陈赓“打发出去了”，二儿子、三儿子也已经出去闹革命，就连女婿谭世名也去了汉口投奔国民革命军。在风云变幻的大时代，一个老士绅能够如此，实属不易，日后当毛泽东回忆起这件事时，仍对陈道良赞不绝口，说他是一个“对社会、对革命有贡献的人”。

自此以后，毛泽东对奔赴革命的陈家子弟都很留意。秋收起义的时候，他在原警卫团的部队名单里曾看到有一个叫谭政的人，但当时也没想到这个谭政和陈家会有什么联系。

等到上了井冈山，时任前委书记的毛泽东想找一个秘书。别人向他推荐说，那个叫谭政的前不久刚刚入党，此人是个知识分子，毕业于湘乡东山学堂，从军前是个小学教员，古文基础好，字也写得很工整，符合秘书条件。毛泽东心里一动，马上让人把谭政的入党志愿书拿来，一看，谭政原名谭世名，这才知道谭政原来就是陈道良的女婿！

谭政就这样成了毛泽东的第一任秘书。那时机构简陋，谭政来报到时问前委在哪里，毛泽东风趣地答道：“前委就在这儿，我一个书记，加上你一个秘书，实际工作就咱俩。”

事实也是如此，当年井冈山的生活异常艰苦，毛泽东常常是一边指挥部队打仗，一边写工作报告，所以工作报告大多是断断续续写成的。毛泽东的字是草书，比较潦草，有的地方不好认，他写成一个部分，谭政就要用工整清晰的字体抄写一部分，抄写完了再交毛泽东修改，然后毛泽东修改多少次，谭政就要抄写多少次。

谭政的秘书工作做得非常认真。毛泽东有一个著名的报告，名为“井冈山的斗争”，谭政用很薄的纸复写了两份，两份报告一字不差，毛泽东校阅后夸奖道：“你谭政抄得好啊！”

不久，因工作需要，谭政被调回自己的老部队任团党委秘书。毛泽东和他开玩笑说："谭政——'谈政'，名副其实喽！"

团党委秘书实际就是能够独当一面的团一级党代表。在这个职位上，谭政很快显示出了"谈政"的能力，他给部队做政治动员，不拿讲稿，不用提纲，两手掐腰，滔滔不绝。

毛泽东的一句话注定了谭政毕生的事业，他成了和罗荣桓一样的优秀政工干部。古田会议是毛泽东复出重新主持前委的标志，会议召开前，毛泽东特地把谭政和罗荣桓召到一起，协助自己起草"古田会议决议"，可见他对谭、罗的倚重之深。

与罗荣桓不同的是，谭政没有做过党政一把手，当然他也指挥过打仗，但一直到新中国成立以后，其在军队的主要职务都是政工干部。

在大将名单中，谭政排于妻舅陈赓之后，列第五位。

第六位大将是萧劲光。抗战期间，萧劲光为留守兵团司令员，留守兵团由中央军委直接领导，承担着保卫中央和陕甘宁边区的重任。毛泽东拍着萧劲光的肩膀说："我在延安，就是靠留守兵团吃饭。"

萧劲光，时任留守兵团司令员

其实在此之前，毛泽东也救过萧劲光一命。那还是在第五次"反围剿"的时候，敌人出动三个师的兵力，用以进攻闽赣军区所在地黎川，李德坚持要把战场摆在黎川西北，"御敌于国门之外"。时任闽赣军区司令员的萧劲光奉命阻敌，可是归他指挥的正规部队却只有一个七十人的教导队，尽管如此，他仍然在守到差不多要被敌人包围的情况下，才撤出了黎川。

接着，萧劲光又接到和红三军团一起围歼敌人的任务。在围歼战中，三军团是攻击主力，但主攻没有奏效。敌人在将三军团击退后，集中力量从萧部防御阵地突围而去。

博古、李德等人认为萧劲光是毛泽东一边的人，即两人执行的是“同一条路线”。他们为了打击所谓“毛派”，就以萧劲光两次作战失利为由，不仅撤掉萧劲光的职务，还予以了公审。

在决定如何处罚萧劲光时，有人主张枪毙萧劲光，但遭到毛泽东一方的极力反对，毛泽东坚决不同意，军委副主席王稼祥几次拒绝签字。最后，萧劲光被判处有期徒刑五年，同时开除党籍、军籍，无上诉权。

公审判决以后，萧劲光便被关押起来，但在毛泽东等人的援救和保护下，只关押了一个月，他就被调往红军大学当了教员。

萧劲光说，是毛泽东等人救了他的命。这不单是指公审期间的力争，也指他的被提前释放，因为如果他还一直作为“罪犯”被关押着，在红军离开中央苏区长征时很可能就被杀掉了，当时这样被错杀的人很多。萧劲光因而感慨：“我是一个幸存者！”

唯一的特例

在大将中排名第七的张云逸是个名副其实的老将军，这个“老”不光是年龄更包括资历。可以说，他的资历之高，至少在十元帅十大将中无人可与之比肩。

张云逸是海南文昌人，早年加入过同盟会。1911 年，同盟会挑选骨干，准备在广州发动起义，时年才十九岁的张云逸担任了炸弹队队长。起义那天，黄兴率领义士们攻入两广总督衙门，但不幸被清军包围。

激战中，张云逸等人扔光了身上所携带的全部炸弹，因死伤惨重，不得不奉命撤出战斗。由于各个道口均被清军重兵把守，搜捕极严，即便化了装也无法出城，张云逸和其他几个同伴只好暂时隐蔽在一个院子里。

第二天清早，张云逸挎一只竹篮子独自上街买菜，说是买菜，其实是察探外面的情况，寻求突围的道路。等他返回时，却发现清军已经闯入那座院子，所有留在院子里的同伴都遭到逮捕并被就地枪杀在路口。

张云逸见状，急忙挎着竹篮掩身于路人之中。他身材矮小，相貌敦厚，以致清军从他身旁呼啸而过，也没有发觉路边还有“漏网之鱼”。

广州起义失败后，人们收敛烈士遗骸，得七十二具，葬于黄花岗，史称“黄花岗七十二烈士”。张云逸曾幽默地说：“如果我那时不出去买菜，就将是‘黄花岗七十三烈士’了。”

张云逸与很多国民党高级将领尤其是广西将领有旧，在他的革命生涯中，有相当长一段时间也都是做统战工作。毛泽东说过，共产党里能够和国民党高级将领对话的人不多，张云逸是其中之一。当年中共在广西进行策动，就是先由张云逸打入桂军内部，逐步掌握武装，以及对李明瑞等原新桂系将领进行争取，这才有了轰轰烈烈的百色起义和红七军的创立。

1930 年，张云逸和邓小平、李明瑞率红七军离开根据地，挥师北上，向中央苏区转移。部队从广西出发时，尚未来得及筹备冬装，干部战士都穿着单衣单裤，行至中途，突然大雪纷飞，寒风刺骨。为了御寒，大家把能找到的所有衣服和布匹都披在身上，也不管是男的还是女的，颜色是红的还是绿的。

即便这样，仍冻死冻伤了不少人，张云逸也生了重病，体温上升到四十摄氏度以上，时常陷入昏迷之中。随军卫生队的背包和用具都在突围中丢光了，眼看着张云逸昏迷不醒，卫生队却找不到一颗药，军医一筹莫展，急得簌簌落泪。幸好吉人自有天相，最后靠着土方草药，张云逸居然得以绝处逢生，慢慢好了起来。

红七军的这次长途行军转移有“微型长征”之称，也是张云逸在军史上最值得称道的篇章之一。1931 年，经过长达七个月的艰苦跋涉，红七军终于到达中央苏区，随后便被编入了三军团，中央军委为此还特授红七军“转战千里”大锦旗一面。

毛主席称张云逸“老成持重，威望颇高”。中央对这位老将军一直都

1937 年 4 月 20 日，张云逸和红七军干部在延安枣园合影，后排左四即为张云逸

很照顾，评衔授衔也是如此。按照规定，元帅是行政三级，大将是行政四级，张云逸定的是行政三级，也就是说，他虽然军衔是大将，但享受的却是元帅的行政待遇，这也是开国将帅中唯一的特例。

排在张云逸之后的大将为罗瑞卿。罗瑞卿是井冈山红四军时期的干部，还在红四军开“七大”时，毛泽东就见过罗瑞卿，但他当时因没能继续当选前委书记而显得心事重重，对罗瑞卿没有太在意。

红四军“八大”之后，朱德、陈毅等人将毛泽东请回部队，这时毛泽东才真正注意到了罗瑞卿。见罗瑞卿个子很高，他问道：“你是北方人吧？”

罗瑞卿回答：“我是四川南充人。”

毛泽东听了不由得感到有些惊讶：“哦，川湘子弟身材大多不高，可我们却都是长子。”

接着毛泽东又问了罗瑞卿的姓名和干什么工作。这是他们之间的第一次交谈，罗瑞卿“罗长子”的绰号也由此不胫而走。

大警卫员

罗瑞卿是政工干部出身，战争年代从事过军队保卫工作，早在土地革命战争时期，就担任红一方面军政治保卫局局长。因为有这段履历和经验，1949 年中央筹建公安部，毛泽东亲自电召罗瑞卿到北平，让他担任了新中国第一任公安部长。

新中国成立初期，战火甫定，但盗匪活动却毫无收敛之势，全国各地尤其是城市的治安形势相当严峻。上海是 1949 年 5 月解放的，结果 6 月份竟发生了190起持枪抢劫案，有一天一天就发案16起，随后连续几个月案件都居高不下。北京虽是新中国的首都，但治安方面也好不了多少，曾经一个月发生几十次抢劫案，连北京市公安局驻地附近都发生过抢劫杀人案。

罗瑞卿上任伊始，即对盗匪进行毫不留情的打击。在各地公安机关的连续重击下，盗匪帮派纷纷瓦解，盗匪案件也逐月下降。至1950年年底，各大中城市的盗匪活动已被基本消灭，虽然郊区还有个别现象，但只是个别零星的盗匪所为，也不敢那么猖獗了。

其后罗瑞卿“宜将剩勇追穷寇”，又在全国开展镇反运动和安全运动。有一次，他到一个城市了解治安情况，汇报的人很得意地说，本地只发生过工人丢掉自行车的小刑事案件，以及汽车撞伤小孩儿的小事故，还有几次火灾，但也都扑灭了。

罗瑞卿当即批评道：“一个工人用几年积蓄，买了辆自行车，被人偷了，这算作小事吗？小孩儿撞伤也许会使他终身残疾！一座油库、一座厂房，由于粗心大意，扔了一个烟头而被烧掉了，这也是小事吗？”

在罗瑞卿的严格要求下，公安机关逐步建立起了一套完整有效的组织、办法和制度。在很长一段时间内，全国发案率甚至一度缩小到只有万分之三，包括各大中城市在内，中国的绝大部分地区都出现了从未有过的良好治安秩序和社会风气，若以路不拾遗、夜不闭户来形容也毫不过分。

新中国成立后，公安部的一项重要工作内容，是负责中央领导人的安全警卫。从1951年起，虽然国民党特务公开的破坏活动已经减少，但隐蔽活动却日益增多。对此中央也曾表示担心，毛泽东提醒说：“各种困难都要估计到，基洛夫、列宁被刺的事也可能有，但是要力争避免。”

罗瑞卿给广东省公安厅下达指令，同时加强海关力量，要求做到特务和炸弹都不能过韶关。虽然绝大部分特务被阻止在了南大门，但仍有少数漏网的特务潜入北京，这其中最有名的就是段云鹏。

段云鹏自幼习武，能飞檐走壁，翻墙入户，也善于打枪，曾是平津一带有名的飞贼，外号“赛狸猫”。日本投降后，他被国民党保密局北平站招募为高级特务。

北平解放前夕，国民党为破坏和谈，计划谋杀主张和谈的北平市市长何思源。段云鹏奉命攀上何宅屋脊，将一颗重磅的定时炸弹置于何家卧室房顶。炸弹于第二天清晨爆炸，何思源的小女儿被炸死，何氏夫妇也被炸成了重伤。与此同时，段云鹏还破坏了北平地下组织，导致四十余名地下党员被捕，两部电台被查抄。

随保密局逃台后，因其有“功”，段云鹏升任保密局华北行动组组长，有国民党王牌特务、天字第一号杀手之称。北平解放后，他居然又利用旧关系两次潜入北京，预谋行刺毛泽东、周恩来等中央领导人，虽未能得逞，但公安机关也没能抓住他，而且还让他在京津两地制造了两起爆炸案。

中为罗瑞卿，时任公安部部长，同时还担任公安军司令员兼政委

1954 年 6 月，段云鹏进入香港，准备第三次入京执行刺杀和破坏任务。鉴于段云鹏已对首都

以及中央领导人的安全构成很大威胁，罗瑞卿认为不能消极等待，要主动设圈套让他进来。于是公安机关便在段云鹏身边建立了“内线”，在“内线”力量的诱导下，段云鹏完全按公安部门为其设计的路线潜入广州，结果落入了预设的圈套。

罗瑞卿第一时间把段云鹏落网的消息报告给毛泽东，毛泽东高兴地说：“这个人把他抓住挺好！他不是飞贼，会轻功吗？让他飞一个看看！”

毛泽东是国家元首，罗瑞卿把护卫他的安全看成是重中之重，觉得自己负了一个特别的责任。毛泽东出门，罗瑞卿一定要亲自陪同，毛泽东去剧场看戏，罗瑞卿事先都要亲自去剧场看一看安全保卫布置得怎样，甚至毛泽东坐的椅子，他都要自己先坐上去试一试。

王仲方曾担任罗瑞卿的政治秘书，按照他的说法，新中国成立后罗瑞卿实际成了毛泽东的“大警卫员”。毛泽东也说过：“天塌下来，有罗长子顶着。”“罗长子往我身边一站，我就感到十分放心。”

罗瑞卿的女儿罗点点回忆，她父亲“确实是从这个时候开始脱颖而出，毫无疑问，他日益受到毛泽东的重视和任用”。

评衔时，有人反对授罗瑞卿大将军衔，认为他在十大将中资历较浅，也无特别显赫的战功，授上将足矣。毛泽东听后笑了笑说：“罗长子我知道，大将军衔当之无愧。”

英名天下扬

湖北黄安（今红安）和麻城一带，曾是中国最大的革命根据地之一，红四方面军诞生的摇篮。这里诞生的开国将军也最多，达两百多人，王树声就是从黄麻地区走出来的一位大将。

红四方面军素以勇将辈出著称，在四方面军作战，指挥员都要下到第一线，身先士卒地进行冲杀。王树声为其中的典型，打起仗来不要命，经常是把上衣一脱，抄起一把鬼头大刀就奋不顾身地往前冲。

新中国成立后，王树声的长子王鲁光好奇地问他父亲："(在战争年代)，你怎么就不怕死呢？"

王树声的回答是："怕死？打了这么多年的仗，恐怕有几千人在我面前倒下。打仗就是这样的，你越不怕死，子弹就越不找你。"

在王树声面前倒下的人，别说几千，几万也有。四方面军的这种作战风格使得干部伤亡特别多，也换得特别勤，仅仅两年时间，王树声便从团长升为了师长。

当了师长后的王树声在作战时和普通士兵相比，仍然没有什么两样，仍然是一同冲锋陷阵。有一次战斗结束，大家找不到他，以为他已经牺牲了。后来有人看到一具躯体在尸体堆里蠕动，上前翻过来一看，发现赫然就是王树声。这时候的王树声已经成了血人，全身都是伤，也根本分不清受的到底是枪伤、刀伤还是炮弹伤。

王树声虽然勇冠三军，但他没有上过军校，原先连怎么训练战士都搞不大懂。徐向前来到鄂豫皖并成为王树声的上级后，开始把在黄埔军校学的东西传授给这些土生土长的指战员。王树声深受其益，觉得"很管用"，他对徐向前十分钦佩，一招一式都要向徐向前学，有时甚至直接称呼徐向前为"老师"。

徐向前对王树声也很器重和信赖，认为他打仗勇敢不怕死，又有文化

（王树声是小学文化，不过在四方面军也算“文化人”了），只是军事知识懂得少了点，缺乏正规作战的经验，只要多经过几次实战，就能锤炼成为一名智勇双全的猛将。

徐、王这对战友兼师徒在战争年代一直生死相随、荣辱与共：徐向前当师长，王树声在他手下当团长；徐向前当军长，王树声当师长；徐向前当四方面军总指挥，王树声是军长、副总指挥……

王树声在大将中排名第九，如同徐向前是元帅里四方面军的代表一样，他也是四方面军在大将里的代表。

居于王树声之后的大将为许光达。许光达是贺龙的部下，属于二方面军的代表。抗战爆发前，他受了重伤，适逢中央要调一部分干部去苏联，于是组织上便把他送去了苏联。

在苏期间，除治愈枪伤外，许光达还参加了为期三个月的汽车训练班，学习了汽车、火炮和一些坦克方面的知识。1950 年，中央军委决定成立装甲兵司令部，许光达被任命为装甲兵司令员兼政委。加上他，特种军中共有三人被授予大将，分别是萧劲光（海军大将）、罗瑞卿（当时有公安军，1957 年才撤销，罗瑞卿为公安军大将）、许光达（装甲兵大将）。

许光达（左二）和坦克兵在驾驶场上

评衔时，许光达只有四十七岁，是十大将中最年轻的一个。在得知自己将被授予大将军衔的消息后，他“高兴之余，惶惶难安”，因为自感战绩平平，“不要说同大将们比，心中有愧，与一些年资较深的上将比，也自愧不如”。

他几次向毛泽东等军委领导递交降衔申请，要求降为上将衔，并且在申请中说：“论德、才、资、功，我佩戴四星，能心安神静吗？”

许光达此举颇受毛泽东的赞赏：“五百年前，大将徐达，二度平西，智勇冠中州；五百年后，大将许光达，几番让衔，英名天下扬。”

毛泽东和中央军委没有批准许光达的申请，仍授予其大将军衔，但是根据许光达自己的请求，将他定为了行政五级。行政五级是上将的行政级别，也就是说，许光达是唯一一个只享受上将待遇的大将。

男儿有泪不轻弹

军衔评定实行分层提名和审核的办法，即元帅由中央书记处提名，中央政治局审定；将官由总干部部与总政治部提名，报中央军委批准；校官由各总部、各兵种、各大军区提出，报总政治部和总干部部在全军范围内统一平衡。可以看出，总政和总干的任务不轻，而在他们所承担的所有工作中，又数平衡排队的工作量为最大。要说评衔难，难也难在这里，因为它有一定的伸缩性，可上也可下，可高也可低。

两部门虽然反反复复地进行比较，多方面征求意见，但要做到既让提名者本人满意，又使上下左右都没有意见，仍然非常不易。这时候他们不但要保证尽可能评得公平合理，还得抽出时间和精力来做当事人的思想工作。总干第一副部长宋任穷记得，当时他除了处理其他日常工作以外，大部分时间都不得不用来搞这个平衡。

经过一年多繁忙的工作，1955 年 9 月初，授衔初步方案出台。对于这一方案，绝大多数干部是满意的，这与授衔前已经进行了一番学习和教育有关，同时就授衔本身来说，它解决了长期困扰解放军的一系列难题，所有被授衔的官兵其实都是受益者。

当然，虽然大家都受益，但从个人受益的大小来看毕竟存在差异。按照规定，军衔与行政级别、待遇直接挂钩，仅就将帅这一级来说，就可以分成三个层次。

一般而言，元帅是行政三级，享受政治局委员待遇，大将是行政四级，享受副总理待遇。十元帅十大将都算作是党和国家领导人，这就是一个层次了。

第二层次包括上将和中将。上将是行政五级，享受国务院秘书长待遇，中将是行政六级，享受部长待遇。上将和中将都算作高级将领，可配备警卫、秘书和保健医生、厨师、勤务员。

第三层次是少将。少将是行政七级，享受部长级医疗待遇。

将帅以下的军衔在级别和待遇上也相差很多，加上个人受教育和看问题的角度

1950 年 4 月，毛泽东在中南海颐年堂会见全国新闻工作者会议代表

不同，所以还是有人感到不顺心、不满意，摆资格、列战功、闹情绪、哭鼻子者大有人在。华东有两名连级干部被授予了上尉，从级别上看，正连级与上尉是对应的，但这两名干部都参加过抗战，资格比较老，他们对被授予上尉表示了强烈不满，并拒绝接受。

在中南海颐年堂召开的一次中央会议上，毛泽东批评了这种现象："男儿有泪不轻弹，只因未到授衔时。我们军队中有些人，打仗时连命都不要了，现在为肩上一颗星，硬要争一争，闹一闹，有什么意思？"

一向宽厚大度的朱德笑道："肩上少一颗豆，脸上无光嘛！同一时间当兵，谁也没有少打仗，回到家中老婆也要说哩！"

批评归批评，客观地来看，确实有军衔明显授低的情况。比如，个别经过战争锻炼的干部被调到军校学习，职务暂时由连级降为排级，这样他就只能被授予少尉，可是刚刚从军校毕业、还从来没有打过仗的学生却也至少能被授予少尉，有的还是中尉。这名干部当然有些失落，向军校反映，军校则告知军委有规定："在校学习的干部只能按入校前的职级授衔。"

有些干部低授，是受到了某方面问题的牵连或个人条件的限制。贺晋年为副兵团级干部，这个级别可评中将，也可评上将，如果从贺晋年还是陕北红军创建人之一这一点来看，他是完全有条件授上将的，至少中将跑不掉。可是因为贺晋年曾和高岗共事，受"高饶事件"的影响，评衔时就被刻意压低了。一开始军委甚至只准备给贺晋年授大校，连少将都不是。彭德怀觉得太过分，就找朱德谈这件事，朱德又找毛泽东，毛泽东表了态："贺晋年怎么能是大校呢？最起码他也是个少将吧。"这样贺晋年才被授予少将，他也是副兵团级干部中唯一的一名少将。

准兵团级干部大多数都可评为中将，但解方、段苏权、袁也烈仅被评为少将。三人军衔授低的原因各不相同，解方原先在东北军做过张学良的副官，抗战爆发前才入党，缺乏土地革命时期的资历。

段苏权十八岁时就担任黔东独立师政委，在贺龙等人率领红二、六军团从贵州向湘西转移时，他奉命率部留下打游击。后来独立师被打散，段苏权讨饭回到老家，自此“脱党”三年，直到 1937 年才归队。新中国成立后，他这一段掉队后又归队的历史遭到质疑，被认为“有历史遗留问题”，因而“暂授少将”。

袁也烈与段苏权的遭遇相仿。1931 年，他在广西的一次战斗中受重伤，随后赴上海养伤，不幸在上海被捕，因其真实身分始终未暴露，于 1935 年 10 月获释。由于组织迟迟未做出结论，导致袁也烈只能被定为少将。事实上，袁也烈的资历很老，他是大革命时期的党员，他入党时，彭德怀、贺龙都还没有入党，而且还先后参加过北伐和南昌起义，若不是受这段历史的影响，中将是妥妥的。

少晋中

从贺晋年到解方、段苏权、袁也烈，所授军衔自然是偏低了，但不管怎么说，总还是将军。有一个人比他们更委屈，连将军都未授成，此人就是杨宗胜。

杨宗胜出自于任弼时的红六军团，他长期从事后勤工作，在红二、六军团长征时，就当过师供给部部长。评衔时，以他的资历和副兵团级的硬条件，若无意外，基本上就是授中将军衔。

可就在这个时候，因为他曾帮助过一个对建立抗日根据地有功的开明绅士，有人指责他包庇乡绅，犯了政治错误。上级部门在提名时就只给他提了个少将，没想到名单报上去后，军委批示说还要再降一级。于是杨宗胜被连降两级，中将成了大校。

即便没有各种特殊因素的影响，由于名额有限，高评或低评一级仍属正常。许世友是正兵团级干部，这个级别多数只授上将，但出于“照顾山头”的需要，王树声、许光达分别作为四方面军、二方面军的代表，都被评为了大将。尤其许光达和许世友一样，同出于四方面军，两人不但战功、资历非常接近，就连作战风格都相似，战斗中经常挥着大刀片带头冲锋陷阵。

传闻许世友知道自己名列上将后，曾找到周恩来，直言要求授大将衔。周恩来对他说：“粟裕也只是大将啊！”许世友在华野时是粟裕的部下，粟裕的军事指挥才能和战功他很清楚，一听粟裕评的也是大将，他马上就闭口不言了。流传很广的“粟裕震大将”即来源于此。

王必成是孟良崮战役中“飞流激渡”、断张灵甫后路的主角。在华野，他和叶飞同为粟裕的得力战将，可是叶飞评了上将，他只评了中将。王必成去找老上级谭震林说，谭震林答应帮他反映，结果让上边一顿批评，随后罗荣桓还专门找谭震林做了解释。

原来对于王必成的授衔，中央军委和总干、总政已经经过慎重考虑，评定的原因也很清楚。抗战初期，王必成和叶飞确实是平级，同为新四军旅长，可是从抗战后期开始，叶飞就升为了副师长，成了王必成的上级。

到评衔时，叶飞是正兵团级，王必成是副兵团级，正兵团级多数评为上将，副兵团级多数评为中将。固然副兵团级也有人被评为上将，但如同粟裕和许世友一样，综合历史任职和现实职务，身为王必成上级的叶飞既然已经是上将，再授王必成上将就不太合适了。

王必成胸怀坦荡，光明磊落，事情只要一给他解释清楚就豁然开朗了。他曾为此事向谭震林道歉，正式授衔时，也高兴地穿上新发的军服，并佩戴军衔与家人以及身边的工作人员合影留念，说明他对授予中将军衔已不再存有任何芥蒂。

许多年过去，王必成本人已经去世，有关他授衔的历史细节被陆续披露于报刊。王必成的几位老部下为此集体撰文，认为以王必成为人处世的方式，“争衔”一事并不存在。事实上，报道也并没有说王必成“争衔”，只是说他通过组织渠道反映了一下自己的想法，而且事后也释然了，无论当时还是现在看都很正常，没有什么不能理解的。

与王必成的情形类似的还有王近山。王近山是刘伯承、邓小平麾下的骁将，抗战时去趟延安，在路上就顺带把日本的“战地观战团”给干掉了。他也是副兵团级，授中将，为此喊了几嗓子，认为自己被评低了。邓小平知道后，将他叫去严肃地批评了一顿，他也就再不敢发牢骚了。

1943年，新四军十六旅首长合影，王必成（右一）时为十六旅旅长

态度比较激烈一些的是钟伟。钟伟是四野的一员猛将，有“解放军的巴顿”之称，所部

曾是四野的头等主力部队。他性格刚烈，个性张扬，作战时连林彪的命令也敢于违背，而林彪却很欣赏他，曾将他由师长直接提拔为相当于军长的纵队司令员。

授衔时，钟伟为正军级，这一级别可评少将，也可评中将。同出于四野的吴信泉、温玉成都是中将，钟伟评的是少将，他觉得低了，就骂了起来，而且据说还气呼呼地撂下一句话：“我要把那牌子挂到狗尾巴上去！”

钟伟的这件事把毛泽东都给惊动了，林彪知道后很生气，曾把钟伟叫去狠狠地批评了一顿。

大将以下也有破格授衔的例子。贺炳炎是贺龙麾下最得力的一员战将、“独臂将军”，过去打仗的时候，一旦战斗没有进展，贺龙便会大喊一声“贺炳炎上”，贺炳炎率部往上一冲，很快就能解决战斗。贺炳炎能打仗、有战功，但因为部队机构重组等原因，他在解放战争时期的职务上升稍慢，以致到新中国成立时还只是准兵团级干部。

二方面军在元帅、大将里已经有代表，上将里当然也应该有。在历史上，二方面军系由二、六军团合编而成，按条件都已正常评为上将的王震、萧克来自于六军团，但六军团的前身为中央红军的分支，不能完全代表二方面军，这样贺炳炎就作为代表被授予了上将，他也是唯一一名准兵团级上将。

另一个被破格授予军衔的人是皮定均。皮定均军事履历中最为耀眼的一笔为“中原突围”，当时他率领一个旅掩护整个中原军区转移，接着又率部长驱千余公里，在突破敌重兵的层层围追堵截后到达了解放区。

当初中原军区让皮定均承担掩护任务，是抱有丢卒保车打算的，皮定均自己也有牺牲的准备。大家都没想到他能带着部队突出来，皮定均所部因此声名大噪，被称为“皮旅”。

新中国成立初期，皮定均为正军级干部，正军级可授中将也可授少将，评衔名单上原来给皮定均报的只是少将。毛泽东通常情况下不插手十元帅十大将以外的授衔，但他对皮定均“中原突围”的印象极其深刻，看到名单后遂指示：“皮有功，少晋中。”又为：“定均有功，由少进中。”皮定均便被由少将提为了中将。

让　衔

评衔过程中，各个级别都有发扬风格，主动申请降衔和让衔者。元帅中有罗荣桓、徐向前，大将中有粟裕、许光达，自上将以下，最典型的是徐立清。

徐立清时任总干部部副部长，也是评衔授衔的负责人之一。他在解放初期即任第一兵团政委，是现役正兵团级干部，按照规定，完全符合授予上将的条件，但他想来想去，觉得还是要个中将为好。

徐立清来自于四方面军，四方面军是个“大山头”，资格老、级别高的干部特别多，毛泽东最初的设想就是四方面军在上将中所占的比例不能过高，要与其他“山头”拉平。除此之外，徐立清还考虑到，自己主管评衔，若是能够主动减下来，一者可以避嫌，二者也便于做一些对所授军衔有想法的人的工作。

在考虑成熟的基础上，徐立清给总干部部长罗荣桓写了一个报告，要求低授军衔，并表示了态度和决心。过了几天，当他看到授予上将的人员

1949 年 12 月，乌鲁木齐，左一为徐立清，时任第一兵团政委

名单上中仍有自己的名字时，就毫不犹豫地画掉，转而在中将名单上加添了“徐立清”三字。

名单送到了罗荣桓手里，罗荣桓看后亲自找徐立清谈话，用带有批评语气的口吻对他说：“这是中央军委定的，正兵团职的一般都授上将，你的名字怎么能随便画了呢？你徐立清是有贡献的，是有资格的嘛。”他随即将徐立清又加到上将名单之中。

名单很快被报到中央军委进行批准，徐立清感到十分不安。这时不少人都劝他：“你是符合条件授上将军衔的，不要违反规定，这个事就不要再提了。”同时也有不少老干部对他说：“你符合上将条件，非要个中将，其他够上将条件的同志该怎样想？”

徐立清因而陷入矛盾之中，但经过几天思考，他得出结论：“我是总干的副部长，是负责授衔工作的，与别人不一样，他们（指其他够上将条件者）会给予理解的。”他再次给中央军委和罗荣桓写信，表示要求低授完全出于真情实意，因为自己应该为大家做出个好榜样，不然不好去要求别人。

这封信第二天就到了罗荣桓手里。罗荣桓和其他两位副部长宋任穷、赖传珠商量了一下，三个人一致认为，徐立清在新中国成立初期就任兵团政委，现在又是总干副部长，在军中威信高，影响大，授上将军衔名至实归。他们把这一意见向彭德怀做了汇报，彭德怀同意他们的意见。

而后彭德怀亲自找徐立清谈话，当面了解他不要上将衔的原因。徐立清说这个问题他已经考虑很久了，按照评衔条件他是该授上将，可是他主管授衔工作，不能在上将的名额上和别人争，“如果把别人减下去显然不合适，把自己减下去比较符合实际”。

彭德怀先后三次找徐立清谈话，徐立清的态度都很坚决。彭德怀只得说：“我是很了解你的。你不要上将的事，我看还是商量一下再说，这个问题也不是我一个人说了算，这是组织上的决定。”

眼看授衔的日子一天天临近，看到组织上仍不同意自己的请求，徐立清更加感觉不安。他又给毛泽东、中央政治局、中央军委和罗荣桓连续写了几封信，一再阐明自己的理由和决心。事情反映到周恩来那里，周恩来亲自找徐立清谈话，说你这种精神固然值得提倡，但是“你徐立清完全符合授予上将军衔的条件，不要认为自己是干部部的副部长就可以低授”。

徐立清仍然坚持自己的想法，他和周恩来谈了评授工作中有些人两眼只盯着干部部门，“我授低了，有利于做他们的工作，这完全是为工作考虑”。

周恩来亲自出面，本来是想说服徐立清，没想到却反过来被徐立清给说服了，他最后同意授予徐立清中将军衔。

事后，几位中央领导都很感动。毛泽东说：“不简单哪，金钱、地位、名誉最可以看出一个人的思想和品格，古来如此！”刘少奇则称赞徐立清是“一名应该授上将而没被授上将军衔的中将”。事实上，徐立清也确实是唯一一位被授中将的正兵团级干部。

女将军

1955 年评衔受苏联模式影响很大。在制定评衔框架时，苏联顾问建议比照苏联的军衔制，对女军人的授衔条件和人数进行严格限制，为此中央军委早在 1952 年 12 月就召开会议，做出了陆续转业复员十万女军人的决定。

到 1955 年评衔时，国防部在部长彭德怀的主持下，又出台了一个名为“处理和留用妇女工作人员”的文件。该文件不仅硬性规定大部分女军人都必须限期退役，而且还使用了“处理”“留用”“妇女工作人员”等词句，这意味着她们即使还未退役，也只能是被“留用”的“工作人员”。

如果说十万女军人复员的决定尚属大势所趋，国防部的文件从名称到内容、措辞，都让一部分女军人感到难以接受，也因而对彭德怀产生了意见。

由于做了这样近乎苛刻的限制和规定，一大批同样对新中国建有功勋的女军人在评衔前就陆续离开军队，或到地方院校学习，或直接复员转入地方。这其中也包括一些很早就参加革命的著名女革命家，如蔡畅、邓颖超、康克清、张琴秋等。

蔡畅和邓颖超是共产党内的“老大姐”，两人都是大革命时期就入党的老党员。康克清上井冈山时只有十八九岁，她也是井冈山时期真正能打仗的两名女战士之一（另一位是谭震林的前妻蒋秀仙）。张琴秋曾任四方面军政治部主任、妇女独立团团长兼政委，为红军时期唯一的女高级指挥员。

参加长征到达陕北的部分女红军，左二为蔡畅

这些女军人的贡献并不比男军人差，但她们在战争中所需要承受的痛苦和付出的代价，却往往超过男军人。例如张琴秋在西征时不仅失去了自己刚刚分娩的孩子，还落下了严重的妇科病，从此失去了生育能力。

据统计，首次参加评衔的女军官不足五千人，占授衔军官人数的百分之一还不到，其中被授予少将军衔的只有李贞一人，女校官仅有几十人，尽管事出有因，但实在不能不说是一个很大的遗憾。

李贞出生于湖南浏阳农村的一个贫困之家，童年十分凄惨，六岁不到就被送给人家当童养媳。从做童养媳的第一天开始，她就要起五更睡半夜，洗衣烧饭，提水砍柴，什么脏活苦活累活都得干，婆婆和比她大四岁的小丈夫稍不顺心，就是一顿打骂。因不堪忍受，李贞曾经想跳河自杀，是左邻右邻把她拉了回来。

残酷而又近乎绝望的现实生活，使李贞磨炼出了大胆泼辣、敢作敢为的性格。大革命风暴骤起，她毅然剪掉辫子，参加了妇女协会，以后又入了党。

入党才一个多月，蒋介石发动四一二反革命政变，李贞回家隐蔽，族人劝她自首，还说这是为了救她。李贞气得两眼冒火："一年前，我做小媳妇那么苦，你们为什么不来救我？今天，我是为着要活，而不是为着要死！"

李贞拒绝自首，就此参加了游击队，成了一名女游击队长。有一次，她和几个队员被敌人逼到悬崖边，为了不被敌人抓到活的，她带头纵身跳下了悬崖。其他队员都牺牲了，她卡在崖边的树丛中，尽管侥幸活了下来，然而还是付出了沉重的代价——如同张琴秋一样，她流产了，不但即将出世的孩子夭折，而且她也从此失去了生育的能力。

1933 年，时任红六军团组织部长的李贞随军突围西征。西征过程中，部队作战失利，被截为数段。李贞担负着寻找前卫部队的任务，可是当天下起了暴雨，山上草深路滑，很难找到下山的正常路径。这时，她看到别人的挑子里有一个洗脸盆，灵机一动，就坐上脸盆朝陡坡下滑，滑到半山腰，人跌了个筋斗，李贞顾不上浑身疼痛，爬起来继续向山下跑，终于及时找到了前卫部队。后来，这段坐脸盆下山的故事也在军中被传为了佳话。

李贞曾参加抗美援朝，任志愿军政治部秘书长，回国后任防空军政治部干部部部长。军衔与干部级别的比照标准上有一条，"正、副、准军级，多数可评为少将"，仅就这一条而言，她即有被授以少将的资格。

李贞既是共和国的第一位女将军，同时她和丈夫、被评为上将的甘泗琪也是唯一的一对将军夫妻。在授衔仪式结束后举办的酒会上，他们是现场的“将军明星”，将帅们都不停地与这对夫妇碰杯互致祝贺。

授衔授勋

在1955年的评定工作中，授勋和授衔是同时进行的。1955年9月23日，由国务院总理周恩来提出建议名单，全国人大常委会审议通过后，决定正式开始授衔授勋。

当月27日，下午两点十分，在中南海紫光阁率先举行了“授予将官军衔典礼”。十大将除徐海东因病在大连疗养外，其余九人和一百七十二名在京的上将、中将、少将参加了此次典礼。举行典礼前，每个将官都领到了新式军装，军装由专门机构量身裁制，肩章上均用金丝线编上了星数不等的军衔符号。

紫光阁始建于明代，乃明朝皇帝阅兵和选拔武状元之处，到了清代，又成了清政府第一次正式接见外国使臣的地方，同治皇帝曾在这里接见日、美、俄、法、荷、英六国使臣，并接受他们所递交的国书。人世有代谢，往来成古今，共和国选择在紫光阅授衔，自然有其突出的革命意义。

典礼开始后，先由国务院秘书长习仲勋宣读军官授衔命令，接着，周恩来把大将的授衔命令状依次授予粟裕等人。

授完大将，周恩来向在京将官授予命令状。因为参加授衔的将官人数较多，过了一个多小时，也才授了一小半。周恩来心细，他担心典礼时间一旦延长，坐在主席台上的领导人太疲劳，同时也会影响到典礼后其他活动的进行，于是临时决定每十五人乃至二十人一组上台接受命令状。授衔的速度得以大大加快，但就这样，整个典礼仍用了三个多小时。

就在仪式即将结束时，突然发生了一个意外情况，本来台下应该没人了，可是还有一个将官没走。周恩来一看是被授予中将的黄火星，连忙问他是怎么回事。黄火星也是一副丈二和尚摸不着头脑的样子，他说一直没听到念自己名字，刚刚倒有念“黄火青”的，但一字之差，并不是他黄火星。

黄火青实有其人，而且也是个大革命时期就入党的老革命，但他新中国成立后就从政了，时任天津市委书记，并没有参与授衔。周恩来意识到这里面一定出了问题，不是读名单的人念错了，就是黄火星自己听错了，他马上让人重新宣读黄火星的名字，单独向黄火星授予命令状。

下午五点，第二个典礼开始于怀仁堂，为“授予元帅军衔及有功人员勋章典礼”。参与者除紫光阁典礼的全部将官、有功人员外，还应包括十大元帅，但林彪、刘伯承都因病在青岛休养，叶剑英则担任了一次大规模反登陆军事演习的总指挥，正在大连进行紧张筹备，也脱不开身，因此实际到场的只有七位元帅（林、刘、叶的元帅服、勋章均为事后领取，元帅照也是事后补拍）。

怀仁堂是中南海室内面积最大的一处建筑，新中国成立前后的大型会议都在此举行。这时人民大会堂还没有开工建设，怀仁堂也就相当于人民大会堂，在怀仁堂举行典礼属于国家最高规格。

在典礼上，由全国人大常委会副委员长兼秘书长彭真宣读元帅授衔命令，毛泽东亲自将命令状一一授予七名元帅。授予元帅军衔的仪式结束，会场稍事休息，待朱德等人换上崭新的元帅礼服后，才正式开始授勋典礼。

所授勋章、奖章共分三种，第一种是八一勋章和八一奖章，第二种是独立自由勋章和独立自由奖章，第三种是解放勋章和解放奖章，它们被分别授予在红军时期、抗战时期和解放战争时期参加革命的有功人员。其中，每一种勋章都分一、二、三级，但奖章不分级。

勋章奖章的授予范围较大，不光授予现役和非现役的指战员，也包括那些曾经默默无闻，但却为革命立下殊勋的地下情报人员。早在1953年4月，李克农向彭德怀汇报一些地下情报人员的事迹时，彭德怀就说："这些同志都是无名英雄，可惜我们现在不能公开表扬他们，等到将来我军有了勋章、奖章制度，就可以奖励这些同志了。"

由于被授予勋章的有功人员达到千余人，仅命令就读了半个小时。命令宣读完毕，毛泽东向已身着元帅礼服的朱德等七人逐一颁发了三枚一级勋章，随后，将官和有功人员也按照十人一排的顺序，依次上台，从毛泽东手中接受勋章。

勋章颁发前，总干、总政的相关负责人都要对勋章进行检查和确认，确认无误后才放入托盘，交与毛泽东。不过由于工作人员过于紧张匆忙，还是把两位中将的勋章给错了。周恩来知道后示意不要声张，典礼结束再进行调整。在他的具体指导下，至晚上六点半，典礼顺利结束，

晚上七点，周恩来在怀仁堂后面的草坪上主持授衔授勋的庆功酒会，出席典礼的元帅、将军、有功人士端着酒杯在草坪上走来走去，不停地碰杯互致祝贺。酒会结束后还在怀仁堂举行了文艺晚会，京剧名家梅兰芳、马连良都应邀上台进行了表演。毛泽东因公事在身未能参加酒会，但他仍参加晚会并与自己的功臣们一道观看了演出。

今代麒麟阁，何人第一功？当天的怀仁堂显得分外光彩夺目，也给共和国的历史留下了令人感怀与难忘的一笔。

新时代开始了

在中南海授衔授勋的是十元帅十大将和部分在京将官、有功人员，自1955年10月22日起，北京、南京、兰州、成都、广州、武汉、沈阳等七个地区也都分别举行典礼，为其他将级军官和有功人员授衔授勋。几位元帅或国家领导人分别代表毛泽东、周恩来到场主持，其中北京是聂荣臻，南京是刘伯承，兰州、成都是贺龙，广州是林彪，武汉是李先念，沈阳是叶剑英。

七个地区的典礼虽都由当地军区具体负责承办，但其授衔授勋的范围要比军区大得多。以南京典礼为例，参加典礼的不光是南京军区，实际包括整个华东地区的各类驻军，其中就有济南军区、南京军事学院等。由于华东地区军级以上单位较多，所以在典礼上接受军衔的将官达两百多人，仅南京军事学院就有近一百人，如有“将军系”之称的战役系便全都是将军，系里一共五十二名学员，含上将五人、中将二十三人、少将二十四人。

南京军事学院空军系主任沈启贤被授予了少将军衔。沈启贤是老红军干部，干部级别为副军级，这一级别按说多数都可评为少将，但沈启贤出自于陕北红军，又是旧军人出身，加上为人耿直，敢提意见，所以自己估计只能授个大校，授少将颇出其意料之外，也让他深感“中央对革命者一视同仁的胸怀”。

授衔授勋典礼是个新鲜事物，谁都没有经历过，为了防止出错，在典礼前一天，沈启贤等所有参加典礼的军官和受领勋章人员都被安排到现场

南京军事学院战役系（将军班）学员合影

进行预习，将仪式的必经程序一一经历了一遍。

1955年11月29日上午，典礼在南京人民大会堂正式举行。身着元帅服的刘伯承到会主持，同时代表周恩来向将官们授予命令状。按照规定，将官们入场时穿的是旧军服，接受命令状后再在向导指引下，凭更衣证到后台领取崭新的将军礼服。

授衔仪式之后是授勋仪式，刘伯承代表毛泽东给将官和有功人员授予勋章。沈启贤成为共和国第一批军功勋章的获得者，他一共被授予三枚勋章，分别是三级八一勋章、二级独立自由勋章、一级解放勋章。

作为与华东驻军渊源颇深的元帅，陈毅也出席了典礼，但没有授衔和颁发勋章。举行典礼的次日下午，他以个人名义在南京饭店宴请被授予将官军衔的老部下。沈启贤抗战时在新四军工作，自然也在受邀之列。陈毅在饭桌上致贺词，强调授衔授勋“是授予每位将军以终身荣誉”，这句话给沈启贤留下了极为深刻的印象，以至于几十年都没有忘记。

截至 1956 年初，校尉级军官、士兵的授衔典礼也全部结束，新中国成立以来的第一次大授衔基本告一段落。

大授衔不仅给予了开国军人们以终身荣誉，同时它也极大地提高了军人尤其是基层军官的经济待遇和社会地位。自 1955 年 1 月起，为了和军衔制相配套，军官薪金制开始替代部队的供给制。以准团级干部来说，以前只有三十八元津贴，实行薪金制后就有了固定的一百七十五元，是原来的四倍。这么高的薪金，令很多干部始料不及，曾经困扰军人的营养不足和经济待遇差的问题也就此迎刃而解。

张廷斌是上海第二军医大学的少校学员。上海为繁华大都市，商店鳞次栉比，但是授衔前张廷斌或者根本不敢进商店，或者进去了也只能看看，连价都不敢问。授衔后就不一样了，军官们都敢消费了，人们也不再视他们为“小气鬼”或者“令人讨厌的穷兵”，商店和服务单位都逐渐改变了以往对军人的冷落风气。

当时在上海举办了一次外国商品展览会，因为展品有限，除展期售出部分外，剩余商品都转移到上海大厦服务部，而且仅对外国专家和军队校官以上的军官开放。

看到展品比较精美，价格也适中，张廷斌等校官都去上海大厦买了些东西，张廷斌个人就花了一百多元，另外他们还给尉官们代购了一些。张廷斌有同学在上海本地医院实习，这件事很快就被那家医院的人知道了，大多数人都很羡慕，一些女主治医生还主动要求与校官扮成夫妻进大厦，以便买到称心如意的东西。当“假夫妻”们走到大厦门口时，她们就指着旁边的校官说:“我是他的夫人!”

这些场景令张廷斌感慨万千，因为就在新中国成立初期，别说这些女医生了，就是不少市民看到他们都是掩鼻就躲，避之唯恐不及。仅仅五年时间，就发生了这么大的变化，张廷斌禁不住想到:大概是时代的变迁吧，新时代开始了!

阅　兵

授衔后发的军装颇为气派威武，尉官为棉布料，校官为毛料海军呢，将官为毛料马裤呢，所有军官均佩戴斜肩宽武装带。穿着新军装，军人们走在大街上都特别精神，一个个昂首挺胸，神采奕奕。新颖美观的装束，以及当时解放军一贯的优良传统和作风，使军人在普通市民心中的形象分越来越高。

授衔后的一个星期天，张廷斌在上海南京路上逛商店，逛着逛着，他发现了自己早就想买的尼龙牙刷，便请售货员拿给他。一看，标价六元，不便宜，但他还是立即掏出钱包准备付款取货。不料打开钱包一瞧，里面仅有两元多，当着售货员的面，张廷斌非常尴尬，忙掏出一支派克金笔以做抵押。

售货员说相信解放军，让他先把牙刷拿走，以后有时间再来付款，张廷斌则坚持要抵押。双方各执己见，这时许多顾客都围拢过来，并且都异口同声地说:“解放军同志，你拿走好了，我们都相信解放军。”

在这种情况下，张廷斌只好按大家说的办，但他觉得群众这么相信解放军，还是要争取当天付款。军医大学与商店距离较远，那时的交通条件又很不方便，等张廷斌拿着牙刷回学校，再带上钱回商店付款时，早已经累得气喘吁吁，满头大汗了。

又有一次，张廷斌的手表坏了，为了不引起群众的过分瞩目，他就换了身便衣去商店修表。看到许多人都在排队，他排到了队伍的最后面，此时另一个窗口的服务员突然向他招手，让他过去。张廷斌走过去问有什么事，服务员说你是解放军吧，他答是，对方马上说："这个窗口是专为解放军服务的，请把手表交给我好了。"

张廷斌感到很纳闷，服务员怎么能够一眼就识别出我的身份呢？低下头一看，才想起自己虽然穿的是便衣，但脚上穿的还是校官鞋，店员们为了方便给解放军提供服务，平时就掌握了这些细节特征。

新中国成立初期，军队有一个"二五八团"的规定，就是干部要同时满足二十五岁、八年军龄、团级这三个指标才能结婚，而且结婚对象必须是现役女军人。要全部符合这个规定本身就很难，更何况多数干部的经济条件也不允许，因此部队的实际状况是，大部分中基层干部早就超过了当时国家十八岁就可结婚的惯例，但却都无一例外地打着光棍。

大授衔后，不但军人的经济待遇和社会地位得到很大提高，而且组织上对干部的结婚条件也放宽了，一时间竟掀起了一个结婚高潮。军官成了社会上择偶挑选结婚对象的"香饽饽"，在一些城镇的女青年中甚至还流传这样的说法："大尉太老，少尉太小，上尉不好找，中尉刚好。"

在张廷斌所在的军医大学，约有三分之一的营、连级男学员都没有结婚，他们大多在二十六七岁至三十岁左右年纪，却已经有十年以上的军旅生涯，几乎每个人都有一种与实际年龄不太相符的成熟干练，他们的学历、工资更为地方同学所不及，因此很快就成了城市女大学生的最佳选择。

1955 年 10 月 1 日，为庆祝共和国诞生六周年，首都各界举行了盛大阅兵式和群众游行。这是新中国成立后的第七次国庆阅兵，也是解放军实行军衔制后的首次阅兵，因此显得格外引人注目。

毛泽东等党和国家领导人早早就登上了天安门检阅台，部分元帅、大将、上将也穿着簇新的礼服，佩戴勋章，在天安门城楼上参与观礼。相比于以往的阅兵式，这次外宾也特别多，而且时有外国记者仰面拍摄毛泽东的照片。毛泽东看到后，向记者挥手表示感谢，而记者则幽默地举手行礼致敬。阅兵式上的这些花絮和有趣镜头，是往年庆典上所没有的。

受阅部队指战员全部身着崭新的新式军装，佩戴刚刚授衔的肩章、领章，显得“十分的好看”。他们排着整齐的队形，以方队形式依次从天安门检阅台前经过。

1955 年国庆阅兵，身穿新式军装的解放军代表在天安门观礼台上

按照原先的方案安排，空军的受阅飞机应与地面部队同时出场，但当时天空浓云密布，飞行存在危险，同时阅兵指挥部还考虑到，如果浓云不能很快减弱，即使安全飞过，人们只闻其声不见其影，也没什么意义，因此下令暂缓起飞。

时间在飞快地流逝，浓云仍无化开的迹象，空军方面多次要求强行起飞，但阅兵指挥部强调绝对不能冒险，只有在万无一失的情况下才能允许飞机飞临天安门上空。

在阅兵指挥部内，众人的神情异常紧张，大家都希望能够尽快云开雾散，然而一直等到最后一个坦克方队通过天安门广场，天空还是没有出现变化。

眼看群众游行队伍已经涌入天安门广场，阅兵指挥部不得不准备撤销空中受阅计划，就在这时，天安门上空的浓云突然变淡，云层中间出现了裂隙，阅兵指挥部就像打仗一样，果断抓住机会，做出了受阅飞机立即起飞的决定。

十分钟后，受阅飞机出现在广场上空，在领航机后面，一百多架飞机组成轰炸机群、歼击机群凌空而过。看到这一壮观景象，天安门城楼和群众游行队伍中爆发出了经久不息的欢呼声。

时任中央办公厅主任的杨尚昆全程参与了阅兵式和群众游行的观礼，在当天的日记中他写道："从此我国的军队就正式实行军衔制度了，这是一个新的成就。这一段路整个走了二十多年啊！"